랄랄라
책

랄랄라, 책

초판 1쇄 펴낸날 2013년 2월 28일

지은이 책 읽는 청춘
펴낸이 강수걸
펴낸곳 산지니
편집 윤은미 권경옥 손수경 양아름
디자인 권문경
등록 2005년 2월 7일 제14-49호
주소 부산광역시 연제구 거제1동 1498-2 위너스빌딩 203
전화 051-504-7070 | 팩스 051-507-7543
홈페이지 sanzini@sanzinibook.com
전자우편 www.sanzinibook.com

ISBN 978-89-6545-212-6 03810

랄랄라
책

책 읽는 청춘 지음

산지니

가장 이상적인 독자들

독자에는 세 가지 유형이 있습니다. 첫째는 판단하지 않고 즐기는 유형이고, 셋째는 즐기지 않고 판단하는 유형이며, 중간의 둘째는 즐기면서 판단하고 판단하면서 즐기는 유형입니다. 이 마지막 유형이 예술작품을 진정으로 완전히 다시 만들어낸다고, 괴테는 요한 프리드리히 로홀리츠에게 보낸 편지에 썼습니다. 괴테는 이어, 즐기면서 판단하고 판단하면서 즐기는 독자는 많지 않다고 말합니다. 맞습니다. 요즘은 더욱 그렇지요. 남녀노소 할 것 없이, 버스나 지하철에서도 좀처럼 책 읽는 사람을 볼 수 없습니다. 지금은 자투리 시간을 활용한 독서 풍경마저 사라져가는 시대입니다. 우리 국민이 연간 읽는 책의 양은 0.8권으로 미국 6.6권, 일본 6.1권과 비교해도 무척 부족합니다. 이제 즐기고 판단하고를 떠나 책 읽는 사람이 부족한 시대입니다.

다산(茶山) 정약용은 독서를 "인간의 으뜸가는 깨끗한 일"이라고 유배지에서 아들에게 보낸 편지에 썼습니다. 다산의 독서는 저자와 소통하며 세계와 마주하는 일이었습니다. 다산의 독서가 중요한 것은 후기 조선과 오늘날의 환경이 매우 유사하기 때문입니다. 당시는 책의 유통과 확산이 이전보다 놀랄 만큼 빨랐기에 효율적으로 정보와 지식을 수용할 필요가 있었습니다. 오늘날도 지식기반 사회라 불리며, 창의적인 지식이 국가나 개인의 경쟁력을 좌우하는 시대입니다. 지식의 양은 폭증하고, 그 소멸주기도 매우 짧아 다산이 살았던 시대처럼 변동이 빠른 시대입니다. 이런 시대일수록 책을 가까이해야 하고, 책을 제대로 읽어내야 합니다.

알베르토 망구엘은 『책 읽는 사람들』에서 이상적인 독자는 이야기를 재구성하지 않고, 이야기를 다시 만든다고 하였습니다. 즉, 가장 이상적인 독자는 독자인 동시에 저자입니다. 4년 전 저는 취업을 걱정하는 인문학 전공 학생들을 모아놓고 책을 읽고 토론하고 글을 쓰자고 부추겼습니다. 저는 학생들이 가장 이상적인 독자이길 원했습니다. 그래서 책을 통해 자신의 이야기를 풀어내는 독서에세이를 쓰자 하였습니다. 주위 사람들은 제가 무모한 계획을 한다고 말했습니다. 학점 관리, 영어 공인 성적 관리 등 '스펙' 관리에 정신이 없을 3, 4학년 학생들을 붙들어놓고 책을 읽고 글을 쓰자 했으니 처음에는 주위 반응이 뜨악했던 게 사실입니다.

사람들은 대학이 수요에 부응하는 교육을 못함으로써 현장에서 활용 가능한 인재 양성에 실패하고 있다고 비판합니다. 그런데 사람들은 한국 대학생이 한 과목을 듣는 데 읽는 책 분량이 선진국의 약 3분의 1 정도에 그친다는 통계를 간과하고 있습니다. 저는 요즘 기업이 요구하는 스펙(자격조건)이란 게 진정으로 이 시대가 요구하는 인재의 요건이기보다 선발 도구에 가깝다고 생각합니다. 대학은 30년 이상 일할 수 있는 인재를 양성해내야 하는 곳입니다. 기업이 요구하는 맞춤형 인재는 부속품입니다. 모든 인간은 존엄하며 대체재가 될 수 없지요. 이미 외환위기를 겪으면서 평생 고용, 평생직장의 개념이 사라진 이 땅에서 기업형 인간은 소모품이 될 위험에 노출되어 있습니다.

세상에 변하지 않는 것은 없습니다. 결국, 그 어떤 변화에도 두려움 없이 맞설 수 있는, 깊이 있는 지성을 갖추는 일이 대학생의 가장 중요한 책무라고 저는 믿습니다. 그러기 위해서는 학생들이 책을 읽고 토론하고 글을 써야 합니다. 2011년, 제자들은 독서에세이집 『책, 상: 책으로 상상하는 우리들의 이야기』를 정식 출간하였고, 2012년에는 『산책』이란 제목으로 독서에세이집을 세상에 선보였습니다. 책 출간의 어려움을 산고(産苦)에 비유하는 사람도 있습니다. 그만큼 힘들다는 뜻일 겁니다. 더군다나 한 저자가 아니라, 십여 명의 저자가 함께 토론·토의를 거쳐 책의 목차를 정하고 글을 쓰는 작업은 취업 준비보다 쉬운 일은 아니었을 겁니다. 올해도 학생들을 부추겨 책 쓰기를 권하고 글쓰기를 독려했습니다. 이제 학생들이 한 해 동안 책을 읽고 토론하며 글을 썼던 과정이 한 권의 결과물로 나타났습니다.

세상에 이바지한 생산적인 일 중에는 어떤 목적이나 결과에 대한 기대 없이 그저 즐기며 열정을 쏟았던 것이 많습니다. 학생들은 함께 모여 책 읽고 토론하며 판단을 나누었고, 단순히 책 내용을 재구성한 것이 아니라 자신의 이야기를 다시 만들어냈습니다.

이들은 가장 이상적인 독자입니다. 수억 년 역사의 짧은 시기만을 사는 인간은 책으로 과거와 만나고 미래를 열어가는 지혜를 얻습니다. 지금 내가 길을 찾지 못해 헤맬 때 앞선 누군가는 같은 고민 끝에 어렵사리 길을 찾아갔습니다. 또 누군가는 자신이 애써 찾은 길을 알려주기 위해 이정표를 만들고 표시를 해두었습니다. 그 노력을 모아둔 것이 책입니다. 그래서 무릇 삶의 길을 찾고자 하는 자는 책을 읽어야 합니다. 책을 읽고, 나아가 자신의 책을 낸 사람이라면 이 시대가 요구하는 인재가 분명합니다. 이 책의 출간을 계기로 제자들이 눈부시게 도약할 것을 믿습니다.

이국환(동아대학교 문예창작학과 교수)

다함께 랄랄라!

그래요. 우리는 조금 달랐어요. '스터디'라는 명목하에 뭉쳤지만, 남들과는 색다른 공부를 했으니까요. 다른 건 몰라도, 우리의 만남이 '책'이라는 녀석을 통해 이루어졌다는 걸 알아두시길 바라요. 사실, 참으로 어마어마한 힘을 가진 녀석이라는 걸 잘 알기에 우리 모임에서 결코 빠질 수 없는 존재였습니다. 글쎄요, '고작'이라는 수식어를 내세워 '책을 읽고 도대체 무얼 한다는 말이냐' 반문하는 주위 분들에게 우리는 말하곤 했습니다. 책을 읽고 우리는 '함께' 이야기했습니다. 내 이야기를 쓰면 서로 '함께' 읽고 난 뒤, 우리는 '함께' 울고 웃었습니다. '함께' 노래하고 '함께' 떠들며 '함께' 걸었습니다.

다함께 청춘!

우리는 허우적대던 청춘의 한가운데서 무엇이든 토로하고 싶었습니다. 그것의 창구가 되어준 건, 책과 글이었습니다. 한 계단 올라설수록 점점 풍성해지는 젊은이들의 생각이 지극히 사사로울 수 있다지만, 그건 분명 그대에게도 거쳐온 나날들임에 분명합니다. 언제든 펼쳐볼 수 있도록 그대를 인도할 우리의 청춘이, 우리의 글이 젊음을 엿보기에 좋은 연습을 하도록 도울 겁니다. 우리의 글과 우리의 이야기에 눈을 맞추고 귀를 기울여주세요. 우리가 했던 것처럼, 다함께 말입니다!

랄랄라, 책!

소박한 재잘거림이 한 곡의 노래가 되듯, 우리의 작은 기록이 그대에게 바치는 한 권의 책이 되기까지 오랜 시간이 걸렸습니다. 우리는 서로의 다양한 생각을 접하고, 거기서 머무는 것이 아니라 대학생 스스로의 삶을 투영해서 '독서에세이'라는 형식으로 풀어내 보았습니다.

고운 책 한 권을 들고 랄랄라, 흥얼거릴 그대에게도 장단을 맞춰 같이 노래하고 싶습니다. 긴 시간 동안 함께 헤엄쳐준 '책 읽는 청춘'과 그들로부터 탄생된 여러 편의 글한테 감사의 인사를 전합니다. 더불어, 이 시대를 살아가는 모든 젊은이들이 우리의 글을 함께 읽었으면 좋겠습니다.

책 읽는 청춘들을 대표하여
김희영

| 차례 |

67p 연애, 이 뜨거움

105p 일상의 고찰

211p 세상 밖으로

243p 투쟁하며 충돌하며

성장한다는 것

발바닥

『개』, 김훈

내 발바닥 굳은살은 훌륭했다. 물에 잠긴 고향의 산과 들을 뛰어다니면서 단단해진 굳은살이었고, 그 굳은살은 지금 물에 잠겨 사라진 고향의 땅이 나에게 가져다준 가장 값진 선물이었다. ─『개』중에서

2012년 3월 15일 조카가 태어났습니다. 오빠 부부가 일산에 사는 터라 부산에서 학교에 다니는 나는 오랫동안 조카를 만나지 못했지요. 그리고 3개월 뒤 조카를 보았는데, 그 녀석은 초점이 잡히지 않는 눈으로 나를 쳐다보더군요. 평소에 아기들을 싫어하고 꺼렸던 나이기에 굳이 조카의 볼을 살짝 꼬집는다거나 안아준다거나 머리를 쓰다듬어주진 않았습니다. 그렇게 할 이유가 없었기 때문입니다. 딸랑이를 흔들며 아이를 둘러싸고 앉아 웃고 떠드는 우리 가족과는 달리 나는 조금 멀리 떨어진 자리에 앉아 조카를 그저 쳐다보고 있었는데, 갑자기 조카 녀석의 발바닥이 눈에 들어왔습니다. '만져보고 싶다.'라는 생각이 들어 나는 조카에게 다가가 발바닥을 쳐다보았습니다. 딱딱한 굳은살이 붙은 우리 엄마, 그리고 살짝 굳은살이 붙은 나와 달리 조카의 발은 부드럽기 그지없었습니다.

어렸을 때 엄마의 갈라진 발바닥을 보고 인상을 찌푸리며 물은 적이 있습니다. 엄마, 발바닥이 왜 이래? 안 씻어서 이래? 그때 엄마는 미소

를 머금고 나를 흘겨보며 너 키운다고 이런 거야! 라고 말씀하셨습니다. 나랑 엄마의 발바닥이랑 무슨 관계가 있는 것인지 당시 엄마가 한 말에 나는 갸우뚱했습니다. 너도 엄마 나이가 되면 무슨 뜻인지 알게 될 거야. 엄마 나이? 나는 방에서 곰곰이 생각했습니다. 내가 정말 나이를 먹긴 먹을까요? 열 살이 정말 될까요? 스무 살이 되긴 될까요? 걱정과 달리 스무 살은 빨리 나를 찾아왔습니다. 그리고 학교에 다니며 걸었던 거리만큼, 부모님과 다투며 화났던 감정만큼, 친구들과 짓궂은 장난을 치고 웃었던 즐거움만큼, 내 발바닥에는 작은 굳은살이 박이더 군요.

모든 생명체는 자신이 살아온 세월을 남기기 마련입니다. 나무들은 세월이 지나면서 쌓인 나이테로 자신의 역사를 보여주고, 물고기는 비늘에 새겨진 동그란 무늬를 통해 세월을 나타냅니다. 인간은 희끗희끗한 머리카락이나 주름진 피부로 자신들의 나이를 드러내곤 하지만, 그중 단연 솔직한 것은 발바닥입니다. 발바닥은 우리에게 세상과의 만남, 그리고 추억들을 가져다주기 때문입니다.

나는 첫걸음을 떼면서 세상을 배우기 시작했습니다. 초등학교에 처음 등교한 날, 친구 집에서 인형놀이를 하고 집에 돌아오던 날, 주사를 맞으러 병원에 간 날, 여행을 가던 날, 첫 데이트를 하러 가던 날, 첫 이별을 맞이하고 걸음을 잠시 멈춘 날……. 세상을 좀 알 만하다 싶을 때마다 내 발바닥엔 굳은살이 박이기 시작했습니다. 더불어 세상에 대한 깡다구도 생기게 되었죠. 발바닥은 추억의 산물이고 굳은살은 딱딱한 세상에서 나를 지탱시켜주는 일종의 무기인가 봅니다. 혹은 아름다웠던 추억을 쓰면서 자연스럽게 굳어진, 어떤 글귀보다 선명하고 정확한 자서전일 수도 있겠네요.

성장한다는 것

나무 그늘 밑에 엎드려서 나는 바퀴가 돋아날 수 없는 내 발바닥의 굳은살을 핥았다. 단단하면서도 탄력이 있는 굳은살이었다. 나는 개이므로 내 몸무게를 내가 끌고 다닐 수밖에 없었다. 다리의 힘을 모아 땅바닥을 박찰 때, 내 발바닥 굳은살은 내 몸무게를 땅바닥에 퉁겨서 나를 앞으로 나아가게 해주었다. 그래서 내 발바닥 굳은살은 내가 살아온 모든 고장의 흔적과 기억들을 간직하면서 굳어져 갔다. 이제는 물에 잠겨버린 내 어렸을 적 고향의 땅바닥과 숲 속과 논두렁과 진흙탕의 기억까지도 내 발바닥 굳은살 속에는 저장되어 있다.

－『개』중에서

막 자라난 나무에 나이테는 없고, 갓 헤엄치는 물고기의 비늘무늬는 단순한 것처럼 내 조카의 발바닥도 그렇습니다. 솜털이 난 복숭아처럼 아주 부드럽죠. 하지만 이제, 첫 발걸음으로 자신이 살아갈 인생을 만들어나갈 것입니다. 많은 것을 보고 배우며 가치관을 형성하고 사람들을 만나며 꿈을 꿀 것입니다. 조카의 발바닥에 굳은살이 생길 때쯤엔 그 녀석도 인생의 소중한 추억 하나를 간직하게 되겠죠. 우리가 살아온 것처럼 말입니다.

『개』 : 인생이란 무엇인가? 생명체가 태어나고 성장하고 성숙하고 죽음을 맞이하는 과정이다. 우리는 인생을 발바닥으로 걷는다. 제 몸무게와 세상을 겪은 만큼 굳어진 우리 발바닥에 붙어 있는 굳은살들은 세상에 대한 깡이요, 무기요, 어느 글귀보다 선명한 인생의 자서전이다. 이 책은 인간과 가장 가까운 동물인 개를 통해 인생과 세상을 조명하고 있다. 📖 김 서 헌

안녕 첫 번째 자취방

『안녕 시모키타자와』, 요시모토 바나나

대학교에 오기 전까지는 울산에서 살았다. 울산에서도 가장 구석에 있는 동구. 이곳에서 19년을 살았으니, 대학교만큼은 여기서 통학할 수 없는 곳에서 다니고 싶었다. 그래서 울산에 있는 대학교에는 일부러 원서를 쓰지 않고 부산에 있는 대학교에 지원했다. 다른 곳에서 혼자 살아보고 싶었고, 그렇게 하면 다른 일상이 펼쳐질 것 같았다. 매일 아침 같은 시간에 일어나서 엄마가 챙겨주는 밥을 먹고, 버스 입구 쪽에 겨우겨우 서서 학교까지 가고, 늘 보는 친구들과 함께 수업을 듣고 집에 오는, 그런 틀에 박힌 일상에서 벗어나고 싶었다. 바라던 대로 부산에 있는 대학에 합격하게 되었고, 그렇게 나는 짐을 챙겨 들고 부산으로 왔다.

1학년 때는 기숙사에 있었고, 2학년이 돼서야 같은 과 친구와 함께 자취를 하기 시작했다. 개강하기 한 달 전. 같이 살기로 한 친구와 함께 뒤늦게 집을 구하러 다니다가 맘에 드는 집을 찾았다. 학교와 거리도 가깝고 조용하고, 집세도 비싸지 않았다. 무엇보다 계단을 올라가면 다락방 같은 느낌의 넓은 방이 좋았다. 천장에 창문만 있었다면 더 좋았을 정도로 내가 상상했던 다락방과 비슷한 느낌이었다. 집을 계약하고 나서 돌아오는 길, 희망사항일 뿐이라고 생각했던 일에 조금은 다가갔기 때문일까, 괜히 들뜨고 두근거렸다.

자취는 당연했던 일상과의 헤어짐과 동시에 새로운 일상과 만나는 일이었다. 집에서 나와 혼자 살게 되자, 너무나 당연했던 엄마의 따뜻한 밥을 먹을 수 없게 됐다. 아빠가 직접 주는 용돈도 받을 수 없게 됐고, 동생들 그리고 울산에 남아 있는 친구들과도 만나기 힘들었다. 그래서 처음에는 조금 쓸쓸한 기분도 들었다.

하지만 같이 사는 친구와 둘이서 밥을 직접 해 먹고. 할 줄 아는 요리도 없으면서 집들이 한다고 이 음식 저 음식 만들어서 친구들을 초대하고. 친구들의 사랑방 역할도 하다가 함께 수업 들으러 가고. 가끔밥하기 귀찮을 때면 둘이서 배달음식도 시켜 먹고. 돈을 절약해야 할 때는 집에 와서 밥을 챙겨 먹고 다시 학교에 가기도 하고. 컴퓨터로 영화나 드라마를 같이 보고. 옷장도 책꽂이도 반반씩 쓰고. 한 명은 침대에서, 한 명은 바닥에서 자야 했기에 자리를 바꾸는 2주마다 대청소도하고. 자려고 일찍 누웠으면서 수다 떨다가 새벽 4시가 다 돼서야 잠들고. 별것도 아닌 이야기에 둘 다 눈물이 나올 정도로 웃고. 시험기간에나타난 엄지손가락만 한 바퀴벌레 때문에 한바탕 소동도 있었고. 시끄러운 아랫집에 항의라도 하듯 쿵쿵 뛰어다니기도 하고. 집 앞에 쌓인눈도 치워보고. 큰 창문으로 새어 들어오는 외풍 때문에 두꺼운 비닐을 사다가 붙여놓기도 하고. 보일러가 따뜻하지 않아서 고생도 좀 했지만 마냥 즐거웠다. 첫 번째 자취방에서 친구와 함께 살면서 있었던일들이 전에는 경험해보지 못한 것들, 모든 것이 처음인 일상이었기때문에.

나는 더 이상 그 집에 살지 않는다. 작년부터는 그곳이 아닌, 그곳과는 몇 골목 떨어진 곳에 있는 원룸으로 이사 와선 두 번째 자취방이라고 부르며 살고 있다. 집 자체는 첫 번째 자취방보다 좋은데, 뭔가 특별함이 없는 기분. 그러던 중, 같이 살고 있던 친구가 일본에 교환학생으로 가게 되었다. 생각도 못했던 일이었지만 혼자 산다는 게 그렇게 싫지만은 않았다. 같이 살아봤으니까, 두 번째 자취방에서는 혼자 지내보자며 실은 조금 신 나 있었다.

그런데 며칠 지나지 않아 이상한 기분이 들었다. 혼자 있으면 편할 줄 알았는데, 자꾸만 첫 번째 자취방에서의 일들이 생각나면서 더 외롭고 심심해졌다. '첫'이라는 단어가 붙는 것들은 강렬하게 기억 속에 남아서 그럴까. 그래서 일본에 간 지 얼마 지나지도 않은 친구에게 손편지를 보냈다. 얼른 돌아오라고, 혼자 지내려니까 재미도 없고 심심하다고. 자려고 누워서 수다 떨고 싶다고. 평소 같으면 절대 못할, 손발이 오그라드는 이야기들을 적어서.

지금은 혼자 사는 것도 꽤 익숙해졌는지 그렇게 외롭지도 심심하지도 않다. 하지만 잘 지내다가도 불쑥불쑥 첫 번째 자취방이 생각날 때가 있다. 그럴 때면 그 집이 있는 골목을 일부러 지나가면서 슬쩍 보고 가곤 한다. 지금 살고 있는 사람은 어떤 사람일까? 사는 사람이 또 바뀌었을까? 우리가 사다가 붙여놓은 우편함은 그대로 쓰고 있네? 이제 바퀴벌레는 안 나오겠지? 주택이라 겨울에 좀 많이 추울 텐데 어쩌려나? 저 집에 있을 때 싫은 점도 많았지만, 그래도 재밌었는데, 라는 생각들이 그 골목을 지나갈 때마다 스쳐 지나간다.

> 사람에게 추억이 있는 한, 장소에는 그런 힘이 있는 거 아닐까요. 추억을 지닌 사람은 죽어도, 분위기가 CD에 파여 있는 자잘한 홈처럼 새겨져 있지 않을까요. - 『안녕 시모키타자와』 중에서

안녕, 추억 가득한 첫 번째 자취방. 늦었지만 정말 고마웠어. 나에게

새로운 일상들을 만나게 해줘서. 다시 울산으로 돌아간다고 해도, 또 다른 자취방에서 산다고 해도 절대 잊지 못할 거야.

『안녕 시모키타자와』 : 요시모토 바나나가 그려내는 주인공들은 특징이 있다. 가까운 누군가의 죽음으로 인해 아파하고 힘들어하기보단, 씩씩하고 밝게 자신의 삶을 살아간다는 점. 이 책의 주인공인 요시에도 그렇다. 아빠의 갑작스런 죽음 이후, 새로운 출발을 위해 찾아간 시모키타자와. 그곳에서 새로운 사람들과 만나며 일상의 행복을 되찾아간다. 📕 김 희 연

졸업까지 앞으로 100일

『스물아홉 생일, 1년 후 죽기로 결심하다』, 하야마 아마리

"집에 가서 푹 쉬고 싶다."

4학년 마지막 학기. 하고 싶었던 자원봉사를 하고 있다는 두근거림도 잠시였다. 차라리 수업을 듣고 싶다고 누군가에게 징징대고 싶었다. 발은 퉁퉁 부어 신발 끈을 다시 묶어야 했고, 끼니도 후딱딱 해결해야 했다. 자투리 시간에, 조용한 곳을 찾아 잠깐이라도 눈을 붙이곤 했다. 생각했던 것보다 너무 힘들어서였을까. 아침 8시 반에 나와서 밤 11시 넘어서야 집에 갈 수 있었던 자원봉사를 하면서 툭하면 입 밖으로 저 말을 내뱉고 있었다.

집에서 쉬고 싶은 마음은 여전했지만 하루하루가 지나갈수록 일에는 익숙해졌다. 처음엔 뭐가 뭔지 하나도 모르겠고 실수하면 어쩌나 걱정이었는데, 나중엔 알아서 척척 할 정도로 익숙해졌다. 그러다 보니 점점 끝나가는 게 느껴졌다. 주말만 버티면, 앞으로 3일만 지나면, 내일이면 마지막. 시간이 지나가는 게 고맙기도 하고 아쉽기도 했다.

드디어 자원봉사가 끝났다. 그동안 정신없이 지내서였을까. 갑자기 늘어나버린 시간을 주체하지 못하고 물 흐르듯 흘려보내고 있는 내가 보였다. 자원봉사가 끝나고 나서 잠시 쉬고 난 다음에는 조금 더 바쁘고 착실하게 지낼 생각이었는데, 그러기는커녕 있는 대로 늘어져 있

는 곰 한 마리만 있을 뿐이었다. 자원봉사 끝나고 집에 와서 씻고 쓰러지듯 자기 바빴던 내가, 새벽 3시가 넘은 시각에도 두 눈을 말똥말똥 뜨고 컴퓨터 앞에 앉아 있었다. 딱히 할 것도 없으면서 괜히 여기저기 기웃거리며 하릴없이. 어디 그뿐이랴. 자원봉사 끝나면 정리해야지 하고 쌓아두었던 자료들과 책, 아무렇게나 던져놓은 가방들도 며칠 째 그 자리에 그대로 있었다. 자원봉사 기간 동안 제대로 못 챙겨 먹고 다닌 한을 풀듯 먹기도 많이 먹었다. 그 덕에 안 그래도 무거운 내가 더 무거워져 버렸다. 내 스스로도 느낄 수 있을 정도로.

이건 아니다 싶어 빨래를 하고 오랜만에 옥상에다 이불도 널어두었다. 그래 오늘은 하루 종일 청소하자며 정신없이 쌓여 있는 책들과 수업자료 무덤을 넘어뜨렸다. 그러다가 무심코 펴든 책 한 권에 눈물이 뚝뚝 떨어졌다. 주인공이 너무 비참하게 느껴져서. 근데 그게 남 이야기 같지 않아서. 나도 저렇게 되는 건 아닌가 싶어서.

> 바닥에 떨어져 더러워진 딸기를 기어코 주워 먹으려는 나, 뒤룩뒤룩 살 찐 서른 즈음의 외톨박이 여자. 그것이 지금의 나였다. - 『스물아홉 생일, 1년 후 죽기로 결심하다』 중에서

그녀는 스물아홉이다. 나는 스물셋이다. 그녀는 뚱뚱하고 못생겼다고 한다. 나도 뚱뚱하고 외모에 자신이 없다. 그녀는 취미도 특기도 없다고 한다. 나도 내가 뭘 잘하는지, 뭘 좋아하는지 아직도 잘 모르겠다. 내가 하고 싶어 하는 일이 정말 하고 싶은 일인지, 막연한 꿈일 뿐인지 조차도 모르겠다. 아마 지금 이대로 계속 간다면 내가 스물아홉이 됐을 때, 그녀처럼 될지도 모르겠다는 생각이 들었다. 아니, 그럴 수는 없

다며 얼굴을 씻으러 화장실에 들어갔다가 거울에 나를 비춰봤다. 내가 봐도 이건 좀 너무했다 싶은 생각이 들었다. 그녀보다 내가 더 심각해 보였다. 자기관리가 안 되는 사람이라고 낙인찍혀 취직조차 못하는 건 아니겠지? 갑자기 이런저런 고민들이 꼬리를 물었다.

책의 마지막 부분에 있는 "인생에서의 마법은 끝이 있다는 것을 의식하는 순간부터 시작된다."라는 문장을 읽는 순간 머릿속을 스쳐간 건 졸업이었다. 나에게 있어서 가장 가까운 끝, 긴 학교생활의 종지부를 찍는 졸업. 형태는 조금씩 다르지만 16년 동안 속해 있었던 학교에서 나와 사회라는 곳으로 툭 떨어지게 되는 시점이다.

졸업 후 사회에 속하게 될지, 아니면 어느 쪽에도 속하지 못한 채 방황을 하게 될지는 모르지만 나도 그 마법을 믿어보고 싶어 졸업까지 카운트다운을 시작했다. 졸업식 때는 지금의 내 모습과는 완전 다른 내가 되겠다고 마음먹었다. 내가 나에게 '바뀐 나'를 선물하고 싶으니까. 지금 이대로라면 분명 어디에도 속하지 못한 채 방황하게 될 것 같으니까. 그녀처럼 마지막에는 웃고 싶으니까. 그래서 적어도 현재의 몸무게에서 앞자리 숫자 하나는 내리겠다는 결심을 했다. 후드티에 청바지 같은 너무 편한 차림보다는 조금은 여성스럽게 입고, 화장도 좀 하고 다니겠다고. 나를 잘 아는 친구들이 나를 보면 많이 바뀌었다고 할 만큼의 변화를 약속하고 카운트다운을 시작했다. 책 속의 그녀보다는 한참이나 짧은 기간이고 그녀만큼 화려한 목표도 아니지만 그 마법을 믿어보고 싶기에.

졸업까지 앞으로 100일 남았다.

『스물아홉 생일, 1년 후 죽기로 결심하다』 : 스물아홉 번째 생일에 혼자 축하하는 것도 모자라, 떨어진 딸기를 주워 먹으려는 자신의 모습이 너무 비참하게 느껴져 자살을 결심하지만 실패하고 만다. 그런 그녀의 시선에 들어온 라스베이거스의 화려한 모습. 1년 뒤, 그곳에서 최고로 멋진 순간을 맛본 뒤에 죽는 거야, 라고 결심하고 그날만을 위해 살아간다. 인생에서의 마법은 끝이 있다는 것을 의식하는 순간부터 시작된다는 걸 보여주는 저자 자신의 이야기이다.

김 희 연

아빠와 딸내미

『아빠와 딸의 7일간』, 이라가시 다카히사

꽤 많은 사람들이 한 주를 마무리하며 '개그콘서트'를 본다. 다양한 개그 코너 중 '아빠와 아들'이라는 콩트를 볼 때, 나는 웃음이 터지기보다 뜬금없는 고민이 생기곤 했다. '내가 아들이었다면 아빠와 좀 더 친해질 수 있었을까?'

임의로 사람 간에 친밀도를 수치화하기로 정하고, 처음 만난 사람을 숫자 영으로 정해보자. 아빠가 들으면 섭섭할지도 모르지만, 한때 나와 아빠의 관계는 마이너스 무한대로 치닫고 있었다. 그때 우리는 서로를―현재 시점에서 본다면 내가 일방적으로―마이너스로 밀어내기에 정신이 없었다. 혹은 아빠와 나는 '같은 극'을 갖고 있었다. 자석이 자신과 같은 극이 가까이 다가오면 그것을 밀어내는 성질을 갖고 있듯이.

아빠와 내가 같은 극이었던 이유는 비슷하다 못해 판에 박은 듯 유사한 성격 때문이다. 나는 고지식한 편이고 보수적이다. 가끔 이상한 대목에서 고집을 피우기도 하고, 자존심을 세우기도 한다. 남의 말을 귀담아 듣는 편은 아니지만, 오지랖이 넓어 남의 일에 참견하기를 좋아한다. 이것들이 아빠에게서도 찾아볼 수 있는 내 성격들이다. 아빠와 나는 성격 때문에 자주 의견충돌을 하곤 했다.

특히 대학에 와서는 통금시간이 말썽을 피웠다. 고등학교까지는 아무런 문제가 없었던 내 외출이 대학에 입학하면서 제한되기 시작한 거다. 11시 통금은 내게 치명적이었다. 대학에 와서 통금이 생길 거라곤 생각해본 적이 없었다. 게다가 외박은 꿈도 못 꾸는 일이었다. 자취하는 친구네 집에서 수다를 떨며 새벽을 맞이하는 건 그저 내 희망사항에 불과했다. 보수적인 아빠는 어떤 경우에도 통금시간을 봐주는 법이 없었다. 통금시간을 어기면 엄마와 합세해 현관문을 잠갔다. 아니면 10분 이상의 설교를 하거나 무력적인 방법을 쓰기도 했다. 때문에 나는 어떤 자리든 가리지 않고 10시만 되면 집으로 향해야 했다. 친구들은 아직 통금이 있냐며, 오늘만 늦게까지 있으라며 붙잡았지만 나는 정말 그럴 수가 없었다. 불같은 아빠 성격을 알기 때문이었다.

통금시간 때문에 나는 자연스럽게 많은 것을 포기해야 했다. 친구와 밤새 수다 떨기, 친구들과 여행, 심야영화, 동해바다 일출 보러 가기……. 정말 사소한 것들이지만 친구들이 다 할 수 있는 것들을 누리지 못한 것은 모두 통금시간에 걸렸기 때문이다. 이런 제한된 상황은 내가 아빠를 미워하게 만들었다. 하고 싶지만 하지 못하는 이유는 모두 통금시간, 외박금지를 만든 아빠 때문이라 생각했다.

뜬금없는 이야기지만 나는 생김새도 아빠를 빼닮았다. 이와 관련된 재밌는 에피소드가 있다. 대학 2학년, 새 학기가 시작돼 한창 분주할 때였다. 친구에게서 전화가 왔다. 그는 대뜸 우리 아빠 성함을 물었다. 내 대답을 들은 친구는 호들갑을 떨기 시작했다. 내가 왜 그러냐고 묻자, 친구는 남은 호들갑을 마저 떨며 말했다.

"나 이번에 듣는 수업에서 너희 아버님 뵈었어, 세상에. 눈이 너랑 똑 닮아서 혹시나 했는데, 세상에. 최 씨라고 해서 또 혹시나 했는데,

세상에."

그렇다. 친구가 한 번도 본 적 없는 우리 아빠를 단 두 개의 단서로 유추해내는 상황이 생길 만큼 우리는 닮았던 것이다. 나는 외향도 내향도 닮은 아빠와 나를 보고 생각했다. 우린 가까워질 수 없을 거라고 말이다. 그런데 내 확신이 와르르 무너지고 말았다. 태풍이 휩쓸고 간 어느 오후, 나는 아빠의 일터로 걸음을 옮기고 있었다. 자의적이고 개인적으로 아빠를 찾은 건 태어나서 처음 있는 일이었다.

"꼭 만나서 드릴 말씀이 있어요. 30분만 시간 내주세요."

집에서 얘기하자는 아빠 말에 내가 대답했다. 내 목소리는 비장했다. 한창 바쁜 프로젝트 덕분에 밥 먹을 시간이 부족해 컵라면으로 끼니를 해결하던 아빠가 거부할 수 없을 정도로 말이다. 아빠와 마주했다. 나는 하고자 했던 말을 시작했다. 그건 지금껏 부딪혔던 것과는 차원이 다른 한계를 만나, 스스로 극복하지 못하는 내 무능함의 울부짖음이었다. 나는 아직 한계를 극복할 준비가 부족하다고 말했다. 그리고 그 전에 잠시 휴식이 필요한 것 같다고도 말했다. 말하면서 생각했다. '내가 이런 일로 아빠를 찾다니!' 생각해본 적 없는 일이었다.

아빠는 통금시간을 만들어 내 자유를 가져갔지만, 그것과 상관없이 내가 가장 믿을 수 있는 사람이었는지도 모른다는 생각이 들었다. 갑자기 눈물이 터져 나올 것 같아 눈에 힘을 줬다. 그동안 단적인 면으로 아빠를 바라본 내가 어리석다고 느껴졌다. 나도 모르게 감정이 복받쳐 줄줄 눈물을 쏟아냈다. 무뚝뚝한 아빠가 내게 휴지를 건넸다. 아마 그때가 내 진심이 아빠에게 전해지는 순간이었다. 아, 아빠의 진심이 내게 전해지는 순간이었던 것 같기도 하다.

이성적인 아빠는 감정을 추스르는 딸을 타일렀다. 그날 나는 아빠와 나를 가로막고 있던 벽을 무너뜨리고 진짜 아빠를 볼 수 있었다. 내 확신이 무너지는 순간이었지만, 그런 건 아무래도 상관없었다.

이런 진정 어린 대화 한 번이었으면 될 걸, 난 이제껏 흘러간 시간을 쓸어 담고 싶은 심정이었다. 아빠와 나 사이의 친밀도를 수치화해 보면, 우리는 현재 진행형 플러스 무한대다. 이로써 나는 한층 더 성숙해질 수 있었고, 시간의 소중함을 느낄 수 있었으며, 행복한 딸내미가 될 수 있었다.

내 질문에 대해 스스로 답을 찾을 수 있어 기쁘게 생각한다. 딸과 아들의 차이가 중요한 것이 아니라는 것을, 진짜 중요한 것은 서로 마음을 열고 다가가는 것임을 몸소 깨달을 수 있었다.

『아빠와 딸의 7일간』 : 세상에서 아빠가 제일 싫은 '딸'과 세상에서 딸을 가장 사랑하는 '아빠'가 전차 탈선 사고의 충격으로 서로의 몸이 바뀌게 된다. 평소 대화가 많지 않고 인사조차 나누지 않아, 서로에 대한 이해가 부족한 아빠와 딸은 몸이 뒤바뀐 채 생활하며 황당한 사건들을 겪는다. 그러면서 서로에 대해 이해하게 되고 둘의 관계가 점점 회복돼가는 과정을 그린 책이다.

📖 최 문 희

하늘을 우러러 한 점 부끄럼 없이

『침이 고인다』, 김애란

믿음의 범위는 참 유동적이다. 그것이 가진 속성 때문에 어쩔 수 없는 일이기도 하다. 우선 믿음이란 매우 추상적인 감정이다. 또 '믿어 달라'는 요구를 받아들일지 말지는 결국 그 상대가 결정한다는 것에서 볼 때, 후에 생긴 문제의 책임을 운운할 때면 종종 곤란한 상황이 생기기 쉽다. 그것은 곧 속인 사람의 문제가 아닌, 속은 사람이 책임을 갖게 되는 엉뚱한 상황을 말한다. 결국 믿는다는 것은 무척 중요한 일이지만 사실 사람들은 그것이 중요한 만큼 소중히 다루지만은 않는다. 오히려 믿음의 마음을 이용하는 경우도 어렵지 않게 목격할 수 있기 때문이다.

학창시절 나는 믿음에 죽고 믿음에 살았다. 어떤 친구에게 믿음이 깨지는 순간 마음의 문이 칼같이 닫혔다. 물론 그 방법은 옳지 않았다. 충분히 오해가 생길 수 있는 상황이었음에도 앞뒤 가리지 않고 믿음을 일순위로 삼았던 그때의 내 행동에는 분명 고쳐야 할 점이 있었다. 하지만 나는 믿음을 중요하게 생각했던 만큼 나 또한 상대방에게 믿음을 주기 위해 노력했다. 그래야 공평하다고 생각했고, 비로소 공식이 성립된다고 생각했기 때문이다. 물론 백에 백 번 믿음을 지키는 일은 쉽지 않았다. 그것은 분명 어려운 일이었다. 그 시절 나는 내가 한 약속보다 더 달콤한 유혹에 넘어가 믿음을 저버린 적도 있었고, 사소한 믿음이었기에 그것을 잊어버린 적도 종종 있었다. 하지만 그때마다 대가를 치렀고, 그럴수록 내게 믿음의 중요도는 높아져만 갔다.

학창 시절 내게 중요했던 기준이 또 하나 있었다. 나는 겉과 속이 다른 친구들과는 어울리지 않으려 노력했다. 진심과 진실은 믿음의 바탕에 깔려 있는 또 하나의 중요한 요소였다. 이 때문에 나는 싫어하는 사람에게는 싫어하는 티를 마구 내며 주변 사람들을 불편하게 했다. 정말 대책 없는 행동이었다. 하지만 나는 그게 맞는 행동이라 믿었다. 그랬기 때문에 그런 행동이 내게 어떤 피해를 가져오더라도 그렇게 행동했다. 그나마 다행이었던 것은 내가 싫어하는 사람이 드물었다는 점이다. 이는 이해심이라도 깊었던 내 성격에 감사해야 할 일이라 생각한다. 그렇지 않았다면 난 지금쯤 친구 한 명 없는 외톨이가 됐을 거다.

하지만 나이를 먹으면서 점차 그 생각에 자신이 없어졌다. 내가 커가면서 목격한 일들은 더 이상 내가 가진 맹목적인 믿음과 이론으로는 받아들일 수 없을 정도로 크게 다가왔다. 당황스러웠다. 믿음이 중요하다고 생각하는 나는 옳고, 믿음을 수단으로 다른 이들을 조롱하는 그들은 틀리다고 생각했다. 내가 사는 세계에 믿음이 없다면 그건 너무 척박할 거라는 생각이 들었다. 그 세계를 받아들이기엔 용기가 없었다.

그때 내가 가장 참기 힘들었던 것은 사람들이 아무렇지 않게 이중적인 모습을 연기하는 것을 방관하는 거였다. 사람들은 내 생각보다 상대를 빠르게 파악했고, 그들에게서 잘못된 점은 없는지 캐내려는 것 같아 보였다. 그것은 나를 혼란스럽게 했고, 그 상황을 바라볼 수밖에 없는 나를 미워하게 했다. 그때 내겐 그 이중적인 행위에 대해 사람들에게 발언할 용기가 없었고, 확신도 없었다. 왜냐하면 그러기엔 그들의 행위가 너무 당당해 보였으며, 당연해 보였다. 결국 그 모습은 혹시 내가 잘못된 것은 아닌지 스스로를 의심하게 만들기까지 했다. 나는 이 상황 속의 피해자라는 생각이 들었다.

대학교에서는 때와 장소를 가리지 않고 가면을 쓴 이들을 어렵지 않게 만날 수 있었다. 그런데 나는 의구심이 들었다.

"저렇게 연기하는 티가 다 나는데, 어떻게 서로 갈등 없이 지낼 수 있는 거지? 결국 속는 사람도 연기를 하는 거야?"

혼자 답을 찾을 수 없었던 나는 친구에게 물었다. 친구는 말했다.

"서로 알면서도 모르는 척하는 거야. 나 같은 경우엔 그래. 내가 연기하지 않고 그 선배 싫어하는 티를 내면 옆에 있는 사람들이 얼마나 불편하겠어? 또 그 선배는 얼마나 무안할까 싶기도 하고……. 그러니까 서로 알면서도 덮어두는 거지. 난 이런 행동이 선의의 연기라고 생각해."

웃기게도 내가 옳다고 굳게 믿었던 믿음을 깨뜨리지 않는 친구의 말을 들으며, 나는 큰 반발심이 생기지 않았다. 내가 틀린 것은 아니라는 생각이 들었다. 하지만 그건 껍데기만 남은 정의였다. 살아가며 내게 더 필요한 것은 그들의 행동이라는 생각도 들었다. 모두가 모르는 척하지만 실은 모두가 알고 있는 연기라고 생각하니, 더 이상 내가 그 상황에 고민하거나 고통받을 필요는 없었다. 시간이 갈수록 연기하는 무리 속의 나는 점차 익숙해졌다. 스스로에게 물음을 던지지도 않았으며 그들이 그럴 수밖에 없는 상황이 있다고 생각할 지경에 이르렀다. 그리고 그렇게 변해가는 나를 보며 나는 단지 살아남기 위해 이 상황에 익숙해져가는 것이라며 합리화를 하기도 했다. 비록 스스로 인정하지 않았지만 나도 그 상황에 물들어가고 있었던 것이다.

그러던 어느 날, 중학교와 고등학교를 같이 다닌 친구에게 연락이 왔다. 학교를 다닐 때 무척 가까운 친구였지만 대학교 4년 동안 연락된 적이 없었기 때문에 무척 오랜만이었다. 친구는 SNS로 대화를 걸어왔다. 나는 반가운 마음을 마음껏 표출했다. 그런데 문제는 친구가 내 연락처를 물었을 때부터 시작됐다. 오랜 시간 연락이 끊겨 자연스레 내 연락처를 묻는 친구를 보며 나는 생각했다. '왜? 왜 내 연락처를 묻는 거지?' 나는 결국 친구의 물음에 답하지 않았다. 요즘같이 무서운 세상에 친구에게 연락처를 알려주는 것은 무척 위험한 일이라는 생각이 들었다. 급기야 친구가 내게 했던 모든 행동을 의심하기 시작했고, 어떻게 나를 위험한 길로 인도할 것인지에 대한 가상 시나리오 작업을 모두 마치기에 이르렀다. 친구는 이미 내게 무척 위험한 사람이 돼 있었다. '친구는 연기를 하고 있다. 나를 어떻게든 이용하려는 거야. 왜 나에게 이런 일이……'

내 시나리오가 깨지는 데는 그리 많은 시간이 걸리지 않았다. 며칠 지나지 않아 SNS에는 내 절친한 친구와 그 친구가 만났다는 소식이 업데이트됐다. 궁금하고 걱정됐던 나는 절친한 친구에게 연락을 했고, 다행인지 당연한 것인지 아무 일도 없었다. 하지만 그 일이 있은 뒤에 나는 매우 쓸쓸해졌다. 내가 다 망친 기분이 들었다. 그게 무엇이든. 그런데 나는 또 한 번 놀라지 않을 수 없었다. 친구를 의심했던 나는 그의 앞에서 무척 자연스럽게 연기했다. 사실은 친구가 아닌 내가 연기를 하고 있었던 거다. 게다가 그것은 나와 전혀 이질적이지 않고 자연스러웠다. 언제부터일까. 아……. 내가 싫어하는 행동을 하던 그 선배 앞에서도 웃을 수 있었을 때부터? 아니면 내가 원하는 것을 얻기 위해 친구에게 친한 척을 해댔던 그때부터? 나는 이제 믿음이 있는 사람일까? 나도 이제 완전히 물들어버린 걸까? 난 많은 숙제를 떠안게 된 기분이 들었다. 믿음이란 무엇인지에 대해 더 많은 고민이 필요하다고 생각한다. 여러분이 생각하는 믿음은 무엇인가? 애초에 하늘을 우러러 한 점 부끄러움 없는 믿음은 없는 것일까? 생각이 많아지는 새벽이다.

『**침이 고인다**』　: 8개의 단편으로 구성된 김애란의 소설집이다. 배경으로 '방'이 주로 사용된다. 작품은 방에서 일상적이지만 평범하지 않은 사건들을 나열하며 소통과 단절을 그려내고 있다. 작가는 독특한 문체로 독자들의 관심을 끌어 그들을 사로잡고 있다. 　　　📖 **최 문 희**

나를 위해 떠나련다

『홋카이도 전차 여행』, 방진원

내가 가진 신발 중 안감이 털로 된 갈색 부츠가 있다. 나는 그 신발을 보며 종종 상상한다. 부츠를 신은 내가 홋카이도 눈밭을 걷고 있는……. 엉뚱하게도 그 신발을 보면 당장이라도 떠나고 싶다. 홋카이도 눈밭을 걷고 싶은 신발이라니. 신발 광고에서나 쓸 법한 이야기다.

나는 항상 여행을 갈망한다. 실제로 많은 여행을 하진 못했지만 생활 곳곳에서 뜬금없이 여행 충동을 느낄 때가 많다. 라식 수술을 하고 방 안에 갇혀 있을 때 들었던 여행 생각은 그나마 일반적이었다. 나는 신발을 신다가도 여행을 떠나고 싶고, 아침에 일어나 방문을 나서면서도 그렇다.

나 홀로 떠나는 첫 번째 여행이자 일탈은 고등학교 3학년 때였다. 여행의 욕망은 그 전날 밤, 머리가 베개에 닿으면서 시작됐다. 내일은 왠지 도서관이 아닌 다른 곳으로 떠나야 할 것만 같은 기분이 들었다. 열심히 머리를 굴리다 친구가 말했던 장소가 불현듯 떠올랐다. 친구는 사진 찍기를 즐겼는데, 언제 한 번 방문해보라며 진주수목원을 추천해 줬었다.

다음 날, "도서관 다녀오겠습니다."라는 인사를 하고 집을 나섰다. 나는 당연히 도서관이 아닌 부전 기차역으로 향했다. 오전 10시에 출발하는 무궁화호 기차표를 끊었다. 진주수목원까지는 2시간 30분 정도가 걸렸다. 나중에 안 사실인데 기차가 정착하는 역이 하도 많아 그토록 시간이 오래 걸렸던 거였다. 하지만 당시 기차에 몸을 실은 것만으로 심장이 두근거렸던 나는 기차 운행시간에 쓸 만한 신경이 남아 있지 않았다. 나 홀로 첫 번째 여행이자, 일탈이라는 두 가지 의미를 갖고 있었기에 심장은 두 배로 두근거렸다. 혼자 보내기에 2시간 30분은 충분히 지루할 수 있는 긴 시간이다. 하지만 당시의 내가 지루할 틈이 있었겠는가? 그 순간을 간직하고 싶어 사진을 찍고, 스스로 대견해하면서도 잊지 않고 불안해하느라 어렵지 않게 진주수목원에 도착할 수 있었다.

진주수목원의 기차역은 매우 간소했다. 사실 역이랄 것도 없었다. 기차는 잠시 정차해 나를 비롯한 몇 명의 승객을 내려놓고는 다시 출발했다. 수목원까지 걸어가는 10분은 나를 더욱 들뜨게 했다. 나는 마치 드라마에 나오는 여주인공처럼 한 걸음, 한 걸음을 예쁘고 의미 있게 걸었다. 수목원 앞에 도착했는데, 일회용 카메라가 눈에 들어왔다. 수목원 앞 장사치들이 팔다 보니 편의점에서 사는 것보다 1000원 정도 비쌌다. 가격이 불만스러웠지만 그깟 1000원이 대수일까. 역시, 기억은 미화된다. 지금 보면 말도 안 되는 웃긴 사진만 남아 있지만 그 당시 나는 그 어떤 사진작가보다 열중해 사진을 찍었더랬다.

집을 나설 때 비가 올 것 같아 챙겼던 우산은 곧 짐이 됐다. 수목원 입구에 서서 둘러보니 우산을 가져온 사람은 아무도 없었다. 오히려 사람들은 챙겨온 양산과 부채로 햇빛을 가리며 다녔다. 내가 너무 예민하게 굴었나 보다.

사실 수목원은 딱히 볼거리가 없었다. 나무와 꽃이 심겨 있었고, 푯말이 그들의 이름을 알려주고 있었다. 뭔가 특별한 것이 있을 거라 생각했던 나는 실망하고 말았다. 하지만 나는 처음 보는, 그리고 앞으로 다시 볼 일이 없을 것 같은 식물들에게 관심을 가지려고 노력했다. 수목원에 사람들은 보통 가족, 혹은 연인끼리 무리지어 있었다. 나는 문득 사람들 틈에 내가 너무 초라해 보였다. 왠지 사람들이 혼자인 나를 쳐다보고 있을 것 같다는 생각이 들었다. 하지만 아무도 그러지 않았을 거다. 만일 쳐다본 사람이 있다 하더라도 그 이유가 내가 혼자 왔기 때문은 아닐 것이다. 나는 관중 없는 연기를 해댔다. 더 열심히 식물들을 살펴보는 척했다. 쓸 데 없는 걱정을 하기 시작했다. 왜 혼자 왔냐고 말을 걸면 뭐라고 답하지? 이런 저런 생각들로 불안해졌다. 그리고 피곤했다. 그만 집으로 가고 싶은 생각이 들었다.

수목원에서 나와 기차 타는 곳까지 걸었다. 나는 더 이상 한 걸음, 한 걸음에 의미를 두지 않았다. 그냥 터덜터덜 걸어왔다. 3시간 남짓 머물렀던 수목원에서 나는 혼자 무척 바빴다. 기차에 탑승해 의자에 몸을 앉혔다. 피곤이 몰려왔다. 배도 고팠다. 그때 옆 좌석에 앉은 20대 중반의 여자들이 통닭 냄새를 풍겨댔다. 평소 통닭을 좋아하지 않았지만 그 냄새가 그렇게 맛있을 수가 없었다. 나는 돌아가는 2시간 30분 동안 잠을 청하기로 했다. 그것은 통닭 냄새 때문이기도 했고, 너무 피곤했기 때문이기도 했다.

5시 20분, 나는 부전역에 도착했다. 오늘의 일탈은 허탈했다. 출발할 때의 활기와 기대는 모두 사라진 듯했다. 도서관에 가지 않은 것이 후회되기도 했다. 지친 몸을 이끌고 집에 도착한 나는 쓰러지듯 잠이 들었다. 그냥, 시간 낭비였다. 다음 날도, 그 이튿날도 아무 일 없는 평범한 하루를 보냈다.

수목원을 방문했던 사실이 점차 잊힐 때쯤, 나는 문득 깨달았다.

친구 없이 밥 먹는 것을 부끄러워하던 내가 주말에 도서관에서 혼자 밥을 먹고 있다는 것을 말이다. 그것은 꽤 자연스러웠다. 그것을 계기로 나 홀로 놀이는 계속해서 발전해갔다. 대학생이 된 후에는 카페에 혼자 가는 일이 잦았으며, 얼마 뒤에는 영화관에 혼자 가기도 했다. 나 홀로 기차여행은 나 홀로 할 수 있는 다른 많은 일들로 발전했다. 그 과정은 매우 자연스러웠으며 내게 '너도 혼자 할 수 있다'는 용기를 줬다. 그 전까진 뭐든지 누구라도 함께 해야 했던 나에겐 실로 큰 발전이었다. 여행을 통해 새로운 나를 발견한 것이다.

나는 여행이 내게 더 많은 것을 알려줄 것이라 생각한다. 아니, 확신한다. 항상 떠나고자 하는 욕구가 있지만, 막상 떠나려고 하면 망설여지던 나. 여행을 통해 또 다른 나를 발견하고 싶다. 내가 지금 직면한 현실을 극복할 수 있는 힘을 키우기 위해 한 계단 더 발전해야 할 때가 온 것 같다. 나는 그것을 여행을 통해 배우고 싶다. 그렇다. 나는 여행을 떠나고 싶다!

내가 살던 매일 매일에 그냥 머물렀다면 결코 느끼지 못했을 주변사람들에 대한 소중함, 나를 아는 이가 아무도 없는 도시에서의 긴장감과 나 홀로 여행의 스릴, 모든 상황을 긍정적으로 재해석하는 (나그네들의 전유물인) 낙천주의와 적응력, 사진에 담지 못한 순간순간의 감성, 그리고 새로운 만남의 두근거림을 얻었다. - 『홋카이도 전차여행』 중에서

『**홋카이도 전차 여행**』 : 저자가 직접 그린 노선표와 지도 등은 현지에서 가이드북으로 사용해도 될 정도로 상세하다. 책은 저자가 직접 발굴한 맛집과 에피소드 등으로 구성되어 있고, 직접 스케치한 그림, 지도 등이 아기자기하게 나열돼 있다. 책을 읽으면 겨울의 낭만적인 홋카이도를 느낄 수 있다.

▮ 최 문 희

찬란한 고백(告白)

『찬란』, 이병률

너를 처음 봤을 때, 나는 무심했다. 나는 너를 찬찬히 들여다보지 못했고 어렵고 진부한 거라 생각했다. 다들 내 첫인상에 대해 운운할 때 빠지지 않고 등장하는 그 단어를 나는 네게 접목시키고 있었다. 냉정은 아니고 또 냉혈도 아닌, 영하의 겨울바람보다 조금 덜한 그 어중간한 정도. 차갑다는 말이 가장 가까울까? 하지만 오히려 그 덕에 나는 너를 정반대의 불씨로 맞아들였다. 그 시간이 비록 오래 걸리긴 했지만 말이다.

3년 전 스무 살의 어린 내가 스멀스멀 대학으로 기어올 때 어느 작은 집단에서 너를 다시 만났다. 거긴 시를 공부하는 학회라고 했다. 학회장 선배가 직접 소개하며 '시를 습작한다'는 표현을 했다. 나는 그 당시 '습작'이라는 말을 생전 처음 들었는데, 대학으로 기어올 때 멍했던 나에게 텅 빈 영혼을 '새로 고침'했던 단어임에는 틀림없었다. 신입생이었던 나는 그 단어의 뜻에서부터 내가 무언가를 창작하는 학과에 와 있다는 것을 실감했다. 또 "습작", "습작" 하고 소리 내어 말할 때의 느낌이 참 좋았다. 발음할 때마다 입술 사이로 시옷 발음이 새는 듯하며 '스읍'이라고 말한 뒤, '작'으로 간결하게 끝맺는 게 아주 정갈하기 그지없었다. 그리고 나는 더불어 얼음장 같았던 네 첫인상을 상기했다. 낯선 곳에서 다시 만난 너, 습작과 창작의 모진 원 안에서 '시(詩)'라고 불리는 네 녀석은 견고하리만치 날이 선 모습이었다. 하지만 나는 네게 마음을 열어보려 했다. 아주 짧은 문구에도 탐닉하는 내가 행과 행 사이를 넘나들며 너와 가까워지고 싶은 시도를 해보기로 했다. 그 길로 주저 없이 그 집단에 가입하기로 했다. 첫 만남의 느낌을 가슴 깊은 곳에 묻어둔 채로.

1학년 1학기, 나는 시 창작 학회에 소속되어 매주 학회수업을 나갔다. 매주 시를 한 편씩 썼다. 사실 그 기간이 격주였는지, 써야 하는 시가 두 편 혹은 세 편이었는지 잘 기억나지 않는다. 하지만 분명한 건 내가 마치 다시 시작하는 연인을 만난 것마냥 무지 설레었다는 것. 이전에 내가 알던 것과는 또 다른 네 모습을 발견했기 때문이었고, 너와 생경한 장소에서의 낯선 만남이 짜릿했기 때문이기도 했다. 학회 수업을 통해 내가 느낀 문학은 얼개를 바탕으로 한 영적 체험과도 같았다. 나에게 두 번째 종교가 생겨난 것만 같은 기분이었다. 의무감과 책임감에서 비롯된 시 쓰기가 시 읽기를 통해서 그 영역을 넓혀갔고 더욱 단단해졌다. 무엇보다 다시 만난 너, 시라는 녀석이 따뜻하게 다가왔다. 때론 순하기도 하고 단단한, 내 마음의 응어리진 것들을 순식간에 헤집어놓는 특별한 녀석이었다. 그제야 나는 비로소 찬란한 너를 느낄 수 있었던 것이다. 네가 찬란이라는 걸 안 것이다.

그런데 한 학기 동안 학회 수업을 하면서 나에겐 견디지 못할 만큼 답답했고 먹먹했던 아킬레스건이 하나 있었다. 바로 사람, 사람들이었다. 시와 찬란한 사랑을 시작할 때즈음 학회 사람들에게 마음을 열어놓지 못했다. 닫힌 문 앞에서 어느 열쇠로도 열리지 않는 내 마음이 어색하고 불편해서 진정한 동기 녀석 하나 만들지 못했다. 괜히 혼자만의 생각이었는지는 몰라도 선배들의 눈총이 따갑게 느껴져 그들 주위를 빙빙 둘러 다니기만 했다. 학회 수업을 마치고 뒤풀이를 가자는 말에 슬그머니 발을 빼기 일쑤였다. 그들과 제대로 식사를 해본 적도, 말을 섞어본 적도 없었다. 학회 안에서 나는 시들한 이파리처럼 힘이 없었다. 대학교라는 곳에 대한 불신도 덩달아 커졌다.

'이곳은 나를 적응하지 못하게 하고, 사람과 관계 맺을 수 없도록 하는구나.'

하지만 그건 스스로에 대한 핑계이자 주문이었다. 일부러 그 안에서 삐뚤어지는 연습을 했던 것이다.

그렇게 나는 그곳을 도망치듯 나왔다. 가장 중요한 건 너를 두고 나왔는지 몰랐다는 거였다. 나는 그곳을 탈출했다는 해방감에 한동안 정신을 잃었다. 어질어질했던 마음이 오갈 데 없이 허해져서는 그만 너를 놓친 것이다. 나를 잠시나마 찬란토록 해준, 제일 중요한 너를 말이다.

하지만 나는 오랜 시간을 두고 '사람'에 대한 회복을 연습했다. 그 과정에서 아주 당연하다는 듯이, 본능적으로 너를 찾았다. 너를 만났던 그 찬란한 순간의 나를 찾아 손을 뻗으려 했는지도 모른다.

찬란이 아니면 다 그만이다
죽음 앞에서 모든 목숨은
찬란의 끝에서 걸쇠를 건져 올려 마음에 걸 것이니
– 『찬란』 중에서

학교 도서관에 갈 때마다 청구기호 '811' 주위를 서성이는 게 버릇되다시피 했다. 내 키보다 높이 쌓여 있는 시집에 둘러싸여 있는 건 정말이지 두근거리는 일이다. 비틀거렸던 나를 또 다시 건져 올린 건 찬란한 기억, 찬란의 순간을 맛보았던 시의 품이었다.

다시, 오래 전 너를 처음 봤을 때를 기억한다. 타인에 의해 비추어지는 내 모습은 내가 너를 처음 봤을 때처럼 거칠고 차가웠다. 곧, 나는 너를 통해 내 모습을 본 것이고 그 사이에 한층 더 진해진 우리 사이가 이토록 찬란하고도 뜨거운 시간을 함께하고 있나 보다. 찬란할 수밖에 없는 지금을 위해 그만큼의 시간을, 과도기를 거쳤나 보다. 사람에 대한 회복도, 사람을 대하는 연습도 다시 시를 만났던 그 찬란한 순간을 통해 이루어지고 있다. 나를 건져 올린 건 너, 바로 시였다.

『찬란』 : 지하철이나 버스에서, 내 방 책상에서, 도서관의 촘촘한 책장들 사이에서 그의 시를 즐겨 읽었다. 하지만 그럴 때마다 갸우뚱했던 건, 어느 장소건 꿈틀대는 단어며, 그 단어 주위에서 잠식하고 있는 흔적들이 각기 다르게 춤을 추고 있다는 사실이었다. 움켜쥐고 싶어도 자꾸만 흐물거리는 시어들이 이토록 찬란할 수 있다니. 📖 김희영

브라보 마이 청춘 라이프

『하늘과 바람과 별과 시』, 윤동주

별, 별, 별. 밤하늘엔 별이 없다. 반짝반짝, 지상 위엔 네온사인이 반짝인다. 별 없는 그곳은 더 이상 하늘이 아니다. 아득히 먼 옛사람들은 북두칠성을 따라 그들의 길을 찾아 나섰겠지. 이젠 아니, 아니. 우리는 저 도시에 번쩍이는 네온사인을 따라 길을 걷는다. 만약 지금 하늘에서 반짝이고 있는 게 있다면 그건 필시 인공위성일 거야.

별 하나에 추억과 별 하나에 사랑과 별 하나에 쓸쓸함을 헤아리던 시인이 있었다. 무수히 떠 있는 별을 헤아리며 시인은 시를 썼다. 별은 시가 되고 시는 또 그리움을 낳았다. 별을 보며 어머니, 어머니 하고 외쳤을 시인을 생각하니 나도 그리운 사람의 이름을 불러보고 싶어진다. 그리운 사람, 그리운 것이라.

그래, 내가 보고 있는 별은 몇 십억 년 전의 별이라지. 그 별빛을 따라가면 그리움과 닿을 수 있을까. 아니, 이제 밤하늘엔 별이 없으니까 그리움과 닿을 일도 없을 테지. 어쩌면 내 그리움은 도시의 밤을 밝히는 네온사인처럼 노골적으로 번쩍거리다 이내 사라질 운명일지도 모른다. 새벽이 오면 패잔병처럼 쓸쓸히 남아 있는 도시의 간판은 꼭 나와 같다.

어린 시절 내 가슴속에도 별이 있었다. 소설가가 되고 싶었다. 하지만 '너 커서 뭐 될래?'라고 물으면 쉬이 입에서 '소설가'라는 단어를 내뱉지 못했다. 꿈같았기 때문이다. 잠에서 깨면 꿈이 되어버리는 허망한 그런 것. 소설가라는 단어를 읊을 때마다 나는 허무맹랑한 꼬맹이가 되어버린 기분이었다. 소설가는 아무나 하냐는 말을 새기며 스스로도 조롱했던 것 같다. 내게 있어 소설가라는 꿈은 진짜 별이었는지도 모르겠다. 너무도 멀리 있어 잡지 못하는, 아스라이 보이는 작은 별.

이따금 별과 같은 그 단어를 되뇔 때면 초라한 현실이 더욱 다가왔다. 그래서 나는 누군가 너 뭐 될 거야, 라고 물으면 선생님이라고 대답했다. 일종의 타협이었다. 선생님이라고 대답하면 어른들은 다시 되묻지 않았고, 그렇구나 하며 웃어주었으니까. 그리고 선생님은 되기 어렵다는 것을 알았을 때 나는 다시 현실과 맞는 다른 꿈들을 찾기 바빴다. 조금 더 되기 쉬운 것으로. 그러다 보니 어느새 내 가슴속 머물던 작은 별은 보이지 않았고 네온사인만이 깜박였다. 황량한 도시의 밤을 지켜주는 그 불빛은 켜졌다 꺼지기를 거듭했다.

네온사인이 꺼지면 도시엔 아침이 찾아오지만, 내 마음속 네온사인이 꺼지면 무엇이 찾아오나. 조그맣게 어둠을 밝혀주던 작은 별마저 이제는 없는데. 별을 품었던 어렸을 적 내가 지금 참 그립다. 그리움, 그리움. 별, 별. 다시 어둠.

그렇게 나는 스무 살이 되었다. 국문과생이 되었고, 어영부영 어른도 아이도 아닌 채 대학의 문을 밟았다. 종종 네온사인이 꺼질 때마다 모든 것에 불안해했고 불확실한 미래에 두려움을 앓았다. 그럴 때면 뜨내기처럼 이곳저곳 술자리를 기웃거리며 분위기에 맞춰 술을 마셨다. 오고 가는 술잔과 주고받는 많은 얘기들. 선배들은 우리에게 말했다. "너희들은 놀지 말고 공부해라. 학년 올라가면 꼭 복수전공하고. 이왕이면 경영학과 복수전공이 괜찮지. 휴학하면 공무원 준비를 하는 것도 나쁘지 않아. 국문과만 전공해서는 취직하기 어려워." 의례적인 말이었다. 술자리에서 선배들이 하는 어쩌면 당연한 말. 그러나 이 말은 어느새 화석처럼 굳어져 선배가 된 우리 가슴속에 박혀 있었다. 그리고 다시 후배에게 이 말을 전하겠지. 그 후배는 선배가 되어 또 후배에게 전하겠고, 후배의 후배도 이 말을 전해 듣겠지.

그래도 나는 스무 살이었다. 오랜 고민 끝에 소설 쓰는 학회에 들어갔으니까. 문학입네 외치는 선배들의 허세 섞인 목소리를 꽤나 좋아했었으니까. 믿음처럼 신념처럼 매주 토요일 하루를 그들과 함께 보냈으니까. 그 학회에 꼬박 3년을 들이부었고, 대학 생활의 전부였다고 해도 과언은 아니었다. 그 3년이 오래전 사라진 소설가라는 꿈을 되돌아오게 한 것은 아니었지만 곪아 있던 스스로를 치유할 수 있게 했다. 소설을 보고 울고, 사람을 보고 울고, 나를 보고 울었다. 그러고 나면 신기하게도 모든 것을 다 내려놓은 양 편안해졌다. 버릇이라면 버릇일까. 슬퍼질 때면, 막막할 때면 소설을 읽는 버릇이 생겼다. 햇빛이 가득 들어찬 도서관 의자에 앉아 소설을 읽으면 마음이 따뜻해졌다.

가슴 속에 하나 둘 새겨지는 별을
이제 다 못 헤는 것은
쉬이 아침이 오는 까닭이요,
내일 밤이 남은 까닭이요,
아직 나의 청춘이 다하지 않은 까닭입니다.
— 「별 헤는 밤」 중에서

그리고 나는 자기계발서가 아닌 소설을 읽으며 다시 별을 꿈꾼다.

해가 지면 밤이 오고 보이지 않아도 별은 떠 있다는 이치를 지금에서야 깨달았다. 매연에 가려졌든 도시의 네온사인에 가려졌든 별은, 있다. 그것을 인정하기까지 얼마나 힘들었나. 아직 내 가슴속에 별은 떠 있고 나는 여전히 별을 헤어본다. 글을 쓴다. 내가 별, 별, 그리 외쳤던 까닭은 아직 나의 청춘이 다하지 않았기 때문이겠지.

청춘(靑春)이라. 청춘의 마디를 보내고 있어도 정작 나는 청춘을 모른다. 푸른 봄과 같다고 해서 청춘. 어른들은 청춘, 청춘 앵무새처럼 잘도 외치는데 나는 청춘이라서 입 한 번 못 뗐다. 청춘이라 아프고 청춘이라 괜찮고. 어른들은 청춘에게 청춘을 말했다. 청춘인 나는 왜 아파야 하는지, 언제까지 아파야 하는지도 모른 채 살아가는데.

생각건대 언제고 나도 어른이 되겠지. 청춘을 예찬하든 비웃든 어느 한 길로 가겠고, 청춘이었던 그 시절을 그리워하겠지. 못다 이룬 꿈에 청춘을 아쉬워도 하겠지, 또 늙어가겠지. 그러면 나는 이 시를 떠올릴지도 모른다. 아직 가슴속에 새겨진 별을 다 헤지 못하는 것은 나의 청춘이 다하지 않은 까닭이라고 말한 그의 시를.

『하늘과 바람과 별과 시』 : 윤동주의 유고시집이다. 대한민국에서 이만큼 유명한 시인이 또 있을까. 그만큼 교과서와 문제집에서 자주 다뤄진 시인이었고 시험지에서 그의 시는 필수 문제였다. 교과서를 통해서 배운 탓일까. 윤동주의 시 구절구절마다 시시하다 생각했었다. 그러다 대학을 들어오고 우연히 「별 헤는 밤」을 다시 읽을 계기가 있었다. 가슴이 짠했다. 아직 저 하늘의 별을 다 헤지 못하는 것은 나의 청춘이 다하지 않은 까닭이라고 하였나. 그 한 줄에서 눈을 떼지 못했다. 그도 청춘이었구나. 청춘을 파는 여타의 다른 책보다 더한 울림이 있었다. 📖 심 미 영

이건 내 이야기, 나의 노래

『김광석 평전』, 이윤옥

이어폰을 꽂고 공책을 펼쳤다. 연필을 들고서 공책에 뭔가를 써 내려간다. 몇 줄 끼적이고는 연필을 내려놨다. 공책 위 글자들을 하나씩 읊어본다. 손가락으로 하나씩 짚어가며 다시 한 번 읽어본다. 이상하다. 입에 붙지를 않는다. 다시 연필을 들고서 두 줄을 찍찍 그어놓고 글자들을 써 내려간다. 영락없이 무언가를 외우고 있는 그림이지만 반은 맞고 반은 틀렸다. 공부한다거나 뭐 그런 것은 아니다. 나는 지금 가사를 쓰고 있다.

가사를 쓰고 노래를 만들던 적이 있었다. 대학 입학 직후였다. 그저 음악을 듣고, 부르기 좋아했던 아이는 그것만으로는 부족했는지 대학에 들어오자마자 음악동아리에 들어갔다. 단순히 남의 노래만 듣고 따라 부르는 게 좋았다. 여기서도 그저 듣고, 부르기만 하면 될 줄 알았다. 틀렸다, 하나가 더 있었다. 공연을 위해서는 '나의 노래'가 필요했다. 머리가 하얘졌다. 그저 듣고 부르기만 좋아하던 사람이 노래를 만든다니. 결코, 쉬운 일은 아니었다.

가사를 쓰는 것은 전문 작사가나 하는 일인 줄 알았다. 내가 뭐라고 가사를 써. 반주 위에 가사를 얹는다는 것은 뭔가 대단한 일로만 여겼다. 그래도 어쩌겠나, 공연이 다가오는데. 뭐라도 내놓아야 한다는 생각으로 쓰기 시작했다. 처음으로 가사에 대해 진지하게 생각하기 시작했다. 그러고 보니 그동안 남이 써놓은 가사를 들을 줄만 알았지 진지하게 곱씹어본 적은 몇 번 되지 않았다. 갑자기 지금껏 들어오던 노래들이 새로 보이기 시작했다. 이렇게 다양한 이야기가 있었구나. 이렇게 많은 고민을 하고 썼던 가사였구나. 그동안 나는 노래를 흘려듣고만 있었구나.

그리고 내 가사를 써 내려갔다. 고작 여덟 마디뿐인 가사였지만 다 쓰고 보니 그때는 그냥 좋았다. 마음에는 차지 않지만, 처음으로 써낸 가사였고 내 노래였다. 그래, 이 정도면 됐지 뭐. 자신의 작품에 만족하면 삼류라던데, 그러면 어때. 지금 읽으면 손발이 오그라들 만큼 부끄러운 가사지만 그때는 괜히 뿌듯했다.

그렇게 자의 반 타의 반으로 쓰기 시작한 가사를 시작으로 어느덧 곡이 하나둘씩 쌓여갔다. 처음 가사 쓸 때는 그냥 신이 나고 듣기 좋으면 될 줄 알았다. 그저 멋있게만 쓰고 싶었고, 그렇게 써나갔었다. 당연히 마음에 들 리 없었다. 공연만 끝나면 가사가 입에서 쉬이 떨어져버렸다. '내 노래'가 아니라서, '내 이야기'가 아니라서 그랬던 것이다. 욕심이 생겼다.

불교 경전 『법구경』에 그런 구절이 있다. '의미 없는 천 마디의 말보다 마음의 평화를 부르는 한 마디 말이기를, 현란한 천 편의 시보다 영혼의 잠을 깨우는 단 한 줄의 시이기를, 귓가를 스쳐 가는 천 곡의 노래보다 심금을 울리는 한 곡의 노래이기를.' 그런 한 곡의 노래를 써보고 싶었다. 우선 내 마음부터 움직여야 했다. 내 마음을 울리는 진짜 '나의 노래'를 써보고 싶었다. 그렇게 하나둘씩 나의 이야기를 써 내려갔고 주변 사람들의 반응 또한 이전보다 훨씬 좋았다. 어쩌면 그런 노래가 진짜 좋은 노래일 것이다. 사람들의 마음을 움직이는 노래는 그저 멋있게만 쓴 가사나 멜로디가 아니라 소소하게 공감할 수 있는 '나'의 이야기일지도 모르겠다.

아무것도 가진 것 없는 이에게
시와 노래는 애달픈 양식
아무도 뵈지 않는 암흑 속에서
조그만 읊조림은 커다란 빛
나의 노래는 나의 힘
나의 노래는 나의 삶
자그맣고 메마른 씨앗 속에서
내일의 결실을 바라보듯이
자그마한 아이의 읊음 속에서
마음에 열매가 맺혔으면
  – 이윤옥, 『김광석 평전』 중에서

김광석의 노래는 그런 매력이 있어서 지금까지 사랑받는 모양이다. 오디션 프로그램에 빠지지 않고 불리는 것을 보면 나만 그런 생각을 하는 것은 아닌가 보다. 어차피 나도 알고 있다. 나는 음악을 하기에는 재능이 없다는 것을. 그래도 꿈이 하나 있다면 나이가 들어서도 노래를 놓지 않고 살고 싶다는 것이다. 글쎄, 가능할까? 흐린 가을 하늘에 편지를 쓰듯. 조심스레 나에게 물어봐야겠다. 그리고 바람이 불어오는 곳을 찾아 먼지가 되어 사라질 때까지 생각하고 생각해야겠다. 그러면 나도 서른 즈음에는 김광석처럼 누군가에게 힘이 될 '나의 노래'를 거리에서 자랑스레 부르고 있을지도 모를 테니까.

『김광석 평전』 : 제목 그대로 '이 시대의 가객' 김광석의 평전. 김광석의 다큐멘터리를 보듯, 김광석의 공연을 보듯 책장을 하나씩 넘겼다. 책장을 덮고 나면 김광석의 목소리가 듣고 싶어지는 책.　　■ 박 성 훈

그런데 당신 방은 어디예요?

「강원도는 안녕하니?」, 『당신 집에서 잘 수 있나요?』, 김이강

Ji-One 트위터@ 익숙함을 견딜 수 없는 사람처럼 나는 낯선 곳을 찾았다. 불안한 공기를 동경하는 사람처럼. 또다시 낯선 방 그리고 익숙한 밤. 이 땅엔 참, 방들도 많지 이 방도 언젠가 익숙한 공기로 가득 찬 내 방이 될 수 있을까. 그런데 네 방은 어디야? 13년 1월 13일 3:55PM

20121221, 결국 멸망은 없었어. 난 이번 겨울 곧 멸망할 것처럼 마음먹고 떠들어댔었는데 말이야. 왠지 정말 멸망할 것 같았으니까. 그래도 딱히 특별하게 멸망을 준비했던 건 아닌 것 같아. 멸망을 목전에 뒀다고 하기엔 여느 대학 4학년생들처럼 이력서를 쓰고, 면접을 보러 다녔으니까. 야, 비웃지 마. 사는 건 항상 불안하잖아.

2012년 12월 21일, 결국 멸망한 건 멸망에 대한 기대밖에 없었어. 그리고 나는 짐을 싸기 시작했지. 떠날 때 제대로 인사도 못하고 기차에 올라타면서 동거인들과 짤막하게 전화로 인사를 나눴어. 잘 가, 잘 지내, 또 만나. 쉐어하우스 101동 111호에서 나는 그렇게 서울로 떠나왔어. 그리고 보니 나는 동거인들 중에 가장 먼저 쉐어하우스를 떠난 사람이 되었구나.

낯선 공간, 낯선 사람들 그리고 익숙하지 않은 공기. 내 방이라고 하기엔 낯설었던 그 방이 어느새 가장 편한 내 방이 되었을 때, 문득 나

는 겁이 좀 나더라. 남남이었던 사람들과 어찌되었든 남인 건 분명할 테지만 친한 사이가 되고, 같이 울고 웃으면서 산다는 게. 뭐가 바뀐 걸까. 그 공간은 내가 처음 이사 왔을 때와 똑같은데.

2013년 서울, 하숙집 어느 방. 익숙함을 견딜 수 없는 사람처럼 나는 낯선 곳을 찾았어. 불안한 공기를 동경하는 사람처럼. 또다시 낯선 방 그리고 익숙한 밤. 이 땅에 참, 방들도 많지. 이 방도 언젠가 익숙한 공기로 가득 찬 내 방이 될 수 있을까. 처음에 쉐어하우스에 들어섰을 때도 그곳에 있는 방 중 하나가 오롯이 내 방이 될 수 있을지 확신하지 못했어. 결국 나는 그 방을 내 방이라고 부르게 됐지만 말야. 조바심은 익숙함으로 덮였어. 그건 아마 같이 살던 사람들의 입김 덕분이었을 거야. 그 낯선 공기를 잘 데워줬기 때문일 거야.

사실 있잖아, 나는 미심쩍을 정도로 아무렇지도 않았어. 타지 생활 말이야. 익숙한 사람들도 하나도 그립지 않았어. 그런데 퇴근길에 그 사람을 만나고 나서부터 나는 부쩍 외로워진 것 같아. 여느 날처럼 하숙집 밥만 생각하면서 퇴근길을 걷고 있었는데 말쑥한 표정으로 한 사내가 나를 불러 세웠어. 저기 학생. 올려다보니 멀끔한 공무원 스타일의 중년아저씨였어. 그가 신촌을 가려면 어떻게 가야 하냐고 묻더라? 다행히 나는 신촌으로 갈 수 있는 두 가지 방법과 버스 번호를 알고 있었어. 사내에게 손으로 여기저기 가리키며 설명을 하고는 꾸벅 인사하고 돌아서면서 밥밥밥 하숙집으로 가려는데 또 나를 부르는 거야. "저기 학생, 혹시 부산 사람 아니요?" 익숙한 부산 억양이었어. 내가 맞다고 그러니까 활짝 웃다가 난처한 표정을 지어 보이더라? 사실 나는 그가 부산 억양으로 저기 학생, 할 때부터 끝난 거였어. 낯선 곳에서 낯선 사람이 내 말투, 내 억양을 뱉어냈으니까.

나는 그에게 내 지갑 안에 있던 이만 오천 원 전부를 건네줬어. 오히려 내가 더 미안해했던 것 같기도 해. 더 줄 수 없어서 말이야. 그는 지금 강원도에 살고 있고 서울에는 볼일이 있어서 온 거라고 했어. 급한 일이 있었다지. 아, 고향은 역시나 부산이라더군. 나고 자라서 서른이 될 때까지 부산에서 살았대. 나는 그의 이야기에 연신 고개를 끄덕거렸어. 급한 일에 헐레벌떡 자기 차를 운전해서 서울로 왔다 다시 강원도로 돌아가려는데 기름이 거진 다 떨어졌더래. 가까운 주유소로 차를 옮겨 기름을 채워놓고 보니 그제서야 지갑이 없는 걸 알았다는 거야. 아이고 저런, 그래서요? 그래서 주유소 사장에게 사정을 해서 버스비를 받아들고 신촌에 사는 친한 선배 집에 갔대, 무작정. 그런데 집엔 선배도 없고 전화도 안 받더래. 그러다 어쩔 수 없이 길을 서성이며 몇 명의 행인들에게 사정을 얘기 했고 몇 번이나 거절당하던 중에 나를 만난 거지.

이렇게 구구절절 늘어놓은 그의 사정에 나는 영하 19도라던 그날 밤, 육교 밑에서 30분도 넘게 행인3 혹은 4나 5정도의 느낌으로 흰 입김을 내며 맞장구를 쳐댔어. 지금 생각하면 뭘 그렇게 열심히 듣고 있었나 싶기도 한데, 그 사내가 열심히 들을 수밖에 없게 했어. 그건 내 말투이기도 했고, 내 억양이기도 했으니까. 내가 꼭 그런 사정이 생긴 것 같았다니까 정말. 그래, 멍청하다고 말해도 좋아. 그래도 나는 그때 진심이었다고. 물론 그가 내 계좌를 물을 때, 생각은 했어. 아, 이 돈을 못 받으면 어떡하지. 그래도 괜찮아. 이만 오천 원이 지금 당장 없어져도 난 여기서 살아갈 수 있으니까 말이야. 그런데 그가 다음 날 꼭 돈을 부쳐주겠다고 연신 고개를 숙이며 고맙다고 했을 때 부끄러워졌어. 그가 부산 사투리로 꼭 갚는다잖아. 내가 이 억양을 어떻게 저버릴 수 있겠어. 그냥 지나쳤으면 아직도 난 괴로웠을 거야. 아, 그래서 그가 갚았느냐고? 그게 넌 중요해?

서울에 비가 내리는데 강원도는 안녕하니?
금이 갈 수 있는 것들은 금이 가고
깨질 수 있는 것들은 모두 부서져버렸지만
괄호 속에 있어도 괜찮아
바다와 고래와 구름 그림자가 싸움을 걸어오거든
몸이 투명해지도록 무심해지면 돼

나는 지금 여기서 혼자 조용히 무심해지는 법을 배우고 있어. 그 사내의 억양에 내가 무심할 수 있었다면, 나는 그에게 주지 않았을 이만 오 천원으로 무얼 했을까? 술이나 더 사 먹고, 빈 술잔에 외로움이나 몇 번 더 채웠을까. 그래, 웃음이어도 상관없겠지. 며칠 간 나는 내 통장에 잔액을 계속 확인했어. 그리고 생각했어. 사정이 있을 거다. 혹시 사고가 났나. 갑작스럽고 허망한 교통사고를 떠올리다 말고 내가 준 돈으로 싸구려 모텔에서 그가 목을 맸을지도 모른단 생각을 하다가 말았어. 더 이상 그 사내에 대해 생각하지 않기로 했어. 그는 그냥 강원도든 서울이든 부산이든 어디서든 잘 살고 있을 거야. 나같이 답 없는 애들 앞에서 맞춤형 사투리를 구사하면서 말이야.

서울에 비가 내리는데 혼자 올 수 있겠니?
di di ana, di di ana.
이건 스페인식 안부라고 생각해

잠깐씩 멈췄다가 흐려지는 길목에서

때마침 더 이상은 시도할 게 없어져버렸지만

전화할게, 폭우를 몰고 오다가 주춤하는 사이에

　나는 오늘 두 번째 하숙비를 냈어. 그래 나, 여기서 벌써 한 달을 살았네. 용케 살아냈구나 싶어. 그 사내를 만난 뒤로 줄곧 외로웠으니까. 그는 정말 강원도에 살고 있을까. 부산 사람이 맞기는 맞을까. 서울은 지금 비가 내려. 서울에서 처음 맞는 비야. 줄창 눈 내리는 것만 보다가 비가 오는 걸 보니 괜히 이상하다야. 아직도 낯선 방 그리고 익숙한 밤. 나는 30분 뒤에 샤워를 하고 출근을 하려고 해. 그래, 거창한 이야기도 아닌데 하다 보니 밤을 새버렸네? 핫식스에 빨대 꽂아서 쪽쪽 빨면서 출근해야겠다. 그래도 언젠가 좁은 이 방이 익숙한 공기로 가득 차게 되면 또 '내 방'이 될 수 있겠지.

　시간 나면 놀러와. 재워줄게. 물론 하숙집 아주머니한테는 비밀.

　그런데 있잖아, 당신 방은 어디예요?

『당신 집에서 잘 수 있나요?』 : 누군가를 사랑하고 있나요? 아니면 누군가 사랑할 것만 같나요? 그것도 아니라면 당신을 사랑해줄 사람을 기다리나요? 이 시집은 어린 시절 추억이나 기억이 어른이 되어서도 언제나 유효하다는 것을 알게 해준다. 그래서 나는 누군지 모를, 사실 누가 됐든 퍽 낯설지 않은 여러 사람의 일기를 모아둔 것 같은 느낌을 받았다. 경험이 환상이 되는 경계에서 시인은 우리에게 묻는다. 당신 집에서 잘 수 있나요? 상상이나 공상이 생활 속에 녹아들 때, 그것이 현실이 되길 바라며. 📖 박 지 원

성장한다는 것

책의 대화

『어떻게 사랑할 것인가』, 장영희

대학을 졸업하는 시점에 와서 나는 문학에 흥미가 생겼다. 물론 흥미라고 해 봐야 고작 또래들의 술자리 등지에서 아는 척 정도 할 수 있는 수준이나 될 수 있을지 모르겠다. 아무튼, 평소 독서량이 적고, 읽더라도 그저 사회과학 서적에만 치중한 독서를 하던 내가 근래에 생긴 조그마한 변화라 할 만하다. 이런 변화의 이유인즉슨 우연한 계기로 졸업을 앞둔 마지막 학기에 내가 전공한 학문이 아닌, 문학 관련 전공 수업을 수강하고 나서부터다. 그 후로 시와 에세이, 소설 같은 문학 작품에 관심이 생기게 된 것이다. 원론적으로 말하자면 문학의 가치, 문학의 힘에 대해서 생각하게 됐다고 할까. 그런 까닭에 평소 공부로 할애하던 시간이 문학책을 읽는 독서시간으로 많이 바뀌었다.

그날도 어김없이 나는 학교 열람실에서 문학책을 읽고 있었다. 그것도 예전부터 좋아했던 작가의 책이라 그 책에 몰입되어 풍덩, 빠져 있었다. 비록 내가 책을 읽던 공간인 열람실은 많은 사람들이 들락거리는 공적 공간이지만 그 순간만큼은 나만의 공간, 나와 그 책만의 세상이 됐다. 책을 절반이나 읽었을까. 갑자기 어디선가 쾅하는 큰소리가 들렸다. 열람실 입구에서 누가 과도하게 문을 열어젖혀 버리는 바람에 벽에 부딪히면서 나는 소리였다. 24시간 '정숙'을 유지해야 할 이 엄숙한 공간에서 조용히 다녀야 하는 건 암묵적 동의사항인 걸 모른단

56

말인가. 더군다나 나는 책에 몰입해 나만의 세상 속에 있던 터인데. 큰 소리를 낸 자는 누가 되었든 내 공간을 침범한 침입자였다. 책을 읽다 맥이 끊어진 탓에 나는 짜증을 그대로 드러내며 반사적으로 큰소리가 난 곳을 향해 고개를 돌렸다. 그리고 한동안 도끼눈을 하고 소리가 난 곳에 시선을 고정했다. 소리를 낸 당사자를 매섭게 노려보는 것에는 한 번 더 소리를 냈다간 가만히 있지 않겠다는 일종의 경고도 포함돼 있었다.

큰소리를 낸 당사자도 따가운 시선을 느꼈는지, 나를 스윽 쳐다보았다. 나는 기세 싸움에 질세라 지속해서 눈총을 쏘아댔다. 그런데 갑자기 그가 나를 향해 뚜벅뚜벅 걸어왔다. 그는 사실 학교 경비 아저씨였다. 아저씨는 주변을 두리번거리면서 무슨 볼멘소리를 해대며 나를 향해 걸어왔다. 그러고는 내가 앉아 있는 자리 앞에서 딱 멈춰 서더니 잠시 나를 내려다보았다. 순간 나는 당황했다. 노려볼 줄만 알았지, 그 이후의 상황에 대해선 생각해보지 않았기 때문이다. 불과 10초 전까지 도끼눈을 치켜뜨고 있었지만, 아저씨가 내 앞에 멈춰선 순간 어딘가에 화들짝 놀란 듯한 토끼눈이 되어버렸다. 경비아저씨가 대뜸 내게 말을 건넸다.

"꼬마 애를 어째 찾으란 말이고, 여기서 열 살짜리 꼬마 애 봤나?"
"아… 아니요….."

당황한 내 표정을 읽었는지 아저씨는 친절하게 부연설명을 해주었다. 내용인즉슨, 어떤 엄마가 열 살짜리 꼬마를 학교캠퍼스 안에서 잃었는데, 그 애가 도무지 안 보이고, 더군다나 자폐증을 앓는 아이란 것

성장한다는 것

이다. 그래서 부랴부랴 자신에게도 도움을 요청한 것이라고 하였다. 아저씨의 말을 듣는 잠깐 주변의 시선이 나에게로 향하고 있다는 것이 느껴졌다. 나는 서둘러 대화를 끝내고 싶어졌다. 알겠다는 어색한 표정을 지어 보이며 '예, 예'만 반복하고는 황급히 내가 보던 책으로 눈길을 돌려버렸다. 획 돌린 눈길에 가지런히 정리된 활자들이 보인다. 아저씨는 이내 돌아갔고, 열람실은 금세 평온을 되찾았다. 나도 다시 책을 읽기 시작했다. 다시 내 세상이 펼쳐졌다. 그런데 조금 읽어 내려가다가 유독 한 문장이 눈에 박혀버렸다.

　　나 혼자가 아니라 남을 생각하고, 또 사랑하여야 합니다.
　　- 『어떻게 사랑할 것인가』 중에서

'사랑하고, 남을 생각하고, 나 혼자가 아니라…' 평소라면 마냥 '좋다' 하고 넘어갔을 그냥 단순한 문장일 수도 있었다. 하지만 평소와는 다르게 시선이 그곳에 고정됐다. 그 문장으로 몇 분 전 경비아저씨의 대화 속 아이와 엄마가 떠올랐기 때문이다. 상황이 머릿속에 그려진다. 그리고 엄마의 심정을 헤아려보았다. 아이를 잃어버린 난처함, 급박을 넘어선 절박감. 그 아이는 자폐증. 갑자기 실내온도가 2~3℃ 올라간 듯하다. 눈 아래 광대뼈부터 귓불까지 예민한 부분이 가장 먼저 온도변화를 탐지하고 열을 발산하기 시작했다. 발갛게, 이마도 이에 질세라 땀을 송골송골 맺기 시작하며 따라붙었다. 이윽고 얼굴 전체와 몸 일부분에서 화끈거리기 시작했다. 책을 통해 타인을 사랑하고 남을 위해 살 것을 배우면서 정작 남을 위해야 할 현실에 직면했을 때 한 발자국도 떼지 못하는 제 몸의 주인이 부끄러워 몸속 깊은 데서 나오는 열기였다.

따지고 보면 내가 부끄러워하게 된 이유는 그 책에 있었다. 그러니까 그 문학책은 이 모든 상황을 예상한 듯했고, 그 한 문장으로 나를 질책하고 있던 것이다. 책과 나의 세상 속에서 그는 자꾸 나에게 '아이를 찾고, 엄마를 도와주라'며 말을 건네고 있었다. 나는 그에게 변명을 해댔다. 수업시간이 얼마 남지 않았다, 아이와 엄마는 내가 전혀 모르는 사람이다, '나 말고도 이미 다른 사람이 도와주고 있고….' 결국 나는 그 자리에서 한 발짝도 떼지 않았고 끝끝내 갖은 변명으로 무장한 내가 그를 이겨버린 것이다. 부끄럽고 창피한 승리였다. 아니, 사실상 패배였다. 그리고 자신에게 창피스런 일이었다.

그 일이 있고, 며칠이 흘렀다. 그 사이 내 자리에는 한두 권의 책이 더 쌓였다. 그 일이 있고 나서 나 자신에게 떳떳하지 못했다. 그러나 그럼에도 책들은 나를 달래주는 듯하다. 층층이 쌓여 있는 내 자리 문학책들은 나를 비웃는 법이 없다. 그 책들은 내가 쉽게 이해하지 못해도 다시 차근히 가르쳐주곤 한다. 용기를 북돋아준다. 그리고 다시 내게 말을 걸어줄 것이다. 책과의 대화를 통해 나는 한 발 한 발 내 발자국을 떼나가는 연습을 한다.

『어떻게 사랑할 것인가』 : 고등학생 시절 아버지의 권유로 알게 된 장영희 선생님의 에세이집 『내 생애 단 한번』, 『문학의 숲을 거닐다』 등등은 제게 세상을 바라보는 새로운 눈을 주었습니다. 그때부터 작가로는 처음으로 팬이 된 사람이 바로 장영희 선생님입니다. 이 책은 장영희 선생님의 재임시절 강의록으로, 선생님이 떠나시고 3년 만에 발간된 책입니다. 　📖 김 선 기

음악

Talk
about
Music

오늘의 선곡 : 20대

김희영 · 박성훈

성훈: 하루 종일 뭔 노래를 그렇게 흥얼거리고 있나 무한 재생플레이어 김희영 씨?

희영: 오빠, 이 노래 알아요? 알면 오백 원.

성훈: 옛다, 오백 원. 그러니까 크게 좀 불러봐.

Just the two of us We can make it if we try Just the two of us

Just the two of us Building castles in the sky Just he two of us You and I

성훈: 'Just The Two of Us'. 맞지?

희영: 맞아요! 단번에 아시네. 그나저나 부끄럽네요. 잘 부르지도 못하는데 크게 부르기까지 했으니.

성훈: 당연히 알지. 내 MP3 플레이어에서 지금껏 한 번도 안 빠진 노래인데. 사실 거슬려서 항의하러 가려다가 노래가 너무 좋아서 그냥 듣고 있었어.

희영: 노래가 좋다는 거야, 아니면 내가 노래를 잘했다는 거야?

성훈: 걱정 마. 둘 다야.

희영: 역시, 오빠 센스쟁이! 'Just The Two of Us'는 제가 좋아하는 가수들이 신기하게도 다 한 번씩 리메이크를 하거나 공연 때 단골로 선보이길래, 저도 덩달아 즐겨 듣게

되었어요. 오빠도 음악 좋아한댔죠? 특히 좋아하는 장르를 꼽자면요?

성훈: 힙합! 알앤비!

희영: 우리 뭔가 통하네요. 나도 알앤비에 한 표 던집니다! 그럼 '다이나믹 듀오'도 좋아하겠네요?

성훈: 존경하는 뮤지션이지.

희영: 나 사실 어젯밤에 이력서랑 자소서 써둔 거 다시 손봤어요. 이력서 빈칸 메우고 나서 자소서 파트로 넘어갈 즈음, 잠시 쉰다고 음악 듣는데 다이나믹 듀오의 '잔돈은 됐어요'가 마침 재생 목록에서 가장 먼저였지 뭡니까. 들어보셨으면 아시겠지만, 가사를 꼭꼭 눌러 듣는 경향이 있는 저뿐만 아니라 이 시대 모든 대학생들이 정말 울컥할 노래였어요.

> 잔돈은 됐어요 아저씨 오늘 본 면접은 왠지 잘 될 거 같거든요 이 짓거리도 벌써 몇 번째인지
> 이제는 몇 개인지 기억도 잘 안 나요 보냈었던 이력서가 노는 게 미안해서
> 집에 들어가기도 좀 그래요
> 사실 좀 그래요 노력해도 늦었다는 게 뼈저리게 느끼고 있어요 학벌의 한계

희영: 노래 마지막에 'where is the light?'라는 부분이 반복되는데, '진짜 내 'light'는 어디 있을까?'라는 생각에 잠 못 이뤘던 밤이 많았어요.

성훈: 'where is the light'이라. 사실, 나도 모르지. 뭔가 하긴 해야 되겠는데 뭘 해야 될지도 모르겠고 집에서는 계속 압박하고. 크라잉넛 노래 중에 '갈매기'란 노래가 있는데. 거기서도 비슷한 고민을 해.

> 아빠는 내게 말했지 넌 무언가를 이루어야 해 이제와 생각해보니 난 할 수 있는 게 하나도 없는데 이 좁은 나의 방에서

성훈: 희영이 너는 여자니까 이 노래에서 이 부분이 더 와 닿을지도 모르겠다.

엄마는 내게 말했지 넌 좋은데 시집가야 해 난 내 친구들이 더 좋은데
어제 만난 부잣집 남자 내게는 안 어울리는 걸

희영: 으어, 울 엄마가 진짜 저 가사랑 똑같은 말씀하시면 나 소름 돋을 거 같아요.

성훈: 십센치(10cm) 노래 중에도 그런 노래 있잖아. 'fine thank you and you?'라는 노래.

너의 얘길 들었어. 너는 벌써 30평에 사는구나. 난 매일 라면만 먹어.
나이를 먹어도 입맛이 안 변해

성훈: 오죽하면 헤어진 연인까지 부러워하고 있겠냐…….

희영: 잔인하다. 어쩌면 젊음이란 것도 돈이라는 것도 안 부러우면 거짓말인데……. 저 노래 나오자마자 들어봤다가 피식 웃어버렸다는 거 아녜요? 찌질한데 세심해. 귀엽고……. 들을수록 재밌기에, 제 경험 살려서 개사도 해봤답니다.

성훈: 오, 어떻게?

희영: '너의 얘길 들었어. 너는 벌써 세컨드랑 잘 됐구나. 난 세 끼 다 챙겨 먹어. 헤어졌는데 입맛이 더 좋아.'

성훈: (푸하하) 완전 작사가네. 십센치보다 훨씬 와 닿는다.

희영: 돈 없는 20대는 이별 뒤에 학식만 먹는 거야. 그런데 세 끼 다 챙겨 먹는다는 게 함정이야. 찌질하죠? 근데 나 진짜 요즘 매일 학식만 먹는다는……. 그런 의미에서, 오빠 밥…사…주세요.

성훈: 응? 뭐라고 희영아? 잘 안 들려.

희영: 흥! 근데 생각해보니까 십센치는 제가 아메리카노에 '입문'할 수 있도록 가장 지대한 역할을 해주었죠. 그들이 데뷔했을 때부터 지속적인 관심을 쏟고 있기도 하고요.

성훈: 십센치! 나도 상당히 좋아해. 다만, 나는 그 특유의 야한 가사가 너무 좋은데……. 이상한 건가?

희영: 이상하긴! 걱정 마요. 정상이에요. 그러고 보니 요즘 이상하게 짝으로 이루어진 팀한테 끌려요. 옥상달빛, 제이래빗 같은 팀들. 저도 십센치가 그 시발점이 된 것 같네요.

성훈: 인디 음악계에 유독 듀오들이 많은 것 같아.

희영: 혼자보단 둘이 낫지요. 암요. 그래서 내가 그렇게 연애를 갈망했었나 봐요. 하나보단 둘이 낫죠?

성훈: 연애, 좋지……. 근데 너무 어려운 거 같아. 데이브레이크(Daybreak)의 노래 중에 'SILLY'라는 노래가 있는데…….

희영: SILLY? 이런 바보 같으니라고.

성훈: 그렇지. 바보. 그런 노래야.

> 모자란 사랑 고백이라는 걸 알지만 어쩔 수 없이 내 맘을 전하고 싶어 휴대폰을 꺼내 용기를 내요
> 이미 저장된 그대 이름만 바라봐도 가슴이 떨려 통화버튼을 누르지도 못하고 금세 꺼버리죠

성훈: 쟤도 참 불쌍한 영혼이지. 근데 마냥 놀리고 있기에는 나도 별반 다를 게 없더라고.(희영, 성훈 동시 웃음)

희영: 상황 묘사 뜨끔하네요. 가사란 '공감'이지. 대중가요라면 더더욱.

성훈: 공감 말고 이렇게도 말할 수 있을 것 같아. 가사는 '대리만족'이다. 오히려 판타지스러운 가사라서. 다들 좋아하는 것 같아.

희영: 맞아. 환상이니까, 환상이라서. 환상일 수밖에 없어서 좋아하지.

성훈: 분명 여자들도 그런 판타지 하나씩은 있을 거잖아! 드라마에서 자주 보는 신데렐라 스토리라든가.

희영: 사실, 여자들은 그 맛에 사는 사람도 꽤 있을 걸요?

성훈: 뭐, 가령 이런 거.

충분히 예뻐 그런 남자 때문에 상처받아 울기엔 넌 너무 아름다운 걸
내가 그에게서 벗어나게 해줄게 네 아름다운 두 눈에서 눈물 마르게 해줄게

성훈: 버벌진트의 '충분히 예뻐'라는 노래.

희영: 정답. 내가 말하려던 거야!

성훈: 사실 이런 이야기는 남자에게도 로망이지.

희영: 쫄깃해요. 버벌진트 가사는.

성훈: 매력적이고. 솔직하기까지! 게다가 일상 친화적이지. 그 맛에 듣는지도 모르겠고.

희영: 충분히 예쁘다고 하잖아요. 거기서 이미 끝난 거죠.

성훈: 싫어할 사람이 어딨어.

희영: 나도 강남대로 가보고 싶다.

성훈: 그럼 내가 거기서 신호대기 할게.

희영: ……

성훈: 미안……. 넌 연인에게 불러주고 싶은 노래 없어? 난 더블케이의 '멘트'라는 곡. 이거 내 거 생기면 불러줄 거야.

희영: 내 거요?

성훈: 응……. 오글거려도 참아줘. 십센치의 '죽겠네' 이 곡도 불러주고 싶고.

희영: 내 거부터 만드시고 얘길 하셔요. 욕심도 많으셔라. 난 연애할 때 제일 무서운 건 서로에게 지치는 거 같더라고요. 그래서 '지친다'는 단어가 가장 무섭고 두려워요. 박정현의 '나의 하루'라는 곡에 보면 이런

가사가 있지요.

언젠가 내가 지쳐버리면 남는 건 기억 속의 그대뿐 내겐 잊는 것보다
그댈 간직하는 게 조금 더 쉬울 것 같아요

희영: 지치지 않도록 사랑에게도 사람에게도 나·자신에게도 끊임없이 무언가를 느끼게 해주는 것. 어쩌면 살아 있게 해주는 실마리 중 하나에 사랑이 가장 큰 자리를 차지하는 것 같아요. 그래서 나는 현재의 '내 거'에게 라디(Ra.D)의 'I'm in love'라는 노래 불러준 적 있어요!

성훈: 하, 하―나도 안부럽다!!! 나한테도 언젠가는 봄이 올 거야. 그리고 그 봄이 올 때쯤이면 아까 말했던 'Where is the light'의 그 'light'도 보이겠지.

희영: 그 'light'가 오빠 미래의 '내 거'였음 좋겠다!

성훈: 나도 그랬으면 좋겠다. 네 노래 덕분에 좋은 이야기만 하고 가네.

희영: 'Where is the light?'이라는 가사처럼, 오빠는 저 덕분에 빛을 찾아서 가는 거예요. 그러니까 오빠, 나 밥이오, 밥! 배고파요, 오빠!

성훈: 뭐라고 희영아? 오빠가 요즘 노래 크게 듣다 보니 귀가 안 좋아진 것 같아. 잘 안 들려. 뭐라고?

희영: 흥.

연애, 이 뜨거움

문득 생각난 너에게

『우리는 만나면 왜 그리도 좋을까』, 용혜원

볼이 빨개졌지요

가슴이

두근 두근대며

마구 뛰었지요

누가

내 마음 알까

숨고만 싶었지요

– 「첫사랑」『우리는 만나면 왜 그리도 좋을까』 중에서

나랑 그 애는 특별한 사이라고 생각했다. 그래서 그 애와 함께하는 모든 것은 재밌고 특별했다. 열네 살이었다. 유일하게 내 모든 것을 말할 수 있는 남자아이였다. 애초에 나는 남자아이들과 어울릴 수 있는 성격이 되지 못했다. 흔히 말하는 고정관념 때문이었다. 나는 남자애들과는 나눌 수 없는 여자끼리만 공감되는 이야기가 있다고 굳게 믿고 있었고, 덕분에 남자애들과 쉽게 친해지지 못했다. 하지만 그 애는 달랐다. 당시 내가 호감을 느끼고 있던 한 남자 선배에 대한 고민이나 다른 친구들과의 관계에 관한 얘기 등 가장 친하다고 생각하는 친구에게조차 꺼낼 수 없는 속마음을 그 애에게 내보이고 있었다.

어느 날 그 애한테 여자 친구가 생겼다. 키도 크고 늘씬하고 예쁘고 공부도 잘하는 애였다. 그때부터였다. 그 애와 나눈 모든 대화와 장난이 갑자기 낯설게 느껴졌다. 태어나서 처음 느낀 낯선 감정이었다. 매일 아침 눈을 뜨면 가장 먼저 그 애를 생각했고, 그 애를 생각하며 잠이 들었다. 하굣길에는 더 많이 걷더라도 꼭 그 애가 사는 아파트 단지를 둘러 우리 집으로 갔고, 주말에 친구들을 만날 때도 일부러 그 애 집과 가까운 곳에서 놀았다. 혹시 슈퍼를 가거나 축구를 하러 나오는 그 애와 마주칠까 하는 기대 때문이었다. 같은 공간에 있다는 이유로 작은 먼지에도 그 애에 대한 의미를 담고 싶었다. 그 애의 모든 것이 알고 싶었다. 그 애를 내 앞에 세워놓고 온종일 쳐다보고 싶었다. 어느새 내 마음은 그 애로 가득 차 있었다. 그랬다. 그것은 짝사랑이었다.

우연히 그 애한테 말을 걸다 갑자기 떨려오는 목소리에 황급히 시선을 바닥으로 돌렸다. '혹시 그 애가 눈치챘을까.' 이런 내 행동을 다른 아이들이 봤다면 웃었을 것이다. 그래서 그때부터 나는 그 애와 나 사이에 일정한 선을 그었다. 일종의 작전이었다. 나는 그 선을 넘지 않되 그 애가 넘어오게 해야 했다. 나는 너에게 관심이 없고 우리의 대화는 네가 내게 말을 걸어야 시작된다는 것을 보이고 싶었다. 행여나 들킬까 하는 조바심 때문에 생긴 유치한 자존심이었다. 다른 아이들이 알아서는 안 되고, 그 애가 알아서는 더욱더 안 되는 소중한 내 감정을 꼭꼭 숨기고 싶었다.

한 해가 흘러 열다섯 살이 되고, 그 애는 내 옆 반으로 배정을 받았다. 3학년 2반이었다. 친한 친구가 그 애와 같은 반이어서 나는 그 친구를 본다는 핑계로 항상 그 반에 놀러 가곤 했다. 친구를 보러 간 것이었지만 그 애가 먼저 내게 말을 걸어주길 바랐다. 어떻게 해야 네가 나에게 말을 걸까? 한참을 고민하다 보면 어느새 수업시간이었다. 그렇게 종종 쉬는 시간 10분을 몽땅 날려버리곤 했다. 어김없이 그 애 반 앞에서 서성거리던 어느 날. 그 애는 나에게 다가와서 내 꿈을 꾸었다고 했다. 그때 내 심장이 뛰는 소리가 들렸다. 갑자기 얼굴이 뜨거워졌다. 애써 태연한 척 무슨 꿈이냐고 했다. 표정을 애써 감추고 있는 나에게 그 애가 말했다. "니… 얼굴 빨개졌네." 그 애가 건넨 마지막 말이었다.

졸업을 하고 미국으로 유학을 갔다는 그 애의 소식을 들었다. 나 또한 힘든 고등학교 생활에 적응하며 그 아이를 잊어갔다. 며칠 전 '페이스북'을 하는데 친구추천에 익숙한 이름이 떴다. 다시 마음이 철렁거렸다. 그 아이는 미국 유명 대학에 진학하여 졸업하고 한국에 들어와 있는 듯했다. 그 애가 날 기억할까, 친구요청을 누를까 말까 고민했다. 순간 3학년 2반 앞에 서서 서성거리며 어떤 남자애를 힐끔 쳐다보는 여자아이가 떠올랐다. 자신에게 다가온 낯선 감정에 어쩔 줄 모르는 아이였다. 뭐가 그리 부끄러웠을까? 순간 웃음이 났다. 그것은 첫사랑이었다.

『우리는 만나면 왜 그리도 좋을까』 : 시, 몇 문장 되지도 않는 것이 참 영특하기 그지없다. 마치 어릴 때 갖고 놀던 고무공 장난감 '만득이'처럼 누르면 눌린 대로 잡아당기면 늘어난 대로 제 모양을 바꾼다. 내가 받아들이고 싶은 대로, 누군가가 받아들이고 싶은 대로 위로해준다. 그래서 난 시가 참 좋다. 또, 그런 시 안에 네가 있어서 좋다.
김 서 헌

기쁜 우리 젊은 날

『단편들』, 박정대

그 손을 본다. 굳은살이 켜켜이 제 집 지붕을 덮은 모양으로 박인 손이다. 유독 두툼한 손바닥, 뭉툭한 손 끝. 만져보면 거칠고 단단했던, 그리고 메말랐던. 그 손으로 글 쓰는 모습을 본다. 내용이 궁금해 모니터를 힐끗거리면서도 마침내는 그 손을 쳐다보게 되는 나를 발견하곤 했다. 글 쓰는 그 사람의 모습을 관찰하는 일은 내가 찾은 즐거운 취미 중 하나였는데, 처음엔 그 사람 손이 닿는 자판에서 타닥 타닥, 장작 타는 듯한 따사로운 그 소리가 좋았고, 다음엔 뭉툭한 손끝이 거미 궁둥이고, 그가 쓰는 글은 거미가 뿜어내는 거미줄 같다는 생각이 들어 신비로웠다. 실을 뽑아내 집을 만드는 거미처럼, 그의 손가락에서 은유가 줄줄 뿜어져 나오는 게 아닐까,—아아 이 생각 참 시(詩)적이다, 하며 스스로를 기특해하기도 했다—그렇게 여겼다. 그 사람이 글을 쓰면 나는 옆에 앉아 그 모습을 관찰했다. 관찰하는 일은 곧 관철로 이어져 나를 행복하게 했다. 그러다 문득, 이 사람이 은유의 집을 만들어 그 속으로 덜컥 들어가버리면, 그리고 영영 나오지 않으면 어쩌나 하는 생각을 했던 것 같다.

스무 살이라는 타이틀은 얼마나 황홀했는지, 무엇이든 살 수 있고, 어디든 갈 수 있고, 누구든 만날 수 있는 새로운 내 자신이 낯설게 느껴질 정도였다. 학교 가는 길에 선배들 담배 심부름을 하거나, 학사 주점에서 새것 티가 팍팍 나는 주민등록증을 내보이는 일, 수업 중간에 살금살금 빠져나와 애인과 몰래 만나는 일 모두가 생경했다. 스무 살 특유의 떫음이 내 주위를 휘감고 있었는데, 나는 그것을 떨림이라 여겼다. 그 시절의 환희는 대개 촌스럽고 사소한 것들이었지만 스무 살 나에겐 벅차기만 했다. 저기 바닥을 구르는 갈변한 목련이 한때는 내 손바닥처럼 보드라웠다는 것, 주먹을 암만 세게 쥐어도 그 안에 허공이 있다는 것, 이 세상의 애인은 모두가 옛 애인이라는 것을 열여덟 살에는, 열아홉 살에는 몰랐던 것이다. 연(聯)과 행(行)을 가로지르는 허공이 멋있어 시를 쓰기로 했다. 아무것도 없지만, 주로 나는 그 아무것도 없음에 신음했다. 함께 시를 쓰는 선배 중에 꼭 허공을 닮은 사람이 있었다. 사랑하기엔 너무 높은 허공이라, 그를 동경하기로 했다.

높은 곳에 있는 것들은 하나같이 눈부시기 때문일까, 어느 순간을 기점으로 나는 눈을 감아버린 것 같다. 시가 나를 충만하게 해줄 것이라 여기면서도, 내가 감당할 수 없는 것임을 시나브로 알게 된 것이다. 들여다보고, 들여다봐도 벚꽃은 벚꽃이었고, 시계는 시계였으며, 나는 나였고 너는 너였다. 벚꽃이나 시계를 보는 일보다, 애인의 얼굴을 뜯어보는 일보다, 선배가 시를 쓰는 자태를 보는 일, 나한테는 그 모습이 차라리 시에 가까웠다. 나는 선배를 관찰하며 참 많이 앓았다. 그에게 느끼는 이 눈부심은 어떤 감정일까 싶어 내가 아는 모든 단어를 나열해놓고 일일이 대조해보기도 했다. 사랑은 아니었고, 애달음이나 존경도 아니었다. 선배는 꼭 '스무 살'처럼 낯설고 영롱했다. 그에 느낀 감정을 나는 아직도 뚜렷이 정의 내리지 못하고 있다. 그저 '스무 살'과 같은 사람이구나, 하고 마음을 갈무리했다. '열아홉'은 아직 어리고, '스물하나'는 조금 시시하니까, 그래서 스무 살이야말로 생애 가장 젊은 날이라 여겼다. 그리고 그 젊은 날의 끝자락에 나는, 시를 부치지 못한 연서처럼 가슴에 품었다.

내 스무 살을 오롯이 관통한 시는, 그렇게 찬란한 짧음으로 맺음되는 듯했다. 여태껏 붙인 미사여구가 무색할 만큼 아주 간단하고 자연스러운 맺음이었다. 다만 취미에도 관성이 있기에, 그를 관찰하는 오랜 버릇은 나로 하여금 드문드문 시를 그리워하게 했다. 애인의 목소리를 가만히 짚어보거나, 자는 엄마 얼굴을 슬쩍 만져보는, 오래된 책 위로 쌓인 먼지를 훅 불어 털어내는 일련의 행위에서 시를 발견하면, 반가운 마음이 덥석 드는 것이었다. 연과 행 사이를 가로지르는 허공, 마주 잡은 손 사이의 허공, 들숨이 되고 다시 날숨이 되는 허공, 나를 울게 두기도 했던 그 허공을 더듬는다. 허공이 아—입을 벌려 나를 집어삼킨다. 품어둔 시를 꺼내 보는 일이 잦았다. 그 눈부심에 감은 눈은 그대로, 더듬더듬 그 행갈이 부근을 서성였다.

그러다 문득 선배가 궁금해졌다. 한동안 그를 본 일이 없다. 정말로 은유의 집을 짓고 그 안에 들어앉은 게 아닐까. 고치로 머물며 계속 은유를 뿜어내는 선배의 모습이 다시금 눈부시게 다가왔다. 타닥, 타닥 장작 타는 소리를 내는 타자기, 명색 모니터, 거미 궁둥이 같은 손끝 따위의 심상들이 새삼스러웠다. 글 쓰는 그의 모습에서 처음 시를 발견해낸 그 떫은 젊음. 시는 어디에나 있고 누구에게나 있다는 대목이 스친다. 그것을 두고 '스밈'이라 말하던 목소리가 나를 에워싼다. 어떤 글이 되었든, 시가 스민 글을 쓰기로 마음먹은 날이었다. 기쁜 우리 젊은 날이었다.

---

*「이 세상 애인은 모두가 옛 애인 이지요」, 『단편들』, 박정대, 세계사, 1997년

『**단편들**』 : 옛 애인들의 얼굴이 궁금해질 때 들추어보곤 하는 시집. 어김없이 당신의 웃는 낯이 뜨끔, 나를 찔러대기도 한다.　　　📖 김 향 희

out of street

『나는 다르게 생각한다』, 이일훈

나는 여러모로 특별했다. 짙은 검은 머리에 양옆으로 길게 뻗은 눈은 갈색 머리에 깊은 눈의 그들 사이에서 도드라졌다. 지나치게 좋은 기억력 덕분에 카페에 오는 대다수 손님의 이름과 주문을 기억했다. 자주 웃었고, 늘 바삐 움직였다. 그런 나를 보곤 웃음을 '팡' 하고 터뜨리거나 어린 여동생을 지켜보듯 애정 어린 눈빛으로 바라보는 이들이 많았다. 그렇게 카페에 찾아오는 이들은 나를 특별하게 만들어주었다. 그들 또한 그러했다. 특별했다. 지나칠 정도로 상냥했고, 따뜻했다. 늘 미소를 머금은 얼굴엔 장난기가 가득했다. 섬세하고 부드러운 마음은 자주 상처를 입는 듯했다. 하지만 이내 별거 아니라는 듯, 툴툴 털어버리고 금세 웃어 보였다. 그리고 일을 시작한 지 한 달쯤 지났을까, 그제야 나는 알게 되었다. 카페에 오는 대다수의 손님이 성소수자라는 것을 말이다.

내가 일하는 카페는 토론토 시내, 그중에서도 게이 거리에 자리 잡고 있다. 이곳은 해마다 게이 페스티벌이 북미에서 가장 크게 열리는 곳으로 미국이나 유럽, 남미 등 세계 곳곳에서 많은 성소수자들이 모여드는 곳이기도 했다. 함께 일하는 반 이상의 친구들 그리고 대부분의 손님들은 성소수자였다. 큰 편견은 없었지만 혹시나 상처가 되는 말을 하진 않을까 하여 단어 하나하나도 조심히 골라 내뱉게 되었다.

그러나 그것도 잠시, 한 달쯤 지나자 민감한 이야기는 자연스레 비켜가게 되었고 이런저런 농담을 아무렇지 않게 주고받게 되었다. 그곳에서 지내는 일 년이 넘는 시간 동안 내 편견이 굳이 머리 밖으로 나와야 할 순간은 없었다. 오히려 편견은 정말 말 그대로, 내 머릿속에서 만들어지고 잘 학습된 관념에 불과할 뿐이었다.

함께 일하는 친구 중 '매트'라는 친구는 드레스 퀸이다. 그는 낮에는 카페에서 일하고 밤에는 짙은 화장과 화려한 드레스를 입고 무대에 선다. 무대 위에 서 있는 그를 보면 그 어느 때보다 환한 표정임을 느낄 수 있다. 한번은 일을 마친 뒤 그와 나는 가까운 원예 시장에 함께 갔다. 늘 여러 명이서 모여 단둘이서 이야기를 나누는 것은 그때가 처음이었다. 그러다 보니 자연스레 대화는 서로의 이야기에 초점이 맞춰졌다. 그 순간을 기회 삼아 난 그동안 궁금했던 것들을 물어보았다. 이를테면, 언제 처음으로 게이라는 걸 느꼈는지, 그때 부모님의 반응은 어땠는지 등이 그 주를 이루었다. 무덤덤하게 그는 대답했다. "중학교 때 이미 느끼고 있었어. 그리고 고등학교가 돼서야 확신할 수 있었지. 내가 남자를 좋아한다는 것을 말이야. 우습게도 아빠는 어려서부터 유독 내게 남자다운 일을 많이 시켰어. 직접 공구를 들고 이것저것을 고친다든지, 그런 것들 있잖아. 근데 정말이지 그런 것들은 하나도 흥미롭지가 않았어. 이제 엄마 아빠는 내가 게이라는 것을 다 아셔. 다만 드레스 퀸이라는 걸 모를 뿐이야. 그래도 이 일을 계속하고 싶어. 무대에 서 있는 순간엔 정말 내가 나 자신이 되는 느낌이거든." 그의 솔직한 얘기에 되려 내가 부끄러워졌다. 편견이 없다고 늘 입버릇처럼 말했지만 그들과 지내는 내내 난 그들을 게이 친구라 규정지으며 나도 모르게 색안경을 쓰고 있었던 것이다. 그로부터 몇 주 뒤 북미에서 가장 큰 규

모로 이뤄지는 게이 페스티벌이 열렸다. '매트'는 운 좋게도 가장 인기가 많은 바에서 축제의 피날레를 장식하게 되었다. 그날 밤 그는 정말 아름다웠다. 수많은 사람의 환호를 받으며 그 어느 때보다 빛나고 있었다. 마치 무지개 빛깔의 나비처럼 말이다.

언젠간 영화감독 김조광수가 한 텔레비전 프로그램에 나와 자신이 커밍아웃하기까지의 과정을 이야기하던 게 생각난다. 중학생 시절 그는 한 동성 친구를 좋아한다는 것을 깨달아 고민하며 선생님에게 물었다고 한다. 하지만 선생님은 그건 전염병이라며 되려 김조광수를 나무라며 다시는 그런 이야기를 꺼내지 말라고 했단다. 그 뒤로 그는 자신의 병이 다른 이에게로 옮겨 갈까 마음 졸이며 누구에게도 제대로 자신의 마음을 표현하지도, 자신을 제대로 드러내지도 못했다고 눈시울을 붉히며 말했다. 어린 그가 얼마나 고민하고 혼란스러워했을지 미안한 마음이 든다. 때로 우리는 대다수의 범위에 속하지 않는다는 이유만으로 있는 것을 없는 것처럼 여기기도 하고 비정상으로 분류해버리기도 한다. 틀린 게 아니라, 단지 다를 뿐인데 우리는 그 사실을 너무도 쉽게 간과해버리고 만다. 세상은 이분법의 잣대로만 편 가름할 수 없다는 사실을 깨닫기까지 얼마나 더 많은 시간이 흘러야 하는 걸까?

가만히 숲에 있는 나무들을 보라. 그 수많은 나무들끼리 일정하게 거리 맞춰 살고 있는 나무가 한 그루나 있는가 말이다. 비규칙성이야말로 숲의 지혜 중의 하나이다. 규칙적이고 획일적인 모든 방법은 시장의 경제 논리가 갖는 생산성을 분명히 증대시키기는 하지만 어디에나 갖다 댈 수단은 아니다. 더욱이 살아 숨쉬는 나무를 다룸에 있어서야 더 말할 필요가 있겠는가.

– 『나는 다르게 생각한다』 중에서

그 누구도 알 수 없다. 우리의 사랑이 머무를 곳이 어디인지, 우리를 향한 사랑이 어디로부터 깃들어 오는지 알지 못한다. 그리하여 진정한 사랑을 찾아 이곳저곳을 헤매었고, 헤매고 있는지도 모른다. 그런 의미에서 누군가를 사랑한다는 사실은 굉장히 고귀하고 아름답다. 누구를 사랑하느냐는 그리 중요치 않다. 내 사랑을 알아보았고, 그 사랑을 이어나가고자 하는 그 숭고한 마음, 그 마음이 소중한 것이다.

이 거리를 벗어나 아무런 편견도 없는 곳에서 자신의 꿈을 이루겠다던 내 친구에게, 그리고 지금 사랑을 하고 있는 모든 이에게, 찬사의 박수를 보낸다.

『나는 다르게 생각한다』 : 모두가 더 크게, 높게, 넓게만 외치는 요즘, 우리에게 하나의 쉼표로 다가올 책이다. 지은이의 안내와 함께 낯선 길을 따라 걷다 보면 저도 모르게 콧노래를 부르는 것을 발견하게 될 것이다. 그동안 잊고 지냈던, 무심코 지나쳤던 길을 돌아보며 앞으로 걸음을 내게 될 길을 그려볼 수 있는 좋은 기회가 될 것이다. 김원희

50번 떠올리기

『원데이』, 데이비드 니콜스

　잠이 오지 않아 한참을 뒤척이다 시계 소리에 귀를 기울였다. '째깍, 째깍…….' 원래는 있는지도 몰랐던 작은 소리다. 하지만 어스름한 새벽, 그 소리는 마침내 나의 온 세상이 된다. 내 심박동 소리가 시계 초침소리와 박자를 맞춰 함께 뛴다.

　오늘도 베개에 머리를 누인 지 족히 1시간은 지났다. 그러니까 지금은 새벽 2시, 휴식을 취해야 할 정신은 점차 또렷해지는 느낌이 든다. 내가 잠들지 말아야 할 이유는 없다. 나는 다이어리에 적힌 '오늘 내가 해야 할 일'을 모두 완료했다. 딱히 생각해야 할 고민도 없었고……. 아무튼 내게 남은 일정은 아무것도 없었다. "아-." 하고 짧은 탄식과 함께 떠올랐다. 내 불면의 이유는 아까 저녁에 마신 커피 때문이라는 사실을 말이다.

　"커피… 커피…… 커피이…." 나는 그 단어를 여러 번 읊었다. 내가 그 단어를 읊는 행위는 그것을 호명하기 위함이 아니었다. 나는 커피라는 단어로 어떤 사람을 떠올리고 있었다. 그 사람이 세 번째 내게 떠오르는 순간이었다.

　지금 생각해보면 그날 따라 그 애는 무척 들떠 있었다. 이유는 몰랐지만 평소보다 들뜬 그 애가 나쁘지 않다고 생각했다. 우리가 만난 백화점 입구에서 그 애가 안다는 그 카페까지 가는 데는 꽤 오랜 시간이 걸렸다. 어색할 거라는 내 생각과는 달리 그 애는 평소보다 많은 말과 리액션을 해댔다. 처음 보는 모습이었지만 나쁘지 않다고 생각했다. 오히려 이제야 그 애가 편하게 보인다는 생각이 들기도 했다. 이제야…….

카페 내부는 아기자기한 편이었다. 2층으로 돼 있었는데, 우리는 1층 창가에 앉았다. 우리는 메뉴판을 살피고 레몬티와 카페라테를 주문했다. 음료를 기다리며, 그 애는 카페 내부를 찬찬히 둘러봤다. 나는 그런 그 애를 멍하니 바라봤다. "나는 나중에 개인 카페를 차릴 거야. 주문하는 곳 옆에는 예쁘고 아기자기한 잔을 둘 거야." 그 애는 손님이 원하는 잔에 커피를 만들어줄 생각이라고 말했다. 난 얘기를 들으며 뭐 그럴 필요까지야 있을까 생각했다. 하지만 내 생각을 말하지는 않았다. 왜냐면 그 생각은 내게 별로 중요하지 않았기 때문이다. 난 그저, 그때, 그 카페에, 나도 있었으면 좋겠다고 생각했다. 그쯤이면 난 너의 가장 가까운 사람으로 당연하게 네 옆에 있으면 어떨까…… 하는 상상을 하는 것이 내겐 더 중요했다. 물론 난 내 상상을 그 애에게 말하지 않았다. 그건 중요했지만, 너무 중요한 탓에 나 혼자서 간직해야 할 것 같은 생각이 들었다.

주문한 음료가 나왔고 그 애와 나는 침묵했다. 우리는 언제 얘기를 나눴냐는 듯 혹은 서로가 언제 보았냐는 듯 침묵을 지켰다. 그때 그 시간, 그 공기는 무거웠고 불편했다. 나는 초조하고 불안했다. 내 생각에 대한 확신이 없었을뿐더러, 그 애의 생각을 알 수 없었기 때문이다. 그날 우리의 만남은 사뭇 비장했다. 내 쪽에서 먼저 제안한 만남이었다. 그러니까 거미줄같이 얽힌 복잡한 관계를 풀기 위한 자리였다. 그때 그 애의 표현을 빌리자면 우리는 사랑보다 먼 우정보다는 가까운, 노래제목 같은 관계였기 때문이다.

시간이 얼마나 흘렀는지 알 수 없었다. 내가 무슨 얘기를 하고 있는지도 알 수 없었다. 내게는 분명 너무 어려운 문제였다. 그래도 결론을 내려야 했다. 사실 누구를 위한 결론인지 알 수 없었지만, 이대로 있기엔 내 감정 소비가 너무 심했다. 대화는 계속해서 돌고 돌며 제자리 걸음을 했다. 결국 실소가 터져 나왔다. 그 애와 나는 장난스럽게 결정을 서로에게 떠넘겼다. 그러다 복잡한 표정으로 그 애가 말했다. "이제 결정하자. 우리…… 연락하지 않는 편이 좋을 것 같아." 그때 그 애의 표정에 확신은 없었다. 후련함도 없었고 그렇다고 아쉬움도 없었다. 난 누구보다 그 감정을 이해할 수 있을 것 같았다.

그 애와 나의 관계는 어떤 식으로 결정이 나든 이미 최선이 될 수 없었다. 사실 내겐 그 애와 내게 어떤 결정이 나는가보다 관계를 정의하고자 하는 시도 자체에 큰 의미가 있었다. 그게 사실이라고 굳게 믿고 있었다. 하지만 이상하게 마음이 아렸다. 생각보다 많이, 많이.

연락하지 않고 얼마 동안 내 삶은 온통 그 애를 향해 있었다. 드라마를 보면서도, 책을 읽으면서도, 밥을 먹으면서도 한 번씩 그 애가 생각났다. 이별 노래의 가사를 곱씹어 들으며 나쁜 놈, 욕하던 새벽이 몇 번 지나갔다. 내 생활은 다소 엉망이 돼가고 있었다. 어쩌면 이미 예정됐던 결과를 나는 받아들일 수가 없었다. 그것도 내가 먼저 제안한 그 자리, 그 결과였다. 그랬기 때문에 나는 훌훌 털고 일어나야 했다. 나는 생각했다. 문득문득 그 애가 생각나기를 50번 정도 반복한다면 내 마음은 한결 편해질 것이라고, 그때까지는 참아보자고.

내가 그 애를 생각하는 방법은 참 예리했다. 커피와 함께 그 애가 생각날 거라곤 생각해본 적 없는 일이었다. 하지만 내가 정한 약속은 분명 스스로를 돕고 있었다. 나는 이전보다 훨씬 계획적인 생활을 할 수 있었고, 마음도 편안해졌다. 첫 번째 그 애가 생각났을 때는 그 애와 만났던 우리 집 아파트 입구를 지나칠 때였다. 두 번째는 백화점에서 카페까지 그 애와 함께 걸었던 길거리에서, 이제 47번이 남았다. 그동안 나는 좀 더 깔끔히 마음 정리할 수 있을 것이며, 마침내 훌훌 털고 일어설 것이다. 그때의 나는 훨씬 성숙해져 있을 거다. '째깍, 째깍…….' 시계 초침 소리가 다시 귀에 들어온다. 어디쯤인지 알 수 없는 시간이 계속해서 가고 있다. 나도 모르게 그렇게…….

『원데이』 : 두 남녀를 주인공으로 하며, 20년이라는 긴 시간의 흐름을 설정한다. 열정으로 치열하게 살아가는 엠마와 멋만 부릴 줄 아는 덱스터는 전혀 다른 성격이다. 대학 졸업 파티에서 처음 만난 둘은 20년 동안 우정과 사랑을 반복한다. 수많은 엇갈림 끝에 둘은 결국 사랑을 이루는가 싶지만, 결국 엠마의 죽음으로 비극적인 결말을 맞게 된다. 　　　　　**최 문 희**

경계, 그 너머로

『상실의 시대』, 무라카미 하루키

2009년 2월, 내 10대 시절의 마지막 행사를 치렀다. 고등학교 졸업이었다. 졸업이란 게 늘 그렇듯 새해를 성급히 넘긴 뒤 두 달이 지나서야 이루어졌지만, 진짜 '식'을 올리지 않고서는 어른으로 인정받지 않는 느낌이었다. 그때 내 나이는 스무 살에 바짝 다가선 '19.9세'. 그 애매한 나이를 선으로 비유하자면 실선도 물결선도 아닌, 마치 점선과 같은 어중간한 형태랄까? 2밀리미터의 일정한 간격으로 떨어진 모습을 머릿속에 그려보았다. 특히 점선 사이의 촘촘한 틈은 경계 위의 세계를 탐해보라는 여지를 주는 것처럼 보였고, 마치 기회의 장(場)을 마련해준 형태라고도 생각했다. 자연스레 그 경계를 틈틈이 넘보다 보면, 비로소 내가 성인의 영역에 들어설 수 있을 거라는 생각을 했다. '19.9세에서 20세로 넘어가는 기분은 어떨까?' '어떻게 경계를 넘어야 어른이 되는 일을 잘 수행할 수 있을까?' 매일매일 이런 고민을 하면서도, 경계 너머의 세상을 수십 번 상상해보곤 했다.

그해 졸업식은 열아홉 내 생애를 통틀어 가장 절절했던 기억을 남긴 날이기도 했다. 발단이 된 건 한 장의 편지였다. 나는 그날 받은 편지를 손에 꼭 쥔 채로, 접어 올렸다 펴기를 수백 번 반복했다. 그렇게 해서 생긴 또렷한 선은, 성인으로 가는 길목에서 만난 첫 경계였다.

그 편지는, 졸업식으로부터 두 달 전까지만 해도 나의 연인이던 그 아이가 건네준 것이었다. 서툰 사랑이 옅은 헤어짐으로 단락을 맺은 뒤, 우리는 서로를 보지 못했다. 아니, 만날 수 없었다. 그런데 오랜만의 졸업식에서 그 아이의 얼굴을 보게 된 장소는 학교 계단이나 복도가 아닌, '단상 위'였다. 그 아이는 고등학교 3년 내내 학업이 우수했고 학교 임원까지 도맡아 했었기에, 시상식에서 이름이 불리는 건 당연했다. 하지만 상과는 전혀 인연이 없던 나는 단상 위로 자주 출몰하는 그 아이를 그저 '학생석'에서나마 볼 수밖에 없었다. 그 아이의 이름이 호명되고 상 받는 모습을 지켜보는데, 높은 곳에 서 있던 그 아이가 어찌나 커 보이던지. 그러면서도 오랜 시간을 함께 보낸 옛 연인이었기에 무척이나 낯선 광경이기도 했다. 그 아이는 어느 때든 인정받을 만한 사람이었다. 언제 어디서든지, 나보다 훨씬 빛나는 사람이었다.

먼 곳의 그 아이에게 안부를 물었다. 우리 헤어지고 나서 처음 보는 거네. 물론, 혼잣말이었다. 사실 멀리서 읊조리는 인사 대신 직접 만나서 묻고 싶은 게 많았다. 정 안 되면 스치듯 눈인사라도 안 될까. 하지만 그 아이는 학급의 임원이었고, 내 발로 직접 찾아가지 않으면 만날 수 없었다. 날이 날인 만큼 더 바쁠 거라 생각했다. 선생님이며 친구들에게 이리저리 불려 다니는 듯했다. 하지만 졸업식을 끝으로 어쩌면 그 아이를 다신 볼 수 없을 것만 같은 조바심이 나를 불안케 했다.

시상이 끝나고 개인 사진촬영까지 이어지는 졸업식은 끝을 향해 달리고 있었다. 이 졸업식이 끝나기 전, 그 아이를 꼭 볼 수 있으면 하는 마음이 간절했다. 여느 친구들처럼 그 아이에게도 졸업을 축하한다는 인사 한 마디를 해주고 싶었고, 미적지근하게 끝났던 우리 사이를 잘 매듭짓고 싶기도 했다. 하지만 나는 쉽게 용기가 나지 않아 찾아갈까 말까를 한참 고민하며 머뭇거렸다.

그러다 결국, 나는 이 머뭇거림을 뒤늦게 후회할까 봐 직접 그 아이를 찾아가기로 했다. 내 마음이 가는 대로 걸음을 옮겼다. 어느 적극적인 성격의 한 친구가 용기 부족인 나를 도와 함께 가주기로 했다. 친구와 한참을 헤매다가 그 아이를 발견한 곳은 1층 로비였다. 그 주위는 마치 포토존을 연상케 하듯 많은 친구들과 가족이 함께 모여 있었다. 그 사이로 들어가 얼굴이나 한 번 볼 수 있을지, 이야기를 나눌 수나 있을지 의문이 들 정도였다. 하지만 나는 내 친구의 부추김에 등 떠밀려서 사람들 속으로 투입(?)되고 말았다. 오…랜만이야. 잘 지냈어? 너 오늘 단상 위에서 상 받을 때 엄청 멋있더라. 갑작스런 상황에 어색함을 참지 못했던지, 내가 먼저 말을 건넸다. 상대의 눈이 나를 향하고 있었다. 하지만 제대로 된 눈인사도 주고받기 전에 주위의 성화에 못 이겨 사진을 찍어야 했다. 마주 서 있던 우리는 카메라를 향해 나란히 섰다. 상대의 대답을 기다리는 내 인사는 혼잣말이 되어버렸고, 둥둥, 허공에 떠돌고만 있었다.

"자, 찍습니다. 하나, 둘. 찰칵!"

사진 찍을 때만큼은 활짝 웃어야 할 것 같았지만, 하늘로 향한 내 입꼬리가 너무도 가늘게 경련을 일으키는 바람에, 어색한 미소만이 맴돌았다. 그 아이도 마찬가지였다. 정작 피사체다운 모양새를 했던 건 서로의 품에 안긴 꽃다발이었다. 사진을 다 찍고 나서 여전히 어색한 기운이 맴돌던 우리는 서로를 쳐다만 볼 뿐이었다. 그러다 그 아이가 갑자기 주머니에서 무언가를 꺼내어 내게 주었는데, 그건 곱게 접은 쪽지였다.

"잘 지내."

그 아이는 쪽지를 건넨 뒤 짧고 담담한 인사를 남긴 채 총총 사라졌다. 내가 그토록 보고 싶었던 그 얼굴이, 깜짝 선물로 나를 덜컥거리게 해놓고는 멀어져갔다. 마지막일까, 너무도 아쉬웠던 나는 교실로 돌아가는 발걸음이 쉽게 떨어지지 않았다. 교실로 천천히 돌아간 뒤, 멍한 마음을 짐짓 다스렸다. 그리고는 한쪽 구석으로 가 친구들 몰래 쪽지를 열어보았다. 눈에 피로하지 않은 아이보리 색 줄공책을 반듯하게 찢어 활용한 편지지였다. 어지러운 꾸밈이나 화려한 색상이 전혀 개입되지 않은 채로, 담담한 바탕색과 촘촘한 선으로만 구성되어 있었다. 나는 편지의 겉모양과 부수적인 요소들을 유심히 관찰하며 내용을 읽기 전 호흡을 가다듬었다. 편지 안에 적힌 메시지를 급하게 읽어 내려가다가는, 마음속 무언가가 파르르 떨릴 것만 같아서 스스로 그 절차를 꼭 거쳐야만 했다. 그러면서 든 생각은, 그 아이의 심정이 마치 이 편지지 모양처럼 담담하지 않을까 하는 것이었다. 쪽지 안에는 자신이 전달하고픈 마음들이 가지런히 눕혀 있었다. 그리고 나는 그 글을 천천히 읽었고, 또 읽었다. 읽어 내려가면서 다시 또 읽어갔다. 그러다가 이내, 편지 속 글자의 새까만 잉크가 번져버릴 때까지 천천히 울고 있었다.

나는 몇 백 번이고 이 편지를 되풀이해서 읽었다. 그리고 되풀이해 읽을 때마다 견딜 수 없이 서글퍼졌다.
맨 앞의 몇 줄을 읽었을 뿐인데, 내 주위의 현실 세계가 온통 그 색채를 잃어가는 느낌이었다. 나는 눈을 감고 긴 시간 동안 마음을 하나로 가다듬었다. 그리고 심호흡을 하고 나서 그 뒤를 계속해서 읽었다. - 『상실의 시대』 중에서 편지는 우리 사이를 잘 매듭지을 수 있도록 자신의 마음을 정리한 글이었다. 지나간 상념뿐일 수 있는 이야기들은 그 아이의 손을 거쳐 정성된 단어들로 부활한 듯했다. 빼곡하지 않았지만, 행간을 넘나드는 그 아이의 진심을 느낄 수 있었다. 편지의 내용은 우리가 함께한 시간만큼이나 아름다운 작별의 인사였다. 행복에서 좋은 추억으로, 사랑에서 감사로, 응원에서 좋은 친구로, 그리고 마지막은 빛나는 희영이가 되길 바라는 것으로.

졸업식에서 받은 그 편지 한 통은, 내게 사랑도, 청춘도 경계 너머의 어딘가에서 반짝일 수 있다는 것을 알려준 소중한 매개가 되었다. 실연도, 사람도, 사랑도 상실만은 아니라는 것을. 불완전했던 내가 그득히도 반짝였던 편지 한 통으로 감동적인 성인식을 잘 치렀기에, 스무 살이 되어 나는 경계 그 너머를 잘 넘볼 수 있었다. 그 편지는 내가 수백 번 접었다 펴기를 반복하며 수없이 읽어 내려간 '작품'과도 같았다. 그 이후로도 나는 편지를 접으며 생긴 선이 다 닳아 없어질 때까지 읽고 또 읽었다.

나는 오늘도 한 장의 편지에 한 편의 청춘을 멋지게 만들어준 멋진 경계를 기억한다. 경계, 그 너머로 그 아이를 추억한다.

『상실의 시대』　: 사랑을 말한다지만, 과연 그 안에서 '상실'해나가는 것들에 우리는 얼마나 무심했을까? 역으로, 우리는 매번 사랑을 바라지만, 단순한 '재생'의 차원에서 청춘을 허비하고 있지는 않은지 생각해보게 한다. 물론, 사랑은 꼭 필요한 것, 간절한 것.　　　　김 희 영

나는 너를

『왜 나는 너를 사랑하는가』, 알랭 드 보통 지음

항상 너는 내게 사랑을 확인하게 해달라고 말했다. 그런 너에 물음
이 두려웠는지, 아니면 너를 사랑하지 않았는지 단 한 번도 나는 너에
게 사랑한다는 말을 내뱉지 않았다. 만약 그 순간이 다시 온다면 말할
수 있을까. 너를 사랑하기보다는 좋아한다는 감정에서 그쳤던 것일까.
아니 어쩌면 나 스스로 사랑이 어떤 것인지 몰라서 좋아한다고만 생각
했는지 모르겠다. 내 마음은 너에게 가 있었지만, 그것을 나 스스로 확
신하지 못했으니까.

처음 너와 만나던 날을 아직도 잊지 못한다. 분위기 좋은 카페가
아닌 홀아비 냄새 그득한 친구 자취방에서 처음 너를 봤을 때, 그 공간
과 어울리지 않는 너의 이질적인 모습에 매료되었다. 아담한 체구와
짙은 쌍꺼풀을 가진 너의 눈이 좋았다. 땀 냄새 풍기는 남자들 틈바구
니에서 싫은 내색 없이 웃고 있는 너의 모습이 예뻤다. 그리고 내 옆에
서 풍겨오는 너의 살내음에 취했다.

어디서 그런 용기가 났는지 모르겠다. 처음으로 너와 단둘이 만난
날, 나는 너에게 고백했다. 너에게 좋아한다고 이야기한 순간, 내 몸에
모든 피가 심장으로 쏠려 들어가는 것 같았다. 나는 상기된 얼굴과 멈
출 줄 모르는 심장의 박동을 어찌 해야 할지 몰랐다. 그저 눈앞에 놓여
있는 소주만을 연거푸 들이킬 수밖에 없었다. 소주를 마시는 나를 보

고는 너는 조금의 망설임도 없이 내게 '그래, 사귀자.'라고 답했다. 너무나 순진했던 시절일까. 너의 답을 듣는 순간 나도 모르게 입가 가득히 웃음을 지었다. 너 역시 나를 보며 함박웃음을 지어 보였다. 참 바보 같은 모습이었는데.

언제나 친구밖에 모르던 나였다. 그랬기에 내 삶의 궤적에 대부분이 친구들에 맞춰져 있었다. 너와 사귀기 시작한 이후로 내 삶의 주인은 네가 되었다. 네가 내뿜는 자장에 이끌려 내 몸에 자력들이 너에게 붙어 있게 된 것이다. 너를 너무나 좋아했다. 친구들이 주인만 보면 꼬리 흔드는 개 같다고 놀려도 받아들일 수 있었다. 나는 너만 보면 좋아서 꼬리 흔들며 쫓아가는 한 마리 개가 되어 있었으니까. 네가 내 짓는 손짓 하나에 좋아 어쩔 줄 몰랐고, 네가 조금이라도 슬퍼하면 그 마음 달래기 위해 어릿광대짓도 서슴지 않았다. 너는 나의 모든 것이었다.

관계의 어긋남은 사소한 것에서 시작된다. 누구도 인식하지 못하는 범위 안에서 조금씩 관계를 갉아먹으며, 그 연결고리를 끊어버린다. 너에게 잘못은 없었다. 단지 너는 내게 사랑을 확인하고자 했을 뿐이다. 나는 네게 그 한마디를 건네지 못했다. 사랑은 좋아한다는 감정을 선행해야 생성된다고 한다. 나는 너를 좋아했다. 그리고 사랑했을 것이다. 단지 나는 그 감정을 제대로 이해하지 못했던 것이다. 만약 단한 번이라도 너에게 사랑한다는 말을 했다면 너와 나 사이의 연결고리가 끊어졌을까. 끝나버린 시간 뒤편에서 그 시간을 다시 잡을 수 있을까.

아직도 너에 대한 꿈을 꿀 때가 있다. 꿈속 너와 난 스무살 그 시절 그 모습 그대로다. 처음 너를 본 날 나의 모습, 내 고백에 웃음으로 답하던 너의 모습, 너에게 첫 키스를 하던 순간, 너와 함께한 모든 시간이 꿈속 편린으로 내게 나타난다. 너와 헤어지던 그 순간까지도, 너무나 차갑게 느껴진 그 순간 내 삶의 궤적은 너에게서 내게로 다시 되돌아 왔다. 너와 헤어질 때 아플 줄 알았다. 이별의 순간이 작은 바늘이 되어 내 심장에 수천 개의 구멍을 낼 줄 알았다. 너무나 아팠기에 아픔을 느끼지 못했던 것일까. 아니면, 너무도 차가운 너의 모습에 대한 반발심으로 나 역시 괜찮다고 생각했던 것일까. 돌아서는 네 모습은 차가웠다. 너를 보내는 내 모습 역시 차가웠다. 너무도 쉽게 내 첫사랑은 끝났다. 만약 다시 너를 만난다면 '사랑한다' 말할 수 있을까.

『왜 나는 너를 사랑하는가』 : 사랑은 누구에게나 보편적이면서, 특별하다. 그 특별할 것 없는 일상이 특별해지는 것은 사랑을 하기 때문일 것이다. 나와 나란히 걷는 사람이 있기에 사랑은 누구에게나 특별해진다. 사랑이라는 보편적인 이야기를 누군가에게 특별하게 만들어지게 하는 책. 📖 김 영 진

내가 그의 이름을 불러주기 전에는

『은교』, 박범신

너를 만나고 나는 특별해졌다. 나는 무수히 많은 너로 이루어져 있다. 내 안에 너 있다. 너로 가득 차서, 정작 나는 네 그림자 같다. 점멸등처럼 소리 없이 밝아졌다가 이내 어두워진다. 다시 밝아지면, 나는 간 데 없고 너만 있다. 그래서 너를 보내고 난 뒤, 일상이 빈껍데기처럼 여겨져 힘들었다. 감히 말하건대, 나는 너를 사랑했다. 이 노골적이고 맹목적인 단어를 굳이 쓸 만큼, 내가 느낀 그것은 분명한 사랑이었다. 국경에서 헤어져 너는 서(西)로 나는 동(東)으로 각자 갈 길을 갔다. 너를 다른 곳에서 만났다면 나는 너를 알아봤을까. 너는 내 손을 잡아줬을까.

우리가 처음 만나던 날, 네 스카프가 참 예쁘다고 생각했다. 그거 어디서 샀냐고, 길 가던 너를 붙잡고 물었더니 네가 난감한 듯 웃었다. 그 웃음이 참 예쁘다고 생각했다. 스카프가 핑계였을지도 모른다는 생각이 얼핏 스쳤다. 아무래도 좋았다. 나는 너를 붙잡았고 너는 웃었으니까. 우리가 두 번째 만나던 날, 너는 전과 똑같은 스카프를 똑같은 모양새로 두르고 있었다. 이거 줄까요? 하고 슬며시 네가 물었다. 이번엔 내가 웃어 보였다. 어디에 가는 길이냐는 내 물음에 호수 구경을 하러 간다고 네가 대답했다. 나는 그 도시를 떠나는 길이었다. 떠나는 날 너를 만나서 그래도 다행이라 여겼다.

네 잔망스러운 웃음이 좋았다. 그래서 '잔망둥이'라고 혼자 별명을 붙이고는 킥킥 웃었다. 도시를 떠나 있는 기간과, 너를 그리워한 기간이 꼭 같았다. 다시 돌아온 도시에서 우리가 세 번째 만나던 날, 네가 내 손을 잡았다. 땀에 젖어 축축한 손이었는데, 그 손으로 내 얼굴을 만져도 불쾌하지 않았다. 네 목에는 여전히 스카프가 둘러져 있었다. 잘 어울린다고 내가 말해줬다. 네가 쑥스럽게 웃는다. 예쁘다. 맞잡은 손 그대로, 네가 나를 보고 나는 너를 본다. 네가 불쑥, 내 안으로 들어오던 순간이었다. 그때 호수 구경 잘했냐는 내 물음에 네가 고개를 끄덕. 계속 생각나더라는 내 말에 네가 고개를 끄덕. 보고 싶었다는 내 말에 네가 또 고개를 끄덕. 그리고 웃었다. 예쁘다. 반짝반짝거렸다.

너를 만나고 나는 특별해졌다. 네가 곧 나였던 시간들, 너를 특별하다 여길수록 나도 함께 특별해지는 느낌. 우리가 함께 반짝반짝, 빛났던 순간이 거기에 있었다. 내 안의 무수한 내가 너로 바뀌고 있음을 인지했을 때의 그 놀라움과 두려움을 기억한다. 결국 내 자리가 하나도 남아 있지 않게 된 순간을 기억한다. 네가 동쪽으로 떠나던 날, 같이 가자고 말하던 그 목소리의 떨림은 여전히 내 안에서 반짝거리고 있다. 미세한 목소리의 울림에 덩달아 내 마음도 쿵, 쿵, 하고 떨렸음을 기억한다. 그리고 너를 보냈다. 네가 가고 없는 그곳에 나는 남았다. 그리고 얼마 후 서쪽 도시로 떠났다. 나는 아직도 너의 이름을 모른다. 너를 뭐라고 불러야 할지, 긴 시간이 지난 지금까지도 알 수가 없다.

여행지에서 만난 사람의 이름을 묻지 않는 버릇이 있었다. 그들의 특징을 더듬더듬 기억해내는 작업이 좋았기 때문에. 기억을 미화하는 것이 좋아 일부러 사진도 남기지 않는다. 사진을 남기지 않는 대신에, 내가 느낀 정황을 마음에 담아둔다. 여행에서 돌아와 내가 누볐던 골목 골목을 마음으로부터 천천히 떠올리면, 그곳들은 묵직한 존재가 되어 나를 행복하게 했다. 기억하기와 기억 미화하기의 반복. 그런데 너는 달랐다. 굳이 미화하지 않아도 충분히 반짝거렸다. 너를 묵직한 존재로 만들어야 하는데, 그래서 행복함을 느껴야 하는데, 그저 네 이름이 궁금하기만 했다. 너를 무엇이라 부를까, 그립다고 말할 고유명사가 필요한데.

우리는 세 번 만났다. 모두 우연히, 길에서 마주친 것이었다. 그런 만남에서도 사랑할 수 있다는 것, 그리워할 수 있다는 것을 나는 몰랐다. 알았다면 이름을 물었겠지. 불쑥 내 안으로 들어온 너를 보내고 한참이 흘렀으나, 내 안의 무수한 나는 여전히 네가 되는 과정을 겪었다. 너는 있고 나는 없는. 그래서 여행에서 돌아와 한동안 빈껍데기처럼 지냈다. 여행 커뮤니티에 너를 찾는 글을 올려보기도, 너에 대해 적어둔 일기장을 한참 들여다보기도, 아예 캔버스 가득 네 얼굴을 그려보기도 했다. 사랑이었다. 너를 사랑하다가, 나중엔 이름 없는 너의 존재를 사랑하다가, 어느새 이름 없는 너의 존재를 사랑하는 나를 사랑하기에 이르렀다.

너는 그 동쪽 도시에서 어떤 것들을 봤을까. 궁금한 마음에 다음 여행 장소를 동쪽 도시로 정했다. 마침내 비행기 표를 구했을 때, 나는 마치 너를 만나러 가는 것처럼 설렘을 느꼈다. 네가 걸었을 길, 네가 만났을 사람들, 네가 먹었을 음식들을 헤아리다가 가끔은 다시 만나게 되는 영화 같은 상상도 했다. 내 자리를 차지했던 무수한 네가 많이 아팠지만 네가 걸었을 길을 곧 걷게 된다는 생각으로 마음을 추슬렀다. 오랫동안 아프지는 않았지만, 오랜 시간 애틋한 사람이었다. 앞으로도 꽤 오랫동안 잊지 못할 사람이라고, 생각한다. 나는 너의 이름을 단 한 번도 불러주지 못했다. 그런데 너는 어떻게, 나에게 와 꽃이 되었을까. 사랑을 피웠을까.

『은교』 : 그 또한 사랑이었다. 다만 사랑에 여러 얼굴이 있을 뿐이다. 당신이라면 손가락질하던 그 손을 펴 사랑의 얼굴을 보듬어줄 수 있는가.

 김 향 희

라이크 어 버진

『그녀의 눈물 사용법』, 천운영

버스는 절절 끓는 아스팔트 위를 달리고 있다. 버스 맨 앞자리에 앉은 가이드는 이것저것 차창 밖의 것들에 대해 설명하려 했지만 자기 생각만큼 영어가 나오지 않는 듯 진땀을 흘렸다. 더듬거리는 그의 목소리를 가만히 짚어본다. 이곳의 원주민들은 아이를 낳으면 절벽 끝에서 굴린다. 살아남은 아이는 거두고, 그렇지 못한 아이는 버린다. 땀에 얼굴이 번들번들해진 가이드가 이어 말한다. 원주민은 성격이 매우 포악하니, 절대 이 구역을 벗어나서는 안 돼요. 위험합니다. 그러나 우리 중 그 누구도 이 지역을 벗어날 일은 없을 것이다. 거창한 이유를 들 필요도 없이, 이 여행은 패키지니까. 절대적 타의로 내 동행이 된 다른 여행자들은 심드렁한 표정으로 창밖을 구경하거나, 새벽 비행의 여로를 풀려는 듯 등받이를 눕힌 채 눈을 감았다. 집을 나온 지도 벌써 세 달이 지나 있었다. 세 달 동안 비행기를 네 번 탔고, 일 년치 등록금을 다 써버렸다. 피곤하다. 집에 가고 싶다는 생각이 얼굴을 불쑥 드밀었다. 이 여행이 끝나면 그만 집으로 돌아가야겠다고 생각했다. 어느샌가 설명을 끝낸 가이드가 라디오를 켠다. 전파는 부지런히 노래를 실어 나른다. 마돈나의 '라이크 어 버진'이다. 잠을 잘 수 있을 만한 분위기는 도무지 올 기미가 없다.

술에 취해 비틀거리던 그 아이는 굳이 나를 집까지 데려다 주겠다고 했다. 정황상 내가 그 아이를 데려다 주는 게 차라리 나았을 테지만 굳이 바래다주겠다기에, 나 역시 굳이 거절하지 않았다. 좋아하는 사람이었다. 어차피 내일이면 기억 못하겠지 싶은 생각에 일부러 그 아이 손을 잡고 걸었다. 좋아하는 사람이었다. 집으로 가는 길목의 가로 등마다 서서 토악질을 하던 그 아이가 갑자기 파란 입간판을 향해 달려들었다. 그러곤 멀쩡히 서 있던 입 간판에 발길질을 하기 시작했다. 아, 이게 말로만 듣던 주사(酒邪)구나, 이 아이랑은 다시 술 마시지 말아야겠다고 그때 나는 다짐했을 것이다. 한참 화풀이를 해대던 그가, 질린 표정으로 서 있는 나를, 흘겨보며 걸어왔다. 우리는 그 파란색 입간판 옆에서 처음 입을 맞췄다. 좋아하는 사람이었다. 누구는 좋아하는 사람과 입을 맞추면 귀에서 천상의 종소리가 들린다 했는데, 나는 마돈나의 '라이크 어 버진' 후렴구만 자꾸 귀에서 맴돌았다. 처음인 척하라는 계시인가 싶어 그렇게 했다. 그 아이는 '네가 처음'이라는 내 말에 배시시 웃었다. 하지만 삼 년을 두고 만난 애인이 있던 그 아이는 그 후로 두 달 동안 애인과 나 사이에서 줄타기를 했다. 애인과 만나면 애인과, 나와 만나면 나와 손을 잡았을 것이다. 알면서도 딱히 어쩔 수 없었던 이유는, 정말로 많이, 좋아하는 사람이었기 때문에.

동행들은 어느새 다 같이 노래를 부르고 있었다. "라이크 어 버진!" 하며 저마다 몸을 흔들어댄다. 피곤하다.

혹독한 시간이었다. 그 아이가 나 말고, 애인을 따라 가버리면 어쩌나, 그런 식의 감정노동이 한동안 계속되었다. 눈이 벌겋게 충혈되도록 잠을 못 잤거나, 혹은 울었을 것이다.

나는 절벽 아래로 구르는 상상을 한다. 그 아이의 애인과 함께 아래로, 아래로, 한참을 굴러 떨어진다. 우리 둘 중에 누군가는 살아 그의 애인이 되는 거야.

그 아이에게 애인이 있다는 걸 알면서도 그 아이 손을 잡았다. 좋아하는 사람이었다.

가이드가 내 손을 잡아끈다. 댄스타임, 댄스타임, 렛츠 댄스를 외치며. 그 무리에 들어가 나도 함께 춤을 추었다. 어느샌가 노래는 '맘마미아'로 바뀌어 있었다.

집을 나온 지도 벌써 세 달. 이제 그만 집으로 돌아가고 싶다고 생각했다. 여행이 즐거운 이유는 돌아올 곳이 있기 때문이라고 했던가.

일곱 시 기상 및 조식, 아홉 시까지 집합. 정오에 중식, 여섯 시 석식. 이후로는 자유시간. 하지만 특정 구역을 벗어나서는 안 된다. 그 아이와의 연애도 비슷했다. 월요일엔 어디, 수요일엔 어디, 목요일엔 어디에 함께 가자는 식으로 언제든 데이트를 할 수 있었지만, 주말만은 허락되지 않았다. 나는 언제쯤 주말의 긴긴 하루를 온전히 너와 함께 보낼 수 있을까 헤아리며 잠을 잤다.

어쩌면 나는, 너의 긴 여행이 아니었을까. 돌아가야 할 곳을 더 의미 있게 만들어주는. 그러나 이 사실보다 더 서러웠던 건, 정작 나는 지금껏 해온 이 여행이 결코 즐겁지 않았기 때문에. 그리고 그 이유가 돌아갈 수 있는 그 파란 입간판이 없어져버렸기 때문이란 걸 알아버려서였을 것이다.

이제야 당신을 만나러 간다. 긴 겨울을 지나 봄을 맞으러 간다. 당신을 만나러 가는 내 입에선 콧노래가 절로 나온다. 자꾸만 웃음이 나오려 하는 것을 나는 억지로 참고 있다. 저 멀리 노래를 부르는 당신 얼굴이 보인다. 진달래 숲속을 달려가는 꽃마차가 보인다. 노래하자 꽃서울 춤추는 꽃서울. 아카시아 숲속으로 꽃마차는 달려간다. 나는야 꽃마차 타고 달리는 행복한 마부. 당신과 나. 머리 위로 꽃비가 내린다. 봄이 온다. ―「노래하는 꽃마차」중에서

하지만 나를 여행한 너는, 돌아갈 곳으로 돌아가 봄을 맞았을 것이다. 노래하고 춤추며, 마침내 네 애인과 포개어 누웠을 것이다. 그 위로 꽃비가 내렸을 것이다. 봄이 왔을 것이다.

『그녀의 눈물 사용법』 : 나와는 아무런 관련 없는 세상의 이야기처럼 느껴지지만, 어쩌면 내 일기장 같은, 천운영의 단편 소설집. 📖 김 향 희

사랑 이야기

김향희 · 최문희

향희: 그래서 너는 제일 단기간에 사랑에 빠진 시간이 어느 정도야? 그냥 스치듯 호감 느낀 거 말고, 진지하게.

문희: 그건 생각을 좀 많이 해봐야 하는 질문인데? 언니는요?

향희: 나는…… 한 3초?

문희: 응? 진지하게요? 진짜? 어떻게?

향희: 그냥 그런 거지. 여행지에서 만난 사람이었는데 맞은편에서 걸어오는 남자가 분홍색 스카프를 두르고 있었다? 근데 그게 진짜 너무너무 잘 어울리는 거야! 평소엔 스카프 한 남자 별로라고 생각하는데, 그때 그 사람 스카프가 너무 예뻐서 그거에 먼저 관심을 가졌던 것 같아. '스카프가 예쁘네?'에서 시작해서, '근데 저 사람 스카프 참 잘 어울리네?', 그리고 자연스럽게 좋아지더라고.

문희: 그렇게 3초?

향희: 응. 3초.

문희: 나도 물건에서 시작한다는 점에서는 비슷한데, 언니랑 저랑은 좀 다른 거 같아요. 전 어떤 취향 같은 게 있는 것 같아요. 예를 들면, 넓은 어깨에 걸쳐진 어두운 계열의 스웨터를 입은 남자에게 반한다든가, 머리를 부담스럽지 않게 올백으로 올린 사람에게 호감을 느낀다

든지…….

향희: 너는 무던한 성격인 줄 알았는데 꽤 구체적이네?

문희: 문제는 이런 사람이 주변에 없다는 거죠. 이상형은 어디까지나 이상형일 뿐이니까. 그럼 언니 이상형은 어떻게 돼요?

향희: 나는 딱히 정해두는 편은 아니야. 근데 첫 느낌이 되게 중요한 것 같아. 어쩌면 너보다 내가 더 찾기가 어려울 수도 있지.

문희: 언니, 예전에 '애정남'이라는 개그 프로그램 있었잖아요. 거기서 봤는데, 눈 높은 사람의 기준 중에 하나가 '느낌이 좋은 사람'이었어요. 대체 무슨 느낌을 말하는 거냐며.

향희: 굳이 하나 말하자면, 뿔테 안경이 잘 어울리는 사람? 아! 그러고 보니, 아까 말했던 그 스카프 두른 남자도 뿔테 안경을 끼고 있었던 것 같아.

문희: 오! 신기해요. 언니, 그 남자 얘기 좀 더 해주세요.

향희: 음, 아까 내가 맞은편에서 걸어오고 있었다고 했잖아. 길 가던 사람 그냥 확 붙잡고, 그 스카프 어디에서 샀냐고 물어봤어. 완전 다짜고짜.

문희: 와, 언니 박력……. 그러니까 뭐래요?

향희: 씩 웃는데, 내가 거기서 홀딱 반한 거지. 그 뒤로도 자주 마주쳤어. 우연히. 근데 이름도 못 물어보고 결국 헤어졌지. 이걸로 나중에 에세이 써야겠다!

문희: 있잖아요, 언니. 그러고 보니 저 이번에 혼자 들은 교양 수업에 그 스웨터 잘 어울리는 남자 있었어요.

향희: 너도 스웨터 어디서 샀는지 물어보지 그랬어.

문희: 아, 언니한테 진작 물어볼걸. 벌써 수업도 종강했고, 방학이라 이제 마주칠 기회가 없어요. 실은 시험기간에 도서관에서랑 그 과목 시험 칠 때랑 해서 여러 번 그 사람 봤거든요? 근데 말 걸 기회를 놓쳤어요.

향희: 하긴. 막상 만나면 어떻게 말을 꺼내기가 어렵지. 어쩌면 나도 그 사람을 만난 게 여행지라서 이상한 용기가 발동됐던 것일지도 몰라. 여행은 사랑에 빠지기 딱 좋은 조건들을 다 가지고 있으니까.

문희: 그럼 나도 여행을 좀 다녀볼까 봐요.

향희: 굳이 사랑을 하기 위해서가 아니어도, 여행을 하면 너를 사랑하는 법을 배우게 될 수도 있어.

문희: 오, 좋은 말인 것 같아요.

향희: 그런데 나 자신이 아니어도, 또 남자가 아니어도 사랑이라는 게 되게 보편적이고 그 대상도 다양할 수 있지 않을까? 이를테면 동물을 사랑할 수도 있고, 커피나 먹는 음식을 사랑할 수도 있으니까. 사랑이라고 해서 다 연애감정과 이어지는 것은 아니잖아.

문희: 맞아요. 저는 김치볶음밥을 사랑해요!

향희: 그럼 나는 단팥죽?

문희: 언니랑 같이 다니면서 느낀 건데, 언니는 진짜 음식을 사랑하는 사람인 것 같아요. 제가 아는 사람 중에 진짜 잘 먹는 친구가 있는데, 그 친구는 더 이상 못 먹을 때까지 먹어놓고선 기지개만 켜도 소화가 다 된대요. 언니 보면 그 친구가 떠올라요. 그리고 지난 시험기간에 언니 학교 오기 전에 마트에서 장 봐 온다고 했었잖아요. 그때 언니가 준 초콜릿이랑 음료수로 제가 아는 후배 모두를 배부르게 할 수 있었어요.

향희: 맞아. 나는 진짜 먹는 걸 사랑해. 좋아하는 정도를 벗어난 것 같아.

문희: 먹는 걸 좋아하는 거랑 사랑하는 건 같은 말 아닐까요? 연애감정이 아니니까.

향희: 음, 연애감정은 물론 아니지만, 좋아하는 거랑 사랑하는 건 엄연히 다르지!

문희: 어떻게 다른데요?

향희: 왜 그런 말 있잖아. 고양이는 쥐를 좋아하는 거지 사랑하는 건 아니라고. 비슷한 말로 꽃을 좋아하는 사람은 꽃을 꺾지만, 꽃을 사랑하

는 사람은 꽃에 물을 준다고 하잖아. 그런 맥락이지.

문희: 그렇다면 사랑은 지켜주고 아껴주는 것이라는 말인데, 우리는 김치볶음밥과 단팥죽을 우걱우걱 씹어 삼키잖아요.

향희: 사랑하는 사이에도 다툼이 있을 수는 있잖아. 꼭꼭 씹어서 내 안에 담아두는…….

문희: 언니……?

향희: 미안. 아무튼, 대상을 대하는 마음이 그렇다는 거지. 좋아하는 것 이상으로 여기는 거.

문희: 사랑은 좋아하는 감정과 별개, 혹은 그 이상이라는 거네요? 언니, 그럼 사랑의 반대말은 미움일까요?

향희: 근데 미움도 사랑의 한 종류라고 어디선가 들은 것 같아.

문희: 미움이 어떻게 사랑의 한 종류가 될 수 있어요?

향희: 미움이나 증오는 사랑 다음에 오는 감정이기 때문이 아닐까? 어쨌든 깊은 관심이 있어서 누군가를 미워할 수 있는 거잖아.

문희: 음…… 저는 잘 모르겠어요. 미우면 그냥 미운 건데, 내가 이 사람을 사랑해서 미워하는 거라면 좀 슬플 것 같아요.

향희: 오히려 사랑의 반대말은 무관심이라고 하잖아. 미워한다는 건 어떻게 보면 유심히 관찰했다는 말이니까. 사랑의 반대말이 미움이 될 수 없는 건, 두 감정 모두 관찰과 관심이 전제되야 하기 때문이 아닐까? 그래서 사랑하는 사이나 사랑했던 사이에서 오히려 미움이 더 잘 싹트는 것 같아. 내 경우엔 전에 사귄 친구들을 생각해보면 전혀 사랑하지 않지만, 그렇다고 아주 관심이 없는 건 아니거든. 밉다고 해야 하나? 조금 궁금하기도 하고.

문희: 언니 말에 동의해요. 제 경우에 되게 좋아했던 친구가 있었어요. 지금은 관계가 정리되긴 했지만……. 저는 지금 그 친구를 사랑하지도 미워하지도 않아요. 무관심해지려고 노력하는 중인데, 그건 엄청 관심이 있다는 말이 되는 것 같기도 하고. 또 이렇게 쉽게 정리될 수

있었다고 생각하면 제가 이 친구를 사랑하긴 했었나 하는 생각이 들기도 하고……. 너무 어렵네요. 제가 답을 찾으면 사랑이 뭔지도 알 수 있을까요?

향희: 책에서 본 건데, 아는 것과 믿는 것은 전혀 별개의 영역이라고 하더라. 사랑을 잘 안다고 해서 사랑을 잘하는 건 아니잖아. 그리고 사랑을 안 할 것도 아니고. 굳이 알아야 할 필요는 없을 것 같아. 그냥 나는 우리가 감정에 충실하게, 앞으로도 쭉 사랑을 했으면 좋겠다. 사람이든, 동물이든, 음식이든.

문희: 맞아요. 누군가를 미워하는 것도, 사랑하는 것도 감정노동이라고 하지만 결국은 살아 있다는 말이니까. 그냥 고민하면 될 것 같아요. 앞으로도 쭉~!

향희: 그래. 고민하고, 가끔 이렇게 얘기도 하면서.

일상의 고찰

어느 가을 날

『태풍(野分)』, 나쓰메 소세키

스산한 가을밤, 묽은 안개와 함께 비가 찾아왔다. 비는 어느 골목 가리지 않고 촘촘히 내린다. 비가 동네 곳곳을 적시는 반면, 안개는 동네 전체를 가득 담고 있다. 온 동네를 품은 안개 숲 속에는 비 비린내가 가득했다. 나는 이 비린내 나는 안개 숲을 거쳐 집으로 돌아가는 중이다. 비 때문일까. 발걸음이 무거웠다. 적막하기 그지없는 밤 가로등 하나가 나를 위해 아슴아슴 불을 비춰줄 뿐이다. 이런 날엔 풀벌레들도 쉽사리 나와 울지 않는다. 그 몽롱하고 뿌연 안개와 추적추적 내리는 비. 태풍의 전조였다. 문자 그대로 폭풍전야의 아득한 밤이었다.

밤새 촘촘히 내리던 빗방울이 아침엔 어느새 굵은 빗줄기가 되었다. 빗줄기에 질세라 바람도 거세게 몰아친다. 태풍이 들이닥친 것이다. 아침 뉴스에선 태풍 탓에 어느 동네 몇 개의 초등학교가 휴교했느니, 어디 도로가 침수됐느니 하는 뉴스가 흘러나온다. 이대로 여러 날 태풍이 계속된다면 온 세상이 엎어질 것 같기도 하다. 바람은 지칠 줄 모르고 우리 집 창문도 쉴 새 없이 때리고 있다. 그래도 같이 견디라고, 안 창문과 바깥 창문을 서로 걸어주었다. 그러고 난 후 나는 우산과 함께 길을 나섰다. 오전에 전공 수업이 있는 날이었기 때문이다. 내심 휴강 공고를 기대했지만, 성난 파도처럼 몰아치는 바깥 날씨와 달리, 내 주머니 속 휴대폰은 적적하기 그지없는 바다처럼 고요했다.

강한 비바람 앞에 우산을 펼친다는 건 별다른 의미가 없었다. 그래서 우산을 접었다. 억지로 바람을 막으며 가기보단, 그냥 비를 맞으며 걷는 게 한결 수월할 것이다. 머리가 젖는 게 걱정이지만, 모자를 눌러 쓰면 그만이었다. 그러다 보니 집을 나서기 전에 처음 생각했던 것보단 쉽사리 학교에 도착할 수 있었다. 헌데, 비에 젖은 옷은 집을 나오기 전보다 한층 진해져 있었다. 옷이 빗물을 잔뜩 머금은 탓이다. 이대로라면 옷에서 물이 뚝뚝 떨어지는 채로 수업을 들어야만 했다. 기껏 학교에 도착해서 수업에 들어왔다는 안도감보다, 수업시간을 버텨야 한다는 불안감이 더 커져버렸다. 그렇게 교실 바닥에 물이 똑똑 떨어지는 옷을 입은 채 수업을 기다리고 있었는데, 이번에는 교수가 오지 않는다. 얼마 후 조교만 삐죽하니 들어왔다. 그러더니 대뜸 수업이 휴강됐음을 알려주고 가버렸다. 휴강공고 문자 한 통 날려주는 게 뭐가 어렵다고.

몇 시간이나 지났을까. 어느새 비가 뚝 그치고 바람도 가라앉았다. 그 광경을 보고 있자니 입가에선 나도 모르게 헛웃음이 나왔다. 그깟 날씨 때문에 반나절 동안 몇 번씩이나 마음이 요동쳤다는 게 허망하기도 하였다. 알다가도 모를 기묘한 날이었다. 태풍은 여기저기 나뭇잎만 흩뜨려 놓은 채 흔적도 없이 사라졌다. 진짜 태풍이 왔고, 칼바람을 뚫으며 걸어온 게 꿈이었나 싶다. 한편으론 오전에 날씨를 핑계로 요행을 바란 게 부끄럽기도 했다. 사람 마음이란 게 참 간사하다.

하얀 나비가, 하얀 꽃에, 조그만 날개가, 조그만 꽃에,

어지럽네, 어지럽네,

기다란 근심은, 기다란 머리에, 어두운 근심은, 어두운 머리에,

어지럽네, 어지럽네,

덧없이, 부는 태풍, 덧없이, 사는가 이 세상에,

하얀 나비도, 검은 머리도,

어지럽네, 어지럽네,

　－『태풍』 중에서

해는 저물어 어느덧 밤이 되었다. 밤하늘에 달이 뜨고 별이 떴다.
별? 눈에 보이는 건 분명히 별이었다. 시골 외가에서나 볼 수 있던 별
들이 유난히 높은 가을 밤하늘을 수놓고 있었다. 드높은 밤하늘, 별들
하나하나마다 자기가 가장 밝은 별이라며 뽐내고 있는 듯하였다. 도심
에서 밤하늘의 별을 볼 수 있는 건 태풍 덕분이었다.

　한동안 멍하니 별들을 바라보다가 다시 집으로 걸음을 재촉했다.
신선한 공기 탓일까. 발걸음이 가벼웠다. 전날에 울지 못했던 풀벌레
들도 제각각 기량을 뽐내고 있다. 그 옆에는 길고양이도 보인다. 그런
데 요 녀석 잔뜩 움츠려 있다. 자기가 먹던, 사람들이 버린 쓰레기도 모
두 태풍이 가져간 것일까. 그러고 보니 밤마다 울어대던 제 새끼들도
보이질 않는다. 시끄럽게 울어 밤잠을 설치게 하던 녀석들도 막상 보
이지 않으니 헛헛하다. 주차장에서 남의 차를 닦아주는 세차장에 아저
씨도 보인다. 꾀죄죄한 차림새에 비해 큰 금목걸이를 두르고 다니는
아저씨다. 이 아저씬 한 달에 몇 번 세차를 해주는 게 자기 일인데 빗물
에 더러워진 차가 많아서인지 오늘따라 세차장이 아저씬 분주해 보인
다. 태풍은 분명 만물에 시련이기도, 혹은 고마운 존재기도 하였다.

　온종일 태풍에 홀린 채 온갖 청승을 부리다 어느새 집으로 돌아왔
다. 유심했던 하루를 보내 부쩍 피곤해진 몸뚱이를 이끌고 세면대 앞

에 섰다. 받아놓은 물로 연거푸 얼굴을 씻고 거울에 비친, 물기가 가시지 않은 얼굴을 바라보았다. 문득 생각해보니 오늘 처음 맞대한 내 얼굴이다. 온종일 많은 걸 바라보긴 했지만 정작 내 모습은 생각지 못했다. 내 모습은 태풍이 지난 뒤에 반짝이는 별을 닮았을까 온종일 굶주린 길고양이를 닮았을까. 진짜 태풍은 마음속에 불어닥쳤나 보다. 알다가도 모를 기묘한 날이다.

『태풍』 : 근대 일본의 대문호라 알려진 나쓰메 소세키의 중편소설로 200쪽 내외의 짤막한 글이다. 소설을 통해 20세기 초 당대 일본 사회를 들여다볼 수 있는 작품이다. 📖 김 선 기

옆자리 사람

『홋카이도 보통열차』, 오지은

'안내 말씀 드리겠습니다. 12시 35분 부산행 무궁화호 열차를 이용하실 고객님께서는 타는 곳 3번에서 기다려주시기 바랍니다.'

추석 연휴의 마지막 날. 올 때는 다 같이 KTX를 타고 왔지만 내려갈 때는 나만 혼자 부산으로 가야 해서 짐을 챙겨 들고 기차역으로 갔다. 조금 늑장을 부렸더니 기차 시간에 아슬아슬하게 도착. 서둘러서 계단을 내려갔더니 다행히 조금 연착이란다. 짐을 내려놓고 그제야 엄마가 미리 끊어놓은 기차표를 확인했는데, 좌석 번호를 보는 순간 인상이 찌푸려졌다. '에이 짝수 번호네, 그럼 통로 쪽이잖아. 창가 자리가 좋은데. 종점까지 가는데 옆 사람 자꾸 바뀌면 잠도 제대로 못 자고, 불편해서 싫은데.'라며 불만을 주렁주렁 늘어놓고 있으니 기차가 들어오고 있었다.

서 있는 사람들을 헤치고 힘겹게 내 자리를 찾아 앉았다. 누군가 앉아 있을 거라는 예상과는 달리 옆자리는 아직 비어 있는 상태였다. 비어 있는 상태도 잠시, 다음 역에 정차했을 때 나이 지긋하신 할아버지 한 분이 내 옆으로 오셨다. 그래서 안쪽으로 들어가시라고 발밑에 있던 내 짐들을 치웠다. 그런데 할아버지께서는 학생이 안쪽으로 들어가라는 듯한 손짓을 하셨다. 처음엔 주춤했지만 빨리 들어가라는 손짓에 어쩔 수 없이 앉았다.

별말씀도 없이 다짜고짜 안쪽으로 들어가라니. 아, 싫은데……. 안쪽 자리가 할아버지 좌석이면 괜찮지만 아니면 어떡해. 입석이라 그러신가? 자리 주인이 나타나면 나는 할아버지께 뭐라고 하면서 비켜달라고 해야 하지? 아님 젊은 내가 서서 가야 되는 건가? 라는 생각이 머릿속에서 뱅뱅 맴돌았다. 잠은 쏟아지는데, 바늘 방석에 앉아 있는 것 같아서 잠들 수도 없었다. 잠깐 눈을 감았다가도 기차가 역에 도착한다는 안내방송을 듣고는 무거운 눈꺼풀을 억지로 밀어 올렸고, 사람들이 내리고 타면 자리 주인이 나타나지는 않을까 두리번거렸다. 그러다가 더는 조바심 내기 싫어서 할아버지께 여쭤보았다.

"저기… 할아버지, 어디까지 가세요?"
"나? 대구. 학생은 어디까지 가?"
"전 부산이요. 원래 이 자리가 할아버지 자리세요?"
"응. 안쪽에 앉아서 자꾸 왔다 갔다 하면 학생 불편할까 봐."
"아…."

그 말을 듣자마자 죄송한 마음이 들었다. 할아버지께서는 나 불편할까 봐 별말씀 없이 창가 자리를 내주셨는데, 나는 쓸데없는 걱정들을 하고 있었구나. 대구까지는 편하게 갈 수 있겠다는 생각이 들자마자 잠이 쏟아졌고, 그대로 푹 잠들었다. 얼마나 잤을까. 잠에서 덜 깬 상태로 멍하니 창밖을 보고 있었는데 다음 역이 대구역이라는 안내방송이 흘러나왔다.

여전히 멍하게 창밖 구경만 하고 있던 내 어깨를 할아버지께서 톡 톡 치셨다. 창밖에서 눈을 떼고 할아버지 쪽으로 시선을 옮겼다. 귀에 꽂아두었던 이어폰 한쪽도 슬쩍 잡아당겨서 빼냈다.

"부산까지 조심해서 가. 자, 이거."
"아, 고맙습니다. 안녕히 가세요."

할아버지께서 내리신 후 나는 원래 내 자리로 옮겨 앉았다. 옆자리 사람은 더 바뀌지 않았고 그렇게 부산에 도착했다.

옆자리. 옆자리라는 묘한 공간. 그 자리에 앉은 누군가가 나와 친한 사람이라면 그렇게 신경이 쓰이지 않는다. 하지만 전혀 모르는 사람이 앉는 순간, 나도 모르게 긴장하게 되고 때론 불편한 기분까지 들기도 한다. 내 옆자리에 앉았던 할아버지는 어떠셨을까. 처음부터 불편한 표정을 내비친 나 때문에 더 불편하게 앉아 가신 건 아닐까. 단순히 내 자리가 아니었기에 느낀 불편함과 조바심을 줄이기 위해 옆자리에 계신 할아버지께 말을 걸었다. 그렇게 짧게 주고받은 몇 마디 말로 불편했던 내 기분은 나아졌지만 할아버지는 어떠셨을까. 별로 신경을 안 쓰셨을까? 아니면 내 질문들로 인해 언짢으셨을까.

할아버지께서 내리기 전에 해주신 조심해서 가라는 인사와 함께 건네주신 작은 사탕 하나가 주머니에서 만져진다. 누룽지맛 사탕. 나도 모르게 입가에 미소가 걸린다. '할아버지, 혹시 언짢으셨다면 죄송해요. 그리고 고맙습니다.'

『훗카이도 보통열차』 : 기차여행을 좋아하고, 언젠가 훗카이도에 가보고 싶은 나에게 마구 부채질을 해준 책이다. 천천히 움직이는 보통열차를 타고 이동하면서 들려주는 이야기에는 솔직함과 진지함과 그녀만의 밝음이 버무려져 있다. 마치 그녀가 훗카이도를 여행하면서 적은 일기장을 읽고 있는 것 같은, 그런 여행기이다. 📖 김 희 연

길모퉁이 어딘가에, 서서

『도시에서 살며 사랑하며 배우며』, 정희재

매주 목요일 아침이면 늘 기다려지는 사람이 있다. 목요일 아침, 그는 한 손에 꽃을 한아름 안고 들어온다. 이어 무심히 꽃을 건넨다. 고마운 마음에 괜히 더 크게 웃어 보이곤 그에게 이런저런 이야기를 풀어놓는다. 조용하게 몇 마디 대답을 뱉은 그는 못내 쑥스러운 듯, 엷은 미소를 숨기고선 다음 사람에게 자리를 내어준다. 그의 이름은 스펜서. 내가 일하는 카페의 단골손님이다. 덕분에 매주 목요일은 집으로 돌아오는 길이 설렌다. 꽃을 안고 커다란 나무들이 늘어진 길을 걷다 보면 어느새 내가 특별한 사람이 된 기분이다. 집에 도착하여 투명한 병에 물을 반쯤 담아 꽃을 꽂아 책상 한편에 올려둔다. 그렇게 내 방이 이 꽃을 안는 순간 이내 내 방도 특별해지는 기분이다. 내 방에도 무언가 피어나고 있다니, 산들거리는 바람과 따스한 햇살과 함께 나도 곧 피어나게 될 것만 같다.

얼마나 흘렀을까, 한참을 침대에 누워 있었나 보다. 내 방 침대는 좀처럼 벗어나기가 어렵다. 침대가 큰 창을 향해 놓여 있어, 누워서 흘러가는 구름을 볼 수 있는 것은 물론 햇살까지도 한껏 맞을 수 있다는 데 그 이유가 있다. 거기다 오늘은 창문 앞 책상에 꽃까지 놓여 있어, 창문이 마치 큰 액자 같았다. 두 팔을 벌리고 침대에 누워 한참을 그 큰 액자를 보고 있자니 시간이 제멋대로 흘러가도 좋을 듯했다. 하지만 아직 정오도 되지 않은 시간이었기에 침대에만 누워 있을 순 없었다. 새벽에 일을 하고 돌아온 뒤에는 낮잠이 그 어느 때보다 간절해지지만, 조금만 참으면 더 긴 하루를 보낼 수 있어 되도록 부지런히 움직이고 싶었다. 얼마 전 책방에서 골라 온 『시간 여행자의 아내』를 한 손에 챙겨 들고 서둘러 집을 나섰다. 하지만 바쁜 걸음도 잠시, 아파트 입구에 다다르자 망설이게 된다. 어디로 향해야 하는지, 선택지는 두 개다. 오른쪽이냐 왼쪽이냐, 그것만 정하면 나머지는 알아서 발이 익숙한 곳으로 향할 것이다. 문득 집에 돌아오는 길에 장을 봐야겠다는 생각이 들었다. 그러자 더 이상의 고민 없이 왼쪽으로 걸음이 내디뎌졌다.

가는 길에는 꽃집들이 한데 모여 있다. 그리고 그 꽃집들을 끼고 옆으로 꺾어 내려가면 내가 좋아하는 로컬 카페가 있다. 계절마다 바뀌는 벽의 그림들이 좋기도 하고, 수다스러운 바리스타의 재잘거림이 재미있어 자주 찾게 되는 곳이다. 카페 문을 열고 들어가자, 그가 반가운 듯 손을 들어 올린다. 오늘은 일이 어땠냐고 묻는 것부터 시작하여 날씨며, 노래, 요리, 쇼핑 등 등장하지 않는 주제가 없을 정도다. 그가 말하는 걸 듣고 있노라면 내 기운까지 가득 충전되는 기분이다. 그러다 다른 손님이 오면 오는 대로 셋이서, 넷이서, 다섯이서 이런저런 이야기를 시간 가는 줄을 듣고 나눈다. 자칫 따분하고 지루해지기 쉬운 일상에서 누군가를 만나고 이야기를 나누는 것은, 남들과는 다른 하루를 보낼 수 있게 해주는 어떤 신비한 힘을 지닌다. 그 신비로움은 하루를 특별하게 보내도록 해줄 뿐만 아니라 나머지 평범한 날들을 다시 감사하고 즐기며 보낼 수 있도록 하는 좋은 거름이 된다.

언제나 도시 때문에, 사람들 때문에 지치고 피로에 짓눌린다고 생각했지만 문제는 도시가 아니었다. 결국 문제는 '어디에 있느냐'가 아니라 '어떻게 사느냐'였다. 내가 지금 서 있는 곳에서 행복할 수 없다면 세상 그 어느 곳을 가도 마찬가지일 것이었다. 행복은 발견의 문제이지 성취의 영역이 아니라는 것.

— 『도시에서 살며 사랑하며 배우며』 중에서

단조로운 일상에 활기를 불어넣는 게 한 가지 더 있다. 바로 걷는 것이다. 누군가는 머리를 갸우뚱하며, 걷는 게 어떻게 활기를 불어넣느냐고 반문할 수도 있다. 하지만 내게는 그렇다. 걷다 보면 길가에 핀 민들레를 무심히 꺾어 씨를 입으로 날려 보낼 수도 있고, 모르는 사람에게 길을 물어보기도 혹은 길을 안내해줄 수도 있다. 사진으로 남기고 싶은 것은 마음에 들 때까지 한껏 찍을 수 있고, 걷다가 풍경 좋은 곳에 한참을 앉아 쉴 수도 있다. 물론 여름에는 햇볕에 얼굴이 다소 그을려질 수도 있고 땀을 좀 흘릴 수도 있다. 겨울 역시, 차가운 바람에 옷깃을 여러 번 여미어야만 하고 어깨에 바짝 힘을 주어 몸을 움츠리고 걸어야 될 때도 있다. 하지만 그도 그대로 좋다. 차를 타고 지나가면 무심히 지나쳐 가게 되는 모든 것을 한 번에 만날 수 있는 열쇠가 됨은 물론 각 사물이 특별하게 다가오는 통로가 되기 때문이다.

길을 나섰다. 평소와는 달리 낯선 골목길로 걸음을 내본다. 운이 좋았던지 골목 하나만 바꿨을 뿐인데 새로운 풍경의 거리가 눈앞에 펼쳐진다. 묘한 기분에 마치 내가 이방인이라도 된 듯 그 길을 조심히 따라 가본다. 담쟁이로 가득 둘러싸인 집, 누군가의 대문 옆 사이좋게 놓인 화분, 모든 것이 새롭게 느껴지는 순간이다. 아마 이 도시의 지루함을 극복하는 방법은 의외로 간단할지도 모른다. 걷고, 만나고 보고 생각하는 것. 그리고 가끔은 낯선 길 앞에 서성일 것. 그것만으로도 충분히 이 도시는 내게 익숙하지 않은 특별함으로 다가와 있을 것이다.

『도시에서 살며 사랑하며 배우며』 : 일상을 떠나는 일은 그리 어렵지 않다. 우리가 무심결에 지나쳤을 뿐이지, 도처에 누군가의 흔적과 발걸음으로 새로움이 널려 있다. 도시에서 나고 자라고, 아직도 살고 있는 이들에게 큰 끄덕거림과 함께 공감을 불러 일으켜줄 것이다. 김 원 희

이별에 대비하는 나의 자세
『세상에서 가장 아름다운 이별』, 노희경

언제나 이별은 슬프다. 특히 준비되지 않은 이별은 그렇다. 그런데 우리가 겪는 이별은 대부분 갑작스럽다.

내가 생각하는 가장 슬픈 이별은 죽음이다. 나는 24년을 살아오면서 지인의 죽음을 겪어보지 못했다. 내가 살아온 세월 앞에 '길다'란 수식어를 붙이긴 민망하지만, 그렇다고 짧다고 할 수도 없는 시간을 흘려보내며 아직 '완벽히' 내 곁을 떠난 사람은 없다. 부모님과 동생, 친척, 사촌 가족은 물론이다. 네 분의 할아버지와 할머니는 몸이 쇠약해지셨지만 감사하게도 여태 내 곁에 계신다. 내가 사귀었던 친구들도 모두 건강하다. 이는 내가 보고 싶다면 언제든 볼 수 있음을 의미한다. 생각할수록 참 감사한 일이다.

나는 대학에 들어와 상(喪)을 당한 친구를 위로해줄 일이 대여섯 번 있었다. 그때 친구가 느꼈을 상실감을 어떤 말로 채워줘야 할지, 친구가 어떤 감정을 느낄지 도무지 감이 오지 않았다. 내게 그 상황은 겪을수록 어색하고 참기 힘들었다. 내가 처음 이런 감정을 겪은 것은 중학교 2학년으로 기억한다. 그 감정을 이해하기엔 어린 나이었다. 갑작스럽게 친구의 부친상 소식을 접했다. 나는 물론이고 함께 있던 친구들에게도 놀랍고 충격적인 소식이었다. 나는 울상을 지으며 '어떡해? 어떡해?'를 반복했다. 친구들도 정신이 없었다. 내가 '어떡해'를 서른

번 정도 했을 때였다. 한 친구가 내게 호되게 말했다.

"그 친구 앞에 가서 이렇게 안절부절 하지 마. 오바하는 것 같아. 그리고 네가 이런 행동 보이면 그 친구가 더 힘들어할 거야."

그 말을 듣는데 머리를 한 대 맞은 듯 멍—해졌다. 분위기는 곧 차분해졌다. 우리는 장례식장에 갈 약속 시간과 장소를 잡았다. 옷은 교복이 좋을 것 같다고 했다. 갑자기 친구들이 친구가 아닌 어른 같아 보였다. 혹은 내가 너무 아이같이 느껴지기도 했다. 낯설었다.

그날은 비가 추적추적 오는 날이었다. 내 상상 속의 장례식장은 고통스러웠다. 사람들은 슬픔에 잠겨 눈물을 흘리고, 그곳의 분위기는 덤불에 덮여 형체를 알아보기 힘든 폐가와 같을 거라 생각했다. 장례식장을 상상하며, 그곳에 점점 가까워질수록 내 마음은 무거워졌다. 하지만 도착해서 내가 본 장례식장은 차분하고 엄숙했으나 생각처럼 고통스럽지는 않았다. 그곳도 사람들이 모여 두런두런 얘기를 나누고 식사도 하는, 그러니까 사람 사는 곳이었다. 내 상상의 장례식장이 아니었기에 다행스러운 한숨이 나오면서도 바보 같다는 생각을 했다. 신을 벗고 마룻바닥에 첫발을 디뎠을 때는 느낌이 묘했다. 내가 생각했던 것보다 덤덤했던 내 자신에 놀랐다. 우리는 생전에 뵙지 못한 친구 아버지의 영정사진에 인사를 드리며 명복을 빌어드렸다. 진심을 다해서. 친구는 우리를 배웅하며 참았던 눈물을 터뜨렸다. 와줘서 고맙다고 했다. 마음이 뭉클해졌다. 나도 눈물이 나올 것 같았지만 꾹— 참았다.

그 후로 나는 몇 번 더 장례식장을 찾을 일이 있었다. 친구 할머님의, 스승님의 아버지의 영정사진 앞에서 명복을 빌어드리며 눈물이 났다. 하지만 그보다 더 울컥― 눈물이 난 적이 있었다. 고인과 인연이 있는 사람들이 그의 생전 모습을 추억하며 생각에 잠기는 모습을 보면 마음이 아팠다. 특히 부친상을 당한 친구가 아버지에게 효를 다하지 못했음을 슬퍼할 때는 가슴이 찡했다. 친구는 나에게 말했다.

"지금 최선을 다해야 하는 거다. 나중은 없어."

그의 말은 단호했고, 많은 후회가 묻어 있었다. 나는 더 이상 이별이 슬프다고 해서 그것을 외면하고 있을 수만은 없다는 생각이 들었다. 이제 나도 이별을 대비해야 한다는 생각이 들었다. 부모님에게, 할아버지와 할머니에게, 아니 내가 아는 모든 사람에게 지금 마음을 다해야겠다는 생각이 들었다. 특히 세상에서 가장 소중한 보물, 가족에게는 이를 꼭 지켜야겠다는 생각이 들었다. 중학교 때 친구들과 노는 재미에 빠져 가족의 소중함을 잊은 적이 있었다. 그때 섭섭해하던 부모님의 모습에 큰 후회를 했던 적이 있다. 하지만 그 후로도 가족의 소중함을 종종 잊은 적이 많다. 항상 같이 밥을 먹고, 잠을 자고, 얼굴을 보니 너무 익숙했기에 그 소중함과 중요성을 간과해버릴 때가 많았던 것 같다.

세상에 태어나 죽을 때까지 사랑만 하기에도 부족하다는 말을 들은 적이 있다. 나는 최대한 후회하지 않을 수 있는 이별을 하고 싶다. 슬프지만, 아름다운 이별을 말이다. 노희경의 책처럼 가족을 위해 모든 것을 희생하며 양보하던 엄마의 죽음에 비로소 가족들이 그 소중함을 깨닫게 되는 일이 내게 되풀이되지 말아야 할 것이다. 불확실한 미래의 두려움을 떨쳐내고 지금에 충실하자. 하루를 소중히 여기며 바로 지금, 내 곁의 사람과 의미 있는 시간을 보내야 한다.

『**세상에서 가장 아름다운 이별**』 : 말기 자궁암에 걸린 50대 엄마의 죽음에 대한 책이다. 엄마는 치매에 걸린 할머니를 돌보느라 종일 씨름한다. 가족들은 각자의 일이 바쁘기 때문에 결국 모든 집안일은 엄마가 도맡는다. 그런데 정작 자신의 몸을 돌보지 못해 자궁암 말기 판정을 받는다. 날벼락 같은 소식에 가족들은 뒤늦은 후회를 하지만 결국 엄마와 가족들은 이별을 맞이하게 된다. 변해가는 가족애를 담고 있는 책이다.　　　　　　　　　　　📖 **최 문 희**

받아들임

『살아온 기적, 살아갈 기적』, 장영희

"형은 왜 내 이야기에 공감하지 못해요!" 언젠가, 친한 동생 녀석과 같이한 술자리에서 그 녀석이 화를 내며 내게 한 말이다. 동생은 몇 시간이고 나에게 묻고 물었지만, 나의 대답은 한결같이 "나는 네가 아니니까."였다. 다른 사람의 감정을 공유하고 공감하기란 내게 어려운 일이다. 그래서 섣불리 다른 이의 고민에 답하지 못한다. 그저 내가 하는 일이란 가만히 앉아서 이야기를 들어주는 것에 그칠 뿐이다.

예전에는 다른 사람의 말을 듣는 것에 그치지 않고, 많은 대화를 나눴다. 그럴 때마다 돌아오는 것은 차가운 시선이었다. 그 시선에 내포되어 있는 것은 '네가 뭔데 나에게 그런 말을 하냐!'이다. 그것은 내게 직접 말하지 못하는 냉소의 다른 표현방법이었다. 사람들의 그 시선이 두렵지 않았다. 단지, 내게 두려움을 주는 것은 그 시선이 전하는 의미였다. 그 시선은 '내가 과연 그 사람들의 이야기를 충분히 공감하고, 그들의 감정을 공유할 수 있는가.'를 생각하게 한다. 이런 생각은 나에게 '나는 그들의 감정과 상황을 내 경험으로 이해하고, 어림짐작해서 생각할 뿐이다.'라는 생각이 들게 하고, 사람들의 이야기를 가급적이면 들어주는 것만으로 끝내게 했다.

이런 내가 가장 가기를 꺼리는 곳은 장례식장이다. 그곳을 휘감으며 떠도는 슬픔의 감정은 내게 무거운 마음을 전해준다. 산 자의 슬픔과 죽은 자의 차가운 냉기가 떠도는 그곳은 내게 바늘방석과 같기 때문이다. 앉기만 해도 그곳의 분위기가 내 몸을 찌르는 바늘로 변해 그 자리에 오래 머물지 못하게 한다. 저승 떠나는 이에게 마지막 인사를 드리고 상주와 대면하는 순간이 오면, 나는 얼음덩이가 된다. 부고를 듣는 순간부터 마지막 인사를 드리는 그 순간까지 생각했던 모든 위로의 말들은 잊어버린다. 생각나는 말이 없기에 굳은 표정으로 앵무새마냥 다른 이들과 같은 말을 되풀이하며, 그들을 위로한다. 결코 나는 그들의 슬픔을 공감할 수 없기 때문에 진실한 마음으로 이야기하지 못한다.

죽은 이의 가족이 내 지인이기는 하지만, 그는 내 가족이 아니다. 그저 남일 뿐이다. 슬픔을 느끼지도 못하면서, 그들을 위로하는 내 자신에게 역겨움을 느끼고는 한다. 내가 장례식장에서 하는 일이란 동행들과 동전 몇 푼짜리 값싼 위로와 술을 마시는 것이 전부이다. 모두가 슬피 우는 그 자리에서 마음 깊이 슬픔을 느끼고 눈물 흘리는 사람은 상주와 가족들뿐이다. 가만히 술을 마시며 주위 사람들의 이야기를 듣고 있으면, 모두가 나와 같다는 생각이 든다. 그 자리 어느 누구도 산 자의 슬픔을 이해하고 공유하지 못한다. 그저, 자신들의 이야기만을 하고 있을 뿐이다. 나라고 다를 바 없다. 술을 마시며 동행들과 우리들의 이야기를 지껄일 뿐이다.

장례식장을 다녀올 때면 마음에 무거운 돌 하나를 더 얹어 오게 된다. 집으로 돌아가는 길에, 집에 도착한 뒤에, 어떻게 그들을 이해하고 받아들일 수 있는지 스스로에게 되묻곤 하지만, 결론은 언제나 하나이다. 나는 그들이 아니기에, 그들의 슬픔을 쉽사리 받아들일 수 없다. 매일 매일을 치열하게 감정싸움을 하는 가족의 마음도 이해하기 힘든데,

전혀 다른 환경에서 자라온 타인의 감정을 받아들인다는 것은 얼마나 어려운 일인지 모른다.

며칠 전 김기덕 감독의 〈피에타〉를 보며 들었던 생각은 받아들임의 문제였다. 미선이 받아들이는 강도의 슬픔과 아픔은 복수를 잊게 할 정도의 마음이었다. 미선은 강도가 되었고, 강도는 미선이 되었다. 다른 이의 감정을 받아들이는 것은 내가 아닌 그들이 되는 것이고 그들이 내가 되는 것이라는 생각이 들게 했다. 미선의 복수는 용서로 끝났다고 생각한다. 미선이 강도를 위해 흘린 눈물 그 하나의 값어치로 모든 것을 이야기할 수 있지 않을까. 그렇지만, 강도는 슬픔을 얻었다. 그것은 자신의 슬픔이기도 했지만, 미선의 슬픔이기도 했다.

나 역시 미선과 강도처럼 다른 이의 아픔과 슬픔을 받아들이고 싶지만, 그러지 못한다. 지인들이 내게 슬픔을 토하고 아픔을 내뱉지만 어떤 말도 할 수 없다. 내가 할 수 있는 것은 내가 경험한 것들을 기반으로 그들의 감정을 이해하는 것뿐이다. 이해한다와 받아들인다는 많은 차이가 존재한다. 이해한다는 것은 머리, 내 이성이 그들의 상황이 슬프다는 것을 인식하는 것뿐이다. 받아들임은 그들의 감정을 내 마음이 공감하고 공유해서 나의 것으로 느끼는 것이다. 누군가의 마음을 받아들이는 것은 나와 너의 구분이 아닌 네가 내가 되고 내가 네가 되는 것인지 모르겠다. 아직 많은 것들이 나를 어렵게 할 뿐이다.

『살아온 기적, 살아갈 기적』 : 사람은 언제나 기적을 바란다. 그저 바라기만 하면 기적은 이루어지지 않는다. 치열하게 끊임없이 살고 또 살아갈 때 기적은 나타난다. 당신 주위를 에워싸고 있는 수많은 사람들과 쉼 없이 숨 쉬며 살아간다면 우리는 기적을 이루며 살아갈 것이다. 김영진

작은 위안

『달의 바다』, 정한아

최근 나는 책을 한 권 샀다. 칼 하인리히 마르크스가 지은『자본』이다. 총 5권인 이 책은 내가 다니고 있는 동아대학교 경제학과의 강신준 교수가 완역했다. 최근 나라의 경제가 어렵다는 말을 많이 듣는다. 그래서 경제에 대해 공부하지 않으면 이 세상에서 제대로 살기 힘들다는 생각이 들어 10만 원이 넘는 가격임에도 덜컥 책을 사버렸다. 주문한 책이 도착하자 나는 얼른 인터넷에 돌아다니는 책의 사진을 구했다. 그리고는 즐겨하는 '페이스북'에 허세가 가득 담긴 짧은 글귀와 함께 사진을 올렸다. 아직 읽지도 않았고, 이해하지도 못한 책이었지만 나는 습관적으로『자본』이란 엄청난 책을 내가 읽는다고 떠벌린 것이다.

언제부터 이런 습관이 생긴 것일까. 아마 군대에서 전역한 후였을 것이다. 나는 하나둘씩 비슷한 인문학 책들을 사 모았다. 예전에는 판타지소설이나 무협지 등의 소설이나 읽던 내가 철학과 역사, 그리고 문학 책에게 관심을 쏟기 시작한 것이다. 그때부터 내 가방도 항상 인문학 책들로 두툼해졌다. 몇몇 날은 책으로 가득 찬 가방도 모자라 책을 들고 다니기까지 했다. 두꺼운 책들을 한아름 안고 가노라면 읽지도 않은 책들을 다 읽은 것 마냥 즐거웠다. 지나가는 누구도 날 보지 않았지만 나는 남들이 날 지적인 사람이라 느낄 것이라 믿으며 헤실거렸다.

나는 거리에서도 모자라 인터넷까지 손을 뻗쳤다. 읽지 않은 책들이 많이 남아 있어도 나는 꾸준히 책을 샀는데, 새로 나온 책을 샀거나 다 읽은 책이 생길 때마다 페이스북에 사진을 찍어 올렸다. 책 내용을 요약하기도 했고, 책을 읽으며 얻은 깨달음들을 적기도 했다. 댓글이 달릴 때면 내심 으스대기도 했다.

그런데 책을 무한정 사다 보면 돈이 궁할 때가 종종 있다. 그럴 때면 중고서점을 들르곤 한다. 최근 약속이 있어 서면에 갔다가 습관적으로 중고서점에 들렀다. 그때 한 친구가 정한아의 소설 『달의 바다』를 추천해준 게 기억나 책을 찾아보니 마침 딱 하나가 남아 있었다. 냉큼 집어 들어 계산을 했다. 약속이 끝난 후 집에 돌아와 책을 읽었다.

"왜 할머니한테 가짜 편지를 쓴 거야?"
고모는 미소를 지었다.
"즐거움을 위해서. 만약에 우리가 원치 않는 인생을 살아갈 수밖에 없는 거라면, 그런 작은 위안도 누리지 못할 이유는 없잖니."
– 『달의 바다』중에서

책을 읽다 보니 고모와 주인공의 대화가 눈에 계속 아른거렸다. 책에서 고모는 자신의 어머니에게 편지를 쓴다. 현재 자신이 살고 있는 삶과는 다른 삶에 대해서. 문득, 내가 이 책에 등장하는 고모와 다르지 않다는 생각이 들었다. 즐거움을 위해서. 단지 '페이스북'에 올려 남에게 책을 많이 읽는 사람으로 보이기 위해서였다. 수많은 책들을 사놓고도 쌓아놓기만 하고 다수는 들춰보지도 않았다. 『자본』, 『서양 철학사』, 『로마제국 쇠망사』 등 남들이 보면 질릴 정도로 두꺼운 책을 들고 다니면서 내가 그것들을 읽은 것마냥 행세했던 것이다. 솔직히 나는 책을 읽는 시간보다 컴퓨터 게임을 하는 시간이 더 많은데도 말이다. 나는 가짜 편지를 주변 사람들에게 쓰고 있었다.

물론 책을 읽는다는 것은 게임을 하는 것만큼 내게 즐거움을 주는 일이다. 책을 읽은 만큼 그 속에서 많은 깨달음을 캐낼 수 있기 때문이다. 하지만 내가 읽지도 못하는 책을 끊임없이 사는 것은, 내게 있어 책이 그 이상의 의미를 가지기 때문이다. 책은 못난 나를 숨겨주는 방패막이다. 책은 들고 다니는 것만으로도 다른 사람들에게 내가 그 책을 읽고 있다는 생각을 하도록 만들었다. 또한 SNS에 올린 책 사진과 몇 줄의 글귀만으로도 나는 책을 많이 읽는 사람이란 것을 나타낼 수 있었다. 책은 남들이 보는 나였고, 내가 꿈꾸고 있는 나였다.

계절이 바뀔 무렵 내 머리에서는 솜털 같은 머리카락이 나기 시작했다. 나는 화장실에서 거울을 바라보다가 정수리 부분에 자그마하게 일어난 머리털들을 발견했다. 꼭 어린아이의 것처럼 부드럽고 약한 모발이었다. 밤에 자리에 누우면 나는 손을 올려서 그 잔머리들을 쓰다듬곤 했다. 간질간질한 느낌과 함께 졸음이 오면 기분 좋은 꿈을 꿀 수 있었다. 돌이켜보면 그것은 끊임없이 생성하고 소멸하는, 이 둥글고 환한 지구에서 살아가는 꿈이었다.

　- 『달의 바다』 중에서

나와 관계하는 모든 이들은 나에 대한 꿈을 꾸고 있을 것이다. 물론 진짜 날 아는 사람들은 그 꿈에서 깼을지도 모른다. 하지만 나에게 책이란 원치 않는 인생을 살아가지 않도록 만드는 힘이다. 비록 읽지 않았다 해도 책은 그 자체로 나에게 작은 위안이다. 나를 표현하는 수단이다. 하지만 꿈으로만 남고 싶진 않다. 언젠가 시간이 지나면 책을 통해 꾸는 이 꿈이 현실이 되길 기도한다. 책을 많이 가지고 있는 것뿐만 아니라 책의 내용까지도 많이 가지고 있는 사람으로. 다른 사람들도 내가 만들어낸 꿈을 믿는 것이 아니라 내 진짜 모습을 볼 수 있도록 말이다. 물론 책을 사고 읽는 것에서 다른 어떤 것으로 날 다시 표현하기 시작하겠지만, 나는 그 언젠가를 기다리며 지금도 책을 산다. 일부러 더 두껍고 더 어려운 책들을 골라서.

『달의 바다』 : 보통의 사람들은 대부분 자신이 원하는 삶을 살지 못한다. 현실의 팍팍함 때문이든, 능력이 따라주지 못해서든. 모두에게는 각양각색의 이유가 존재한다. 이런 원치 않는 현실에 대해 우리가 '긍정'할 수 있도록 만드는 소설이 있다. 바로 정한아의 『달의 바다』다. 입사시험에 번번이 낙방하는 주인공과 우주비행사 고모의 이야기를 교차시키며 섬세하고 촘촘하게 이야기를 풀어나간다. 김 무 엽

욕망은 바로 '나' 자신이에요

『욕망해도 괜찮아』, 김두식

　태풍이 지나가면 가을이 온다지요. 마침 태풍이 한반도를 지나간다는 소식이 들립니다. 벌써 큰 태풍이 두 개나 지나갔는데도 태풍이 또 온다니, 가을은 생각보다 가까이 온 모양입니다. 아니면 예년보다 더 깊은 가을이 올지도 모를 일이지요. 느낌대로라면 올가을을 심하게 타지 않을까 걱정입니다. 깊어진 하늘은 마음을 무겁게 짓누르고 시린 바람은 빈 옆구리를 쿡쿡 찌르겠지요.

　가을은 독서의 계절이라고 하던가요. 그렇지만 나는 가을을 욕망의 계절이라 부르고 싶습니다. 가슴에 꾹꾹 억눌러 놓았던 욕망을 들끓게 하니 말이지요. 지금 끓는 냄비 뚜껑처럼 가슴이 들썩들썩하는 것은 분명 가을이 마음에 들어온 탓일 겁니다. 매년 가을이 나도 모르게 지나가는 것은 아마 이 마음을 진정시키느라 정신이 없어서인지도 모릅니다. 어디론가 훌쩍 떠나고 싶은 것도, 주변의 모든 여인들이 예쁘게 보이는 것도, 유독 한숨이 깊어지는 것도 가을을 장작 삼아 거세게 타는 욕망 때문이겠지요.

　25년이란 짧은 인생을 살면서 나는 욕망과 인연을 끊기 위해 애쓰는 삶을 살았더랬지요. 자신감 부족에다 또 숫기는 얼마나 없었던지, 게다가 용기까지 없어 꿈틀거리는 욕망을 그저 무시하고 외면하기 바빴습니다. 좋아하는 이가 있어도 잘해주기만 할 뿐, 고백 같은 것은 어림도 없었지요. 이런 성격은 교회를 다니면서 더 강해졌을 겁니다. 교회에서는 욕망을 없애길 원하거든요. 인간의 욕망은 죄를 짓게 하는 백해무익한 것이라고 말하면서요. 고등학교에서 2년을 보낼 때까지 교회란, 저에게 시큰둥한 곳이었습니다. 사춘기 소년이 으레 품는 욕망을 남들에게 보여주지는 못했어도 마음 한가득 가지고 있었지요.

수능시험을 치기 1년 전 겨울, 어떤 계기인지는 몰라도 나는 교회에 시쳇말로 '미친' 사람으로 변했습니다. 아마 그때부터일까요. 마음속에 갖고 있던 욕망을 하나둘 없애기 시작했지요. 이제 욕망은 나에게 아무런 쓸모없는 쓰레기에 불과했습니다. 의미 없는 세상의 욕망보다 하늘만을 바라봤습니다. 교회에 살다시피 하고, 세상과는 애써 단절하려고 노력했습니다. 당시에는 몰랐습니다. 언젠가 태풍처럼 욕망이 더 강력하게 휘몰아쳐 오리라는 사실을요. 그렇게 교회에 미쳐 있기도 잠시, 대학에 입학하기 전 겨울에 교회 사람들과 문제가 생겼습니다. 좌절했었죠. '이것이 내가 원하던 행복은 아니었는데.'라고 자책하면서 말이지요.

대학에 입학하고 나서도 이 허탈감이 욕망의 부재로 인해 생겨난 것이라고는 생각하지 못했습니다. 나는 다시 신을 찾았습니다. 이번엔 교회 대신 기독교 동아리에 들어간 것이지요. 원래 다른 동아리를 생각했었는데, 중학교 친구를 따라간 그곳에 얼떨결에 들어가게 된 것이긴 하지만요. 그 동아리는 교회보다 더 높은 수준의 금욕을 요구했습니다. 그럼에도 얼마 지나지 않아 서로 칭찬해주고 스스럼없이 서로의 삶을 이야기하는 그 가족 같은 분위기에 취해버렸습니다. 다시 욕망을 통제하기 위해 허벅지를 꼬집기 시작한 것이지요. 동아리에서는 여자친구도 사귈 수 없었습니다. 인간 사이의 특별한 관계가 하나님과 나 사이의 관계를 해친다는 이유였습니다. 지금 생각하면 참 말도 안 되는 요구였는데, 그때는 왜 그리 당연한 말이라고 생각했었는지 알다가도 모를 일입니다.

군대에서도 마찬가지였습니다. 개신교라는 종교가 내 모든 것을 차지하고 있었습니다. 그래서 나는 군종병을 자처했습니다. 일도 못하면서 교회만 열심히 간다고 선임들에게 욕도 엄청 먹었더랬지요. 그렇게 2년을 보내고 다시 대학에 돌아와서도 변함없이 전과 같은 삶을 살았습니다. 내 삶에 나는 없었습니다. 단지 교회와 동아리에 속한 한 사람만 존재할 뿐이었지요. 그런데 이런 삶에도 균열이 생기기 시작했습니다. 당시 나는 다양한 책을 열심히 읽고 있었습니다. 많은 지식을 접하고 세상에 대해 알수록 내 삶은 조금 이상한 것이라는 느낌이 계속해서 나를 찔렀습니다. 이 작은 균열은 철옹성 같았던 이전의 삶을 순식간에 와르르 무너뜨려버렸지요. 한 번도 의심하지 않았던 내 삶에 물음을 던지기 시작했기 때문입니다.

그제야 나는 마음속의 욕망을 발견할 수 있었습니다. 그것은 손을 댈 수 없을 만큼 뜨겁고 더불어 차가운 것이었습니다. 쓰레기 같은 것이라고만 생각했던 그 욕망이 바로 나 자신이었다는 것을 깨달았습니다. 등잔 밑이 어둡다고 했던 것은 바로 이것을 두고 한 말이겠지요. 그 동안 내 마음속에 '나'를 꽁꽁 숨겨두고 그것을 찾으려 발버둥쳤던 내가 바보 같았습니다. 이제 '나'를 직시할 수 있습니다. 그것이 어디 있는지 찾아냈기 때문이지요. 하지만 반의 반세기 동안 욕망을 숨겨왔던 그 버릇은 아직 고치지 못했습니다. 순식간에 고칠 수 있는 것이 아님을 알기에 자책하지는 않습니다.

성경에는 "형제들아 내가 그리스도 예수 우리 주 안에서 가진 바

너희에 대한 나의 자랑을 두고 단언하노니 나는 날마다 죽노라.(고전 15:31)"라는 사도 바울의 말이 적혀 있습니다. 예수에 대한 신앙을 지키기 위해서는 자아를 부인해야 한다는 말이지요. 욕망에서 눈을 거둔다는 것과 같은 말입니다. 이전에는 이 구절을 삶의 신조처럼 여기며 살아왔습니다. 하지만 지금은 아닙니다. 욕망이 바로 '나'라는 것을 깨달았기 때문입니다. 그렇기에 이제 가을이 욕망을 뜨겁게 달궈도 두렵지 않습니다. 인정하면 그뿐입니다. 큰 수해를 일으키는 자연재해임에도 태풍이 내심 반가운 것은 아마 가을, 그 욕망의 계절을 내가 기다렸던 탓인가 봅니다.

『욕망해도 괜찮아』 : 우리나라 사람들은 대부분 유교적 가치관을 가지고 있었고, 서양의 사상을 그대로 받아들였기 때문에 그 속에 녹아 있는 기독교의 금욕적인 가치관이 더해져 '욕망'이라는 것에 둔감했다. 김두식은『욕망해도 괜찮아』를 통해서 이런 독자들에게 욕망의 건전한 고백을 유도하고 있다. 욕망에 대한 저자의 개인적인 고백을 통해서 모두의 욕망을 이야기하고 있다. 나쁘게만 느껴졌던 욕망을 새로운 시선으로 보게 될 것이다. 📖 김무엽

나를 위한 미래

『청춘을 반납한다』, 안치용·최유정

취업. 졸업을 준비하는 대학생에게는 애증의 단어다. 아마 사랑보다는 증오의 비중이 더 높을지도 모르겠다. 대부분 그 직업을 사랑하기에 취업을 하는 것이 아니라 살아가야겠기에 취업을 하는 것이니까. 나도 어느덧 취업을 준비해야 하는 예비 졸업생이 됐다. 이제 곧 학사모를 쓰고 부모님과 함께 졸업을 기념하는 사진 한 장을 남길 것이다. 하지만 마냥 기쁘지만은 않다. 기념사진을 손에 쥘 때 느껴질 그 끔찍한 무게감이 마음을 싸하게 만들기 때문이다.

졸업하면 뭐 할 거니. 대학 생활 내내 듣는 질문이다. 그럴 때면 항상 대학원에 들어가서 내가 원하는 공부를 더 할 것이라고 말하고 다녔다. 하지만 졸업이 턱밑까지 다가오기 시작하자 확신에 가득 찼던 내 대답은 점점 그 힘을 잃어갔다. 졸업하면 무슨 일 하고 살 거니. 이 질문에 나는 신경질적으로 반응하거나, 아직은 모르겠다고 넘겨버리기 일쑤였다. 현실이란 벽에 부딪혔기 때문이다. 주변에서 들리는 말은 절망적인 것이었다. 교수님께 대학원에 대해 상담을 하러 가서도 듣는 말은 역사를 공부하면 입에 풀칠하기도 어렵다는 말뿐이었다. 희망적인 메시지는 거의 없었다. 인문학을 해도 될까. 몇 년 동안 전혀 느낄 수 없었던 두려움이 엄습했다.

언젠가 스터디를 같이하는 이들과 이야기를 하다가 누군가가 방송

기자로 취업했다는 말이 나왔다. 사방에서는 부럽다는 애닲의 소리가 전장의 기관총처럼 연속해서 들려왔다. 그 소리에 나는 속으로 '대학원을 갈 거니까'라고 애써 자위하며, 부러움의 연발 속에서도 의연한 척을 했다. 하지만 내심 부러운 것은 어쩔 수 없었다. 좋은 환경 속에서 높은 보수를 받으며 일할 수 있는 것은 누구나 피해 갈 수 없는 욕망이기 때문이다. 나도 그것을 욕망하는 사람 중의 한 명일 뿐이었다. 그렇다고 해서 좋아하는 것을 팽개치고 돈을 위해서 좋은 곳에 취업하려고 애쓰는 일을 하기에는 자존심이 용납하지 않았다. 욕망과 자존심. 두 가지 마음이 엎치락뒤치락하는 용과 호랑이의 싸움처럼 전혀 결판이 나지 않았다. 언제쯤 한쪽이 이길 수 있을까. 이제 시간이 얼마 남지 않았는데도 아직 감감무소식이다.

취업에 대한 이야기는 예비졸업생들의 대화 주제에 빠지지 않는 것 중에 하나다. 다른 것에 대해 이야기하다가도 항상 취업에 관한 이야기가 불쑥불쑥 튀어나오곤 한다. 내 주변에는 작가나 기자가 되겠다는 사람들이 많다. 대기업에 입사하거나 공무원 시험을 준비하려는 이들이 없어서 그런 것인지, 아니면 불안정한 직업을 희망하는 이들과 함께 해서 그런 것인지는 모르겠지만 인문학을 한다는 것에 대한 불안감이 점점 희석되어가고 있다. 내가 원하고, 하고 싶은 것에 도전해보는 것도 나쁜 일은 아니겠다고 생각하는 일이 많아졌다. 그래도 부모님과 친척들의 취업하라는 성화는 여전히 나를 부담스럽게 한다. 하지만 스스로가 아닌 누군가의 강요에 의해 무엇을 선택한다는 것은 끔찍하리만치 싫은 일이다.

대학원 모집 시기가 다가오면서 현실과 이상 중에 어떤 것이 더 가치 있는지에 대해 자주 생각하게 됐다. 어떻게 생각하면 현실이 더 중요하고 가치·있는 것이라 느껴지고, 또 다른 면에서 생각하면 이상이 더 가치 있고 중요한 것이라는 생각이 든다. 하지만 아무리 생각해도 현실과 이상, 모든 것을 충족할 수 있는 방안은 없었다. 그렇다면 남은 것은 어떤 하나에 조금 더 비중을 두는 선택을 할 수밖에 없다. 현실과 이상 중에 어떤 것에 더 비중을 둘 것인지는 아직 미지수다. 대학원에서 원서를 마감하는 그날까지 치열하게 고민하고 생각해야 할 문제다. 졸업 후 내딛는 첫걸음은 앞으로의 인생에 있어서 그만큼 중요한 것이기 때문이다.

며칠 후면 꽃다발을 들고, 학사모를 머리에 이고, 졸업 기념사진을 찍을 것이다. 그 사진에 실릴 모습이 부모님의 기대와 내 주변의 기대에 짓눌려 있지는 않았으면 좋겠다. 인화한 사진의 무게가 너무 무겁지는 않았으면 좋겠다. 앞으로의 나를 기대하며 조금은 수줍은 미소를 머금은 밝은 모습이었으면. 누군가에게 위로받는 삶을 사는 것이 아니라 누군가에게 조금이나마 보탬이 되는 삶을 살기를. 그것을 위해 남은 시간 동안 치열하게 고민하고 씨름하기를 고대한다. 그리고 취업이 나에게 이제 사랑의 대상이 되길 소망한다.

『청춘을 반납한다』 : 요즘 '힐링', '위로' 등이 대세다. 시중에도 이와 관련된 책들이 허다하다. 청춘들을 위로하고 격려하는 책들도 부지기수다. 하지만 『청춘을 반납한다』란 책은 이에 반한다. 청춘들이 괴로워하는 본질적인 상황들은 바꾸지 않고 그냥 위로만 반복하는 것은 부질없다는 것이다. 저자는 자신들만의 인생을 개척해나가는 청년 열 명을 인터뷰해 이런 현실을 고발한다. 기성세대들의 위로에 중독돼 약해지고 있는 청년들에게 치료약이 될 책이다.

📖 김무엽

영화 〈모스트MOST(2003)〉를 보고 나눈 인생 이야기

김서헌 · 김영진 · 박지원

지원 : 음, 내가 이 영화를 보고 평평 울게 된 이유는 사실 영화랑 관련 있기보다는 시기가 시기였어요. 서헌언니한테 예전에 말했던 것 같은데, 친구가 올해 초에 자살을 했거든요. 우울증이 있었는데 저도 어떻게 죽었는지는 몰라요. 일부러 알아보지 않았어요.

서헌 : 응.

지원 : 그냥 친구 죽고 한두 달은 아무렇지 않게 살았는데, 잘 떠들고 와서 집에서 자기 전에 사람이 딱 미치는 거예요. 그냥 일상은 계속 되고 친구는 죽었고. 제일 무서운 건 제가 그래도 여전히 일상을 즐겁게 산다는 것이 너무 힘들었어요. 그 와중에 트위터에서 이 영화 추천을 받았고요.

서헌 : 그렇구나!

지원 : 이 영화도 기차 안에 탄 사람들이나 길을 가는 사람들 다 자기 일상을 살잖아요. 그냥 아무렇게나 심드렁하거나 필요 이상으로 업되어 있거나. 그런데 그런 일상이 누군가의 희생으로 유지되는 거라면 오늘 내 하루를 더 잘 살아야겠다. 진부하지만 그런 생각이 들더라고요. 이 영화 매일매일 일주일 동안 봤어요. 그리고 좀 나아졌어요. 이게

제 추천 이유. 그냥저냥 살아기엔 미안해해야 할 이유가 있는 것 같았어요.

영진 : 응.

지원 : 여러분은 영화 어땠어요?

영진 : 나는 대충 예상되는 이야기 진행과 마음에 들지 않는 결말이랄까.

지원 : 그게 끝?

영진 : 네 상황에서 느껴지는 감상과 내 감상이 차이가 있기는 하지. 나는 차라리 그냥 도덕적 가치나 윤리적인 것을 다 떠나서 아들을 선택했으면 하는 거야.

서현 : 응응, 아들을 선택했다면…… 아버지는 과연 행복했을까?

영진 : 나는 내가 사랑하는 사람이 가장 중요하다고 생각하거든. 영화 끝을 보면 그래 다들 아무 일 없는 듯 살아가. 근데 과연 그게 좋은 것일까? 어느 선택이든 아버지는 고통 속에 살게 되잖아!

지원 : 난 그래서 이 영화가 좋은 영화라고 생각해.

서현 : 참 이게 인생의 딜레마 같아!

지원 : 과연 그게 좋은 걸까? 이 생각을 하게 하니까. 우리는 다들 그 생각은 잘 안 하고 살잖아.

서현 : 선택에는 항상 좋은 점이랑 나쁜 점이 둘 다 있는 것 같아. 결국 어떤 선택을 하든 대가로 치러야 할 몫이 있는 것 같거든.

영진 : 난 인류애적인 마음을 가지고 있지 않아서……. 대부분의 사람은 누군가의 희생 위에서 살고 있어.

지원 : 영화 속 사람들처럼 그냥 일상을 흘려보내잖아. 영화의 맨 마지막 장면에 마약 중독이던 그 여자가 아기를 안고 가는 걸 보고 죽은 아이 아버지가 활짝 웃잖아.

서현 : 그러니까 그 마지막 장면이 너무 슬펐어!

지원 : 그때 이런 생각을 했는데, 누군가는 희생되고 우리는 그 희생을 모르고 살아간다고.

서현 : 아버지가 그래도 활짝 웃었다는 것이 위로가 됐음!

지원 : 그런데 그 희생 위에도 그 고통 속에도 살아 있는 사람은 살아야 하는 거야

서현 : 아! 갑자기 너무 슬퍼진다!

지원 : 힘들지만 서로 마주 보고 웃으면서. 만약에 그 아이의 희생을 사람들이 알았다면, 불편해서 죽고 싶었을 거야. 그래서 결국 다 극적으로 따라 죽었다고 해봐. 그럼 그 아이의 희생도 아무것도 아닌 게 돼버리는 거야. 우리는 불편한 마음을 가지고 부단히 살아야 해! 난 이 영화를 보고 그렇게 생각했어.

영진 : 세상은 항상 거시 서사를 좋아하지 미시 서사를 좋아하지는 않잖아.

서현 : 이럴 때 아이언맨이 필요해!

지원 : 슈퍼맨이라든지! 하아…….

영진 : 불편한 마음을 가진다는 것은 자각을 한다는 거잖아. 세상이 결국 할리우드 영화의 해피엔딩이 아니라는 것을 깨닫는 것.

지원 : 그럼 부단히 불편한 마음으로 열심히 사는 거지

서현 : 어찌 됐든, 우리가 살고 있는 것은 얼굴 모를 많은 사람들의 희생 덕분에 편히 사는 거잖아. 결국 조금은 각성하면서 살자.

지원 : 항상 불편하지만 웃으면서 역설적이지만 열심히.

영진 : 그게 힘들지.

서현 : 그래서 살아야 하는 건지도 몰라.

지원 : 살아내야만 해요.

추억과 함께

복숭아가 먹고 싶어

『오무라이스 잼잼』, 조경규

　어떤 사물에 '제일'이라는 말을 붙인다는 게 여간 껄끄러운 일이
아니지만, 나는 적어도 과일이란 범주 안에선 쉽사리 '제일'이라는 말
을 붙일 수 있을 것 같다. 내게 '제일'인 과일은 바로 복숭아다. 하지만
복숭아라고 모든 종류를 불문하는 건 아니고 개중에 백도라 불리는 새
하얗고 몰랑한 복숭아가 내게 제일이다. 이 복숭아는 희고 옅은 빛깔
속에 어린아이의 볼처럼 발그레한 분홍빛을 수줍게 머금고 있다. 그리
고 그 자태를 포실포실한 솜털이 감싸고 있어 한층 여려 보이기까지
한다. 그래서 마트나 시장에서 복숭아를 하나 사 온 날이면 행여 그 여
린 것에 멍이라도 들지 않을까 집까지 들고 오는 길이 괜히 조심스러
워진다. 하지만 집까지 무사히 안착한 복숭아의 맛은 거기까지의 과정
을 배반하지 않는 법이다. 보드라운 껍질은 칼로 깎을 필요도 없이 손
으로 살살 벗기면 과육이 그대로 드러나는데 그 부드러운 과육 속에는
달콤함이 한껏 배어 있다.

　나는 이런 복숭아를 먹을 때 통째로 먹는 걸 좋아한다. 그러면 손
에 복숭아 단물의 찐득함이 남거나 그 과즙이 흘러 옷에 조금 묻을 우
려가 있긴 하지만 한 입 크게 베어 물었을 때 입속 가득 전해지는 느낌
이 좋기 때문이다. 그리고 그 가득한 느낌 그대로 몇 번 씹지 않고 꿀꺽
삼키는 목 넘김을 좋아한다. 복숭아는 칠월 중순부터 팔월까지가 제철

인데, 그 순서가 꼭 수박 다음으로 모습을 내민다. 더운 여름날 먹는 수박 한 입이 시원함을 선사한다면, 복숭아는 그것과 또 다른 부드럽고 달콤한 맛으로 자연스레 여름 더위를 잊게 해준다.

나도 어릴 적 물복숭아를 늘 통째로 먹어 손과 팔이 흥건히 젖곤 했다. 어른이 되고 나서부터는 그냥 편하게 잘라서 먹지만. 그러는 사이 물복숭아의 달콤한 즙은 아이들의 양손을 흠뻑 적시고는 통통한 팔을 타고 내려가 역시나 팔뚝에서 이슬처럼 맺혀 똑똑 떨어져 내리고 있었다.

– 『오무라이스 잼잼』 중에서

이렇게 복숭아 마니아인 나지만 2008년의 여름엔 '입대'라는 한 가지 사건 때문에 수박이 나왔는지 복숭아가 나왔는지는 관심이 없었다. 단지 도축장에 끌려가는 소마냥 하루하루를 그저 멍하니 보내기 일쑤였다. 사실 나보다도 엄마가 특히 초조해하셨다. 입대를 앞둔 하루 전날 엄마는 자식새끼 잘 못 먹이고 먼 길 보내나 싶어 내게 뭐 먹고 싶은 건 없냐고 수차례 물었고, 줄곧 없다고만 대답하던 나도 귀찮은 마음에 별생각 없이 복숭아라고 답했다. 그런데 그때가 아직 복숭아가 나오기에는 이른 시기였다. 주변 시장을 둘러봐도 복숭아만은 찾아볼 수 없었다. 그래도 큰 문제가 될 건 없었다. 나에겐 단지 없으면 그만이었다. 그러고는 하루가 지났고 나는 다음 날 새벽에 집을 나섰다.

엄마와 재회한 건 그로부터 두어 달이 지나고 입대 후 첫 면회를 할 때였다. 반가움은 딱 두 달 만에 보는 정도였고, 그다지 극적인 모자 상봉은 아니었다. 반가움보다도 일차원적인 욕구가 더 앞섰다. 면회를 하면 식도락을 즐길 수 있었기 때문이다. 나는 그동안 못 먹은 음식에 대한 기대가 부풀어 있었고 음식을 가지러 간 엄마는 커다란 상자 하나를 들고 왔다. 박스째 복숭아를 사 온 것이다. 복숭아를 좋아하지만 두 달 동안 짬밥으로 연명한 나는 그보다 기름진 어떤 것들이 더 그리운 시기였다. 그러니까 복숭아는 내가 전혀 기대하던 음식이 아니었던 것이다. 자연히 그 기대는 실망으로 변했고, 내 심중을 꿰뚫어 보지 못한 엄마가 답답하고 짜증 났다. 그래서 괜히 내 앞에 놓인 복숭아를 몇 조각 먹지도 않고 내팽개치며 애꿎게 화풀이만 해댔다. 그때는 여름이 지나고 밤낮으로 제법 쌀쌀해진 초가을 무렵이었다.

엄마의 면회는 그게 처음이자 마지막이었고, 종종 휴가를 받아 엄마를 보는 게 다였다. 그렇게 복사꽃이 피고 지고를 두 번 반복하고 나서야 나는 전역을 했다. 전역한 지 얼마 지나지 않은 어느 날 늦은 오후, 엄마에게 전화가 왔다. 짐이 많아서 그러니 집 앞으로 마중을 나오라는 것이었다. 어슬렁어슬렁 집 앞으로 나가니, 엄마가 저 멀리서 커다란 짐을 하나 들고 오고 있었다. 나는 잰걸음으로 엄마한테 가서 그 짐을 옮겨 받았다. 복숭아였다.

"웬 복숭아? 나오려면 아직 멀지 않았어요?"

"오는 길에 복숭아가 보여 하나 샀다. 올해 처음 나온 햇복숭아라는구나. 그거 한 상자에 삼만 원이나 줬어."

"뭐 하려고 그 비싼 걸 사. 조금 지나면 값 내릴 건데."

"복숭아만 보면 예전에 너 군에 보낼 때, 먹고 싶어 하던 거 못 먹이고 보낸 게 생각나서."

나는 순간 멈칫했다. 그제야 지난번 내가 내뱉은 말이 어슴푸레 떠올랐다. 그전까진 내가 언제 복숭아가 먹고 싶다고 말했는지 기억조차 없었는데 엄마는 그게 아니었다. 몇 년이 지난 지금까지, 그때 내가 한 말 한마디를 새기고 있었던 것이다. 별생각 없이 내뱉었던 그 말이 엄마의 가슴에 남아 있을 줄이야. 건네받은 복숭아 상자를 지고 멍하니 가다가 생각이 여기에 미치자 나는 곧장 발걸음을 재촉했다. 그리고 불쑥, 엄마에게 말했다.

"집에 어서 가서 이거 먹어요. 통째로."

그러자 엄마는 생긋 웃으며 알겠다는 표정을 지어 보였다. 집에 도착하자마자 엄마와 나는 복숭아 몇 개를 끄집어내었다. 그러곤 물에 살짝 헹군 뒤 바로 먹을 준비를 하였다. 껍질을 살살 벗긴 복숭아를 나는 한입 크게 베어 물었다. 입가를 따라 달콤한 과즙이 새어 흐른다. 문득 이등병 시절 첫 면회 때 먹은 복숭아 맛이 머릿속에 떠오른다. 그 맛은 다름 아닌 엄마의 따스한 사랑의 맛이었다.

『오무라이스 잼잼』 : 사실 책이 먼저라기보다 글이 먼저였습니다. 글을 쓰고 난 후 제 글을 봐준 친구가, 음식과 가족에 대한 글을 보고 생각난다고 하여 알게 된 만화, 〈오무라이스 잼잼〉. 그렇게 알게 된 조경규의 〈오무라이스 잼잼〉은 현재 다음 웹툰에서도 보실 수 있고, 책으로도 출간되어 있는 상태입니다. 네 가족이 먹는 일에 관하여 아기자기하게 펼치는 이야기를 만화에 녹여냈습니다. 한번 보면 누구나 그 이야기 속에 빠져들 것입니다. 여담으로 만화에서도 복숭아를 다룬 회가 있었는데 복숭아 묘사가 앞의 에세이와 유사한 느낌이 들어 깜짝 놀랐더랍니다. 📖 김선기

만두 이야기

『추억의 절반은 맛이다』, 박찬일

　'만두를 먹으면 작은 생명체를 뜯어먹는 것 같다.'는 어느 평론가의 말처럼, 오장육부같이 복잡한 속을 얇은 피로 감싼 만두는 참 신비로운 음식이 아닌가 한다. 만두의 '두'는 머리 두(頭)자를 쓰고 있는데, 이것은 다들 알다시피 만두의 이름이 만두가 된 사연과 관련이 깊다. 폭풍우를 멈추기 위해 마흔아홉 명의 머리를 제물로 바쳐야 하는 난감한 상황에서 제갈공명이 낸 꾀가 만두의 유래이다. 그는 사람을 죽이는 대신, 얇게 민 밀가루 반죽에 돼지고기와 양고기로 만든 소를 넣어 사람 머리 형상을 만들었는데, 이것이 오늘날까지 즐겨 먹는 만두가 되었다.―그래서 원래는 지금처럼 '만두 만(饅)자'가 아닌, 오랑캐 만(蠻)에 머리 두(頭)자를 썼다고 한다.―사람 먹는 음식에 하필 머리 두 자를 썼다는 사실이 섬뜩하기도 하지만, 그래도 만두는 참 맛있다. 김이 모락모락 나는 만두를 한입 가득 베어 물면, 그 속 가득 우주가 있다. 아삭아삭한 숙주나물, 으깬 두부, 고기를 비롯해 각종 야채와 당면 등 모든 재료가 질서를 이루고 있는 것이다. 우주의 질서가 흐트러지면 온갖 재해가 일어나듯, 속 재료의 조화가 제대로 이루어지지 않은 만두는 그야말로 재앙이다.

　중국이나 우리나라뿐만 아니라, 만두는 세계 여러 나라에서 즐겨 먹는 음식이기도 하다. 네팔의 경우, 만두는 '모모'라는 귀여운 이름을 가지고 있는데, 아이나 여자 입에 꼭 맞는 크기로 정갈하게 빚어진 이 '모모'는 조금 미묘한 맛을 낸다. 모모에는 사모사, 커리, 양고기 등 다양한 재료와 향신료가 들어가고, 그 종류가 많은 탓에 입맛에 맞는 '모모'를 찾으려면 족히 한 달은 걸린다. 우리나라에서야 고기가 들어가면 고기만두, 김치가 들어가면 김치만두니 그 속과 맛을 빤히 알 수 있지만, 외국에서는 어떤 재료가 들어가는지 그 이름만으로는 도통 알 길이 없는 것이다. 터키에서 먹었던 '만티'에는 처음 맛보는 비릿한 고기가 들어 있었다든지, 시큼한 야채 일색이었다든지, 홍콩의 '딤섬'은 화려하고 모양 또한 다양해 속을 몰라도 나름의 먹는 재미가 있었다. 속에 콸콸 끓는 육수가 들어 있는 상해의 '소룡포'는 모르고 먹었다 화상을 입는 경우도 있으니, 속을 알 수 없는데다 치명적이기까지 하다. 비단 네팔이나 터키, 중국뿐만 아니라 만두는 세계 여러 나라에서 각자의 유래와 각자의 이름, 각자의 우주를 품고 있다. 그중에서도 우리 집 만두의 역사는 조금 특별하다. 분단의 아픔과 새끼 잃은 어미의 심정이 절묘하게 어우러진, 깊고도 축축한 우주를 품고 있으니, 바로 우리 '할머니 만두'에 대한 이야기이다.

아마 할머니 나이가 열다섯 살 되던 무렵이었을 것이다. 황해도 해주에서 가평 사는 친척네로 심부름을 온 사이, 한국 전쟁이 터졌다. 졸지에 고향으로 돌아갈 길을 잃은 할머니는 친척들의 도움을 받아 그대로 가평에 눌러앉게 되었고, 열일곱 되던 해 한 동네 살던 남자와 살림을 차려 여섯 남매를 낳았다. 고향에서 했던 것처럼, 할머니는 한 해에도 꽤 여러 번 만두를 빚었는데, 할머니의 이 이북식 만두가 동네에서 제법 유명했던 모양이다. 만두를 빚은 날이면 이웃 아낙들의 광주리가 마을 어귀까지 줄을 섰다고 했다. 열다섯 살의 희고 곱던 손에서 희

수(喜壽)를 앞둔 오늘의 주름진 손까지, 할머니의 손은 그때부터 지금까지 부지런히 만두를 빚어냈다. 할머니의 만두는 피가 도톰하고 어른 주먹만 한 크기에, 양쪽 코를 서로 붙여 그 모양이 주먹처럼 둥글다. 그때부터 지금까지 재료의 질에 따라 맛은 조금씩 변했을지언정 모양만은 변치 않았단다. 또 할머니는 다른 음식은 모두 가족들의 입맛을 따르면서, 오직 만두만은 고집을 부렸는데, 바로 속 재료에 고기를 일절 쓰지 않는 것이다. 온 가족이 고기에 환장해 끼니마다 고기반찬을 올리면서도, 유독 만두에만은 잘 익은 김치, 두부, 숙주나물과 당면 정도만을 넣었다. 할머니에게 있어, 어릴 적 먹던 이북식 김치만두를 그대로 재현해내는 것은 고향을 추억하는 유일한 방식이었던 것이리라.

할머니 만두 속 슬픔의 역사에는, '연남이 이모' 이야기도 빠질 수 없다. 일곱 살이던 연남이 이모가 홍역으로 죽자 장례도 치르지 않고 언 땅에 묻었다. 관을 짤 형편도 되지 못해 이불보에 싸서 묻었노라고, 봉분도, 비석도 없어서 이제는 연남이 무덤이 어딘지 아예 모르게 되어버렸다고 언젠가 할머니가 내게 말했다. 할아버지는 꼬박 마흔아홉 일을 그 무덤가에서 울며 보냈다고 했다. 하지만 할머니는 그때도 만두를 빚었다. 설령 내게 그 사실을 말해주지 않았더라도, 나는 할머니라면 당연히 그리 했으리라고 막연히 단정 지었을 것이다. 슬픔을 꾹꾹 뭉쳐 만두피로 감싸는 어미의 모습을 그려보면, 꼭 인간을 빚어내는 신의 모습이 이렇지 않았을까 싶다. 새끼 한 명 잃었으나, 아직 다섯이나 되는 아이들이 칭얼칭얼, 밥때마다 지저귀면 어미는 어쩔 도리가 없었을 거다. 쌀 됫박이나마 가져다주던 가장은 무덤가에 앉아 울고 있고, 그나마 있는 밀가루 반죽 떼어 수제비 끓이거나 만두 빚어 먹는 것이 고작이었다고.

몇 해 전 할머니의 생일을 앞두고, 홀로 가평에 찾아가 며칠 머문 적이 있다. 생전 속내 한번 비추지 않던 당신이 그때 내게 이런 말을 했다. "너는 참 좋겠다. 그래도 너 죽기 전에는 통일이 되지 않겠니. 하긴 통일되어도 우리 엄만 죽고 없을 걸. 무소용이야 무소용." 자식을 다섯이나 두었지만, 생일 날 누구 하나 안부 전하는 이가 없다는 사실은 먼 길을 찾아온 나에게마저 죄스러움을 느끼게 했다. 속에 울분을 꾹꾹 뭉쳐둔 할머니는 그날 여과 없이 속을 터트렸다. "나는 우리 엄마가 나 키워주지도 않고 한평생 떨어져 살았어도 엄마 생일은 안 잊어먹었어, 자식들이 무슨 소용이야 그래, 무슨 소용이야." 문드러진 할머니의 속이 여기저기 지저분하게 흩뿌려졌다. 나는 그때, 할머니한테도 엄마가 있었구나, 하는 식상한 생각을 했다. 얼굴도, 이름도 모르는 황해도 해주의 필부(匹婦)와 앳된 얼굴의 할머니가 만두 빚는 모습을 상상해본다. 그 속에 담긴 우주는 어떤 맛을 냈을까. 나는 입맛을 다셨다.

세상에서 제일 큰 만두는 가장 넓은 우주를 품고 있는 만두가 아닐까 한다. 이 우주라는 것은 우리 몸속에도 축소판으로 들어 있고, 사람 눈동자 속에도 칠흑 같은 조각으로 들어 있으며, 모든 음식과 모든 행위에 저마다 다른 모양으로 숨어 있다. 이 세상의 존재 수만큼 다양한 우주가 있는 것이다. 그래서 어떤 이에게는 구슬처럼 작은 '모모'가, 어떤 이에게는 한입 물면 뜨거운 육수가 쏟아져 나오는 '소룡포'가 세상에서 가장 큰 만두일 것이다. 어떤 이는 중국집의 식어빠진 군만두를 의미 있다 여길지도 모른다. 그렇게 생각하면 제갈공명에게는 사람을 죽이고 싶지 않은 마음으로 빚은 마흔아홉 개의 만두가 가장 큰 우주를 품고 있는 셈이다.

저마다의 우주를 새하얀 피로 감싸 안은 만두. 나에게 있어 가장 큰 만두는 단연 우리 할머니의 만두다. 어릴 적부터 먹어온 이 할머니 만두는 조금 심심한 간에 씹을수록 고소한 우주를 품고 있다. 할머니는 이 만두를 이북에선 엄마와 마주 앉아 빚었을 것이고, 연남이 이모가 살아 있을 적엔 여섯 남매가, 이모가 죽고 나선 다섯 남매가 둘러앉아 빚었을 것이다. 혼자 빚은 날도 무수하겠지. 그래서인지 만두 속에 담긴 할머니의 우주는 조금 고되고 굴곡이 있다. 하지만 먹는 입장에서 보면, 그것에서 느껴지는 감칠맛이 일품이니, 서글픈 사실이다. 오래도록 축적된 할머니의 우주를 저작하고 삼키며 나는 자랐다. 내 안에 켜마다 쌓인 그 굴곡을 되새김질하면, 우리 사이의 세대 차가 무색하게 나는 그를 이해하게 된다. 지나친 비약이라 생각하는 이가 없기를. 사소하기 그지없는 만두에 대한 거창한 평가일지도 모른다. 하지만 만두 속에는 무언가 특별한 것이 있다. 설령 그것이 무엇인지 알 수 없다 해도, 만두는 참 맛있는 생명임에 틀림없다!

『추억의 절반은 맛이다』　: 추억의 절반이 맛이라면 나머지 절반은 무엇일까요, 문득 궁금해진 내가 물었다. 나머지 절반은 함께 식사했던 사람이 아닐까요? 당신이 답했다. 함께 밥 먹어줘서 반쪽짜리 추억이 되지 않았다는 내 말에 슬며시 웃으며 당신은, 혼자 먹으면 나머지 절반은 자기 자신이 될 수도 있어요, 라고 말했다. 세상에 반쪽짜리 추억은 없다는 듯이. 행복했던 만찬의 반찬이 되어준 책. 　김향희

엄마의 화분

『런던의 플로리스트』, 조은영

엘리베이터에서 내려 복도로 들어서면 화분 하나가 여기가 우리 집이라고 알려줍니다. 저 화분이 벌써 15년이 넘은 화분이라네요. 그러고 보니 제 기억 속에도 꽤 어렸을 때부터 있었던 화분입니다. 집의 분위기와는 어울리지 않던 가냘픈 나무 두 그루가 서 있던 모습이 기억의 첫 조각이네요.

엄마가 아끼시던 군자란도 이 화분에서 꽤 오랜 시간 머물렀습니다. 다홍색의 큼직한 꽃이 피던 군자란. 베란다에 쪼그려 앉아 잎에 앉은 먼지를 닦다가 너무 힘을 준 나머지 뚝하고 부러뜨리기도 했었고, 잘 자라라고 노란 영양제를 꽂아주기도 했습니다. 하지만 유난히도 추웠던 어느 해 겨울, 베란다에 있던 군자란은 추위를 견디지 못하고 얼어버리고 말았지요.

단풍나무도 잠시 뿌리를 내렸었습니다. 태풍 때 소금물을 뒤집어 쓴 작은 단풍나무 가지 두 개를 아빠가 심어놓으셨는데, 신기하게도 태풍이 왔던 여름만 되면 잎이 누렇게 되고 시들시들해졌습니다. 금방 죽을 줄 알았던 단풍나무는 제법 오래 버텼지만, 더는 생명을 유지하지 못하고 바싹 말라버렸습니다. 그리고 단풍나무가 사라진 그 자리에는 한동안 흙만 남아 있었습니다.

지난 봄이었을까요, 지지난 봄이었을까요. 오랜만에 집에 갔습니다. 이제는 복도에 놓여 있는 예의 그 화분이 저를 먼저 반기네요. 그런데 더 이상 텅 비어 있지 않았습니다. 화분에는 빨강 · 노랑 · 주황 · 진분홍색의 작은 꽃들이 소담스럽게 피어 있고, 꽃 주위를 초록 이파리들이 둘러싸고 있었습니다. 엄마가 아는 분이 꽃집을 열었다기에 갔다가 사 온 거라고 하시네요. 가격도 착하기에 색깔별로 하나씩 데려다가 심어놨는데 너무 예쁘다며 좋아하시는 그 모습이, 마치 결혼기념일에 아빠가 선물하신 장미 한 송이를 받으며 기뻐하시는 모습과 닮은 것 같았습니다.

얼마 전, 엄마가 꽃들한테 한동안 물을 안 준 적이 있다면서 얘기를 꺼내셨습니다. 쟤네 덕분에 봄마다 행복했으니, 이제 다른 걸 키워볼까 싶어서 그랬다고요. 그런데 운동을 하고 집에 들어오는데 꽃들이 금방이라도 바스러질 것 같았대요. 그게 너무 안쓰러워 보여서 오랜만에 물을 흠뻑 줬더니 다음날 언제 그랬냐는 듯 싱싱하게 살아난 거라고 말씀하시네요. 그렇게 했는데도 쑥쑥 잘 커서 예쁘다며 그냥 이대로 두고 계속 키워야겠다고. 그 얘기를 하는 엄마의 표정이 참 쓸쓸해 보였습니다.

그러고 보니 화분에 물을 주는 일은 예전에는 저와 제 동생들의 일이었습니다. 그런데 이제는 직접 화분에 물을 주고, 충분히 햇볕도 쬐어주고, 애정을 담뿍 주며 자식처럼 돌보시는 엄마의 모습을 보며 문득 생각이 스칩니다. 엄마는 외로우셨던 걸까요? 애교라곤 눈꼽만치도 없는 딸들. 그래도 같이 살았을 때는 덜 외로웠는데 큰딸도 대학 때문에 자취한다고 나갔고, 둘째도 대학교 기숙사에 들어가서 집에 없고. 막내는 고등학생이라 아침 일찍 나갔다가 밤 늦게야 들어오고. 훌쩍 커버려 이제는 더 이상 당신의 도움을 필요로 하지 않는 딸들 때문에 외로움을 느끼신 걸까요. 표현할 줄 모르는 무뚝뚝한 딸들에게 서운함을 느끼고 계시는 걸까요. 아니면 다섯 식구가 복닥복닥 하다가 둘이나 집에 없으니, 텅 빈 기분이 들어서 그러셨던 걸까요.

봄이면 알록달록 피는 꽃들 덕에 기분이 다 좋다고, 제대로 봄이 온 것 같다고. 여름엔 싱그러운 녹색이라 예뻐 죽겠다고. 화분에 심어 놓은 꽃에게 물을 주며 연신 즐거워하시는 엄마께 애교 없는 딸은 무심하게 물어봅니다.

"엄마, 근데 이 꽃 이름이 뭐야?"

"몰라. 잊어버렸다. 네가 찾아봐."

"이름도 모르는데 어떻게 찾아."

"지금쯤 꽃집에 가면 다 있으니까 정 궁금하면 가보든지. 봄에 예쁜 짓을 또 하려는지 벌써 꽃망울 생겼더라."

다음에는 꽃집에 들러 화분을 하나 사 들고 집에 가야겠습니다. 가을, 겨울에도 엄마께 즐거움을 줄 수 있는 식물로 골라 가야겠어요. 아, 저 꽃의 이름이 뭔지도 알아 가야겠네요.

『런던의 플로리스트』 : 플로리스트라는 직업은 그저 꽃을 예쁘게 장식하는 일만 하는 줄 알았다. 하지만 그녀는 그렇지 않다고 내게 알려주었다. 아름다움과 화려함 뒤에는 그만큼의 눈물이 있다는 것. 꽃을 가장 사랑하는 영국에서, 자신이 정말 하고 싶던 플로리스트라는 꿈을 위해 열심히 뛰어다닌 그녀의 이야기가 담겨 있다. 📖 김희연

부치지 못한 편지

『비행운』, 김애란

손편지를 쓰고 싶을 때가 있다. 추운 날 이불 안에서 가만히 음악을 듣고 있을 때나 비 오는 날 카페에 앉아 다이어리를 끼적이고 있을 때, 이따금 그런 기분이 들곤 한다. 머릿속을 스쳐 지나가는 이의 이름을 적어본다. 그 아래로 네모난 종이 안을 하나둘 채워가는 내용은 그리 무겁지도 가볍지도 않다. 이를테면 어젯밤 보았던 영화나 읽었던 책의 좋았던 구절이 그 주를 이룬다. 때로는 너무 사소해서 오히려 평소에 쉬이 대화에 오르지 않던 이야기들도 포함되곤 한다. 이 사소한 이야기도 종이에 쓰이는 글자 모양에 따라, 펜 색깔에 따라 다른 느낌을 주는데, 이게 마치 소소한 일탈처럼 다가온다.

손편지를 좋아하는 가장 큰 이유는 '-에게'라고 시작하여 '-가'라고 끝맺어지는 그 짜임새 때문일 것이다. 어색한 인사로 시작하여 써내려져 가는 글자들은 편지지의 끄트머리가 되면 쓸 공간이 모자라 깨알만 하게 붙여 적곤 했다. 한 마디면 될 것을 괜스레 두세 마디 더 붙여 쓰게 되어 촘촘한 글자가 빼곡히 채워졌다. 마치 아직도 할 이야기가 많이 남아 있다고 외치듯, 내 이야기를 들어달라 떼쓰는 고집쟁이가 되듯 말이다. 편지를 쓴다는 게 그러했다. 내가 하나 더해지면서 받는 이를 향한 생각은 곱절이 되는 것이었다. 그러다 이내 보고 싶은 이는 당장이라도 만날 수 있을 것 같았고, 괜찮다고 하다 보면 정말 그렇게 될 것 같았다. 상대방을 위로하고 있었지만 정작 나 자신을 위로하는 것이었고, 축하하고 감사하는 것도 다시 나에게로 되돌아오는 것이었다. 결국, 아래위로 가지런히 적힌 두 이름이 이내 한 이야기로 묶여 하나가 되곤 했다.

아마 초등학교 시절이었을 게다. 내 단짝과 나는 늘 함께였다. 집이 가까워 아침에 등교를 할 때도, 학교를 파하고 집으로 돌아오는 길에도 항상 붙어 다녔다. 사실 우리 둘의 집은 학교 뒷문을 통해 오면 고작 오 분도 걸리지 않을 만큼 학교와 가까웠다. 하지만 우리는 그 길을 빙 돌아오곤 했다. 바다와 가까이 있었기에, 괜스레 부두 쪽을 지나쳐 긴 돌담이 있는 길을 따라 집으로 향했다. 그러던 날이었다. 우리는 늘 그랬듯이 돌담 옆을 나란히 걸었다. 가장 긴 손가락으로 돌담을 하나하나 스쳐 짚어가며 말이다. 그러다 내가 지나온 자리로 돌멩이 하나가 툭 하곤 떨어졌다. 돌아보니 돌담에 박혀 있던 돌멩이가 그 견고함을 잃고 떨어져 나온 것이었다. 돌멩이를 주워 들고선 내 친구와 나는 그 짝을 맞춰 보려 한참을 거기에 서 있었다. 하지만 한 번 떨어져 나왔던 돌멩이는 어딘가 딱 맞게 들어가지 않았다. 지나치게 마모된 탓인지, 본래 제 자리에서 겉도는 느낌마저 들었다. 돌멩이는 시멘트 위 바닥이 제 자리였다는 듯 계속해서 튕겨 나왔다.

평소 같으면 대수롭지 않게 지나쳤을 텐데, 무슨 오기가 생겼던지 친구와 난 오래도록 그곳에서 머리를 맞대고 있었다. 얼마의 시간이 흘렀을까, 답은 의외로 간단했다. 두툼하게 접은 종이를 사이에 끼우자, 언제 그랬냐는 듯 돌멩이는 제자리를 찾았다. 그리고 우리는 그렇게 둘만의 비밀 우체통을 발견하게 되었다. 그날 이후부터 단짝과 난 학교에 따로 등교하는 일이 잦아졌다. 전날 저녁에 쓴 쪽지를 등교하며 돌담 한켠에 숨겨두고, 내일 와 있을 답장에 설레어했다. 내용이 그리 길지도 않았고, 고백 편지 따위도 아니었지만 둘이서 비밀장소를 공유한다는 사실은 꽤 마음에 들었다. 좋아하는 같은 반 아이의 이름을 적어놓는다거나, 아침에 무얼 먹었다든지, 어제 자기 전엔 뭘 했는지 등의 시시콜콜한 모든 이야기를 작은 종이에 적어 그곳에 숨겨두었다. 행여나 누군가 볼까, 돌멩이가 떨어질까, 몇 번이나 돌멩이를 꾹꾹 눌러 확인했다. 그리곤 이내 만족스러운 표정으로 서둘러 학교로 향했다.

편지는 추억을 되감는 힘이 있다. 오묘하게 내 마음 안에 섞여 말로는 표현할 수 없는 기억들을 불러온다. 그리곤 다시 입안에 맴도는 추억이 돼버린다. 책장 위, 손이 쉬이 닿지 않는 곳에 놓인 상자를 꺼내어본다. 먼지만 가득 쌓인 네모난 상자에는, 여섯 살부터 모아 온 편지가 차곡차곡 담겨 있다. 흐릿해진 기억 사이로 이제는 누구인지 얼굴조차 가물가물한 이에게서 온 편지가 있는가 하면, 아직도 선명하게 기억나는 얼굴과 추억이 스쳐 지나가게 하는 편지도 있다. '이런 일도 있었지, 아 이런 친구도 있었는데' 하며 보고 싶은 이의 얼굴을 떠올려보기도 하고, 돌아가고 싶은 순간을 되새겨보기도 한다. 이렇듯 편지는 추억이란 이름으로 내 마음을 몽실몽실하게 만드는 힘이 있다. 몇 번이고 돌려 보았던 영화 〈러브레터〉를 좋아하는 이유도 그러했다. 영화를 보고 있으면 내 편지 속 인물들도 함께 살아나 재생되는 것 같았다. 적어도 영화가 재생되고 있는 순간만큼은 그러했다. 그리고 언젠가 영화 속 주인공처럼 나도, 내게서 잊혀진 누군가로부터 편지를 받는다거나, 얼굴도 모르는 이에게 편지를 쓰게 될 날이 올 것만 같았다. 이어 그러한 기적을 평생 떠올릴 추억으로 안고 가게 되리라 생각했다.

겨울이 점점 깊어간다. 어김없이 책장 한편에 꽂혀 있는 '러브레터'를 꺼내어본다. 이어, 하나둘 생각나는 이름을 적었다. 그리고 다시 지웠다. 한참을 돌고, 돌아, 굽이쳐 돌아와 보니 부치지 않은 편지들만 수북이 쌓여 있게 되었다. 언젠가는 누군가에게 닿을 이 편지를 아마 나는 한참을 들여다보게 될 것 같다.

『비행운』 : 제자리를 찾아가는 여러 이들의 이야기다. 그 와중에 누군가를 만나기도, 누군가와 이별하기도 한다. 운에 기대어보기도 하고, 한참 동안을 여기저기 서성이며 헤매기도 한다. 어른이 된다는 것이 삶의 완성이 아니듯 우리는 미완성의 나날 속에서 자신을 찾기 위해 부대끼며 운다. 『비행운』은 불완전한 삶 속에서 지난날 자신이 되지 못했던 후회와 함께 진정한 자신이 되기를 바라는 이들의 동경과 믿음을 그리고 있다. ▨ 김원희

소년과 나

『갑을고시원 체류기』, 박민규

　누구나 한 번쯤 그런 때가 있다. 다닥다닥 붙어 있는 독서실 책상에 앉아 있으면 문득 서글퍼지는 그런 때. 밤인지 낮인지 구분되지 않는 그곳에서 타인의 존재를 가늠한다. 사람들의 낮은 숨소리와 어렴풋이 전해져 오는 스탠드의 불빛으로. 눈앞에는 시험과 관련된 낙서로 가득하다. 각자에게 허용된 몇 센티의 공간은 관(棺)과 다를 바 없다.

　숨이 막혀도 참는다. 고등학교 땐 더 좋은 대학을 가고 싶었고, 대학에 들어와서는 더 좋은 곳에 취직하고 싶었다. 방학 때는 아무것도 하지 않으면 불안했고, 습관처럼 할 일을 찾곤 했다. 하지만 미래를 위해서 해야 한다고 마음먹었던 일을 할수록 더 불안해졌다. 이상했다. 그런 생각을 했다. 좋은 직장에 취직하면 그것으로 끝날까. 뫼비우스의 띠처럼 영원히 난 이 길을 돌고 있는 건 아닐까. 꿈을 확실히 가져야 한다는 강박증에 시달렸고, 그 사이에서 아무것도 하지 못하는 실망감에 길을 잃어갔다. 길을 잃지 말아야 한다는 의무감이 나를 주저앉게 만들었다. 어디로 가야 할지 모르겠지만 어딘가로는 무조건 나아가야만 하는 내 인생이 불쌍했다. 낙오자가 될까 봐 두려웠다.

　종종 가슴이 터질 정도로 쿵쾅거렸고, 가끔 조절할 수 없는 신경질이 났다. 길을 걷다 먹먹함에 젖어 잠시 멈추기도 했고, 세상이 꺼질 듯한 우울함에 이불을 뒤집어썼다. 이유 모를 것들이 아프게 했다. 불현

듯 발생한 충치처럼 사소하게, 손끝에 박힌 가시처럼 찌릿하게. 무시할 수 없는 고통이 끊임없이 괴롭혔고 나는 고통을 계속해서 인식했다. 생각했다. 이제 그만 쉬고 싶다고.

그 무렵 나에겐 이상한 징후가 찾아왔다. 어느 날부터 불 꺼진 방 안에 누우면 벽을 타고 소년들의 대화가 들려왔고, 나도 모르게 벽에 귀를 갖다 대었다. 소설 『갑을고시원 체류기』의 고시원에 사는 주인공이 "가사는 전혀 알아들을 수 없고 그저 음악이 나오는구나 정도를 알수 있는 〈쟁쟁쟁쟁〉"을 듣듯, 나는 소년들의 대화를 〈쟁쟁쟁쟁〉 엿들었다. 얼굴 한 번 보지 못한 소년들의 목소리만 안다는 것은 묘했다. 그래, 정말 이상한 일이었다.

무슨 이유에서인지 소년의 부모님은 밤에 집으로 들어오지 않았다. 옆집 소년은 친구와 매일 밤을 지새웠다. 어떤 날엔 시끄러운 음악을 틀었고, 어떤 날엔 욕설을 섞어가며 화를 냈고, 어떤 날엔 야한 얘기로 낄낄댔다. 과격하고 외설적이었던 그 대화들이 애처로웠다면 웃긴 얘기일까. 얇은 벽을 두고 우리는 공존했다. 깊은 밤, 얕은 아침, 그 순간, 그 공간 안에서, 소년들도 나도 잠을 자지 못하고 깨어 있는 것은 그렇다. 애처로운 것이었다. 그리고 그런 생각이 들자 알 수 없는 위로를 받았다.

나만 외롭다고 여겼다. 모두들 제 갈 길을 잘 걸어가는데 발걸음을 떼지 못하는 나는 바보 같았다. 자괴감이 들었다. 스스로를 파괴하고 있는 자의 심정. 자살과도 같았다. 낭떠러지 위에 선 소년들의 대화를 들으며 나만 위태로운 것이 아니라고 느꼈다. 일종의 동질감이었다. 동시에 타인의 불행에 안도하는 내 모습을 보며 비겁하다는 감정을 배웠다. 위로받았고, 그랬기에 비겁했다.

1센티 두께의 베니어로 나뉜 칸칸마다 빼곡히 남자나 여자들이 들어차 있다. 그 속에서 다들 소리를 죽여 가며 방귀를 뀌고, 잠을 자고, 생각을 하고, 자위를 한다. 살아간다. 생각할수록 그것은 하나의 장관이다. 뭔가 통해 있고, 비릿하고, 술렁이는 느낌이다. 어쩌면 이것은 세포막이 아닐까? 베니어의 벽에 손을 얹은 채, 나는 상념에 잠기고는 했다. 문은 늘 잠겨 있고, 창문은 없다. 그저 질식을 하지 않는 것이 신기할 따름이다. ― 「갑을고시원 체류기」 중에서

그 소년은 이제 없다. 일 년 전 그 식구들이 이사를 갔기 때문이다. 그날, 소년이 없는 밤은 무척이나 고요했던 것으로 기억한다. 정적이 낯설기도 했다. 친구와 헤어지게 된 소년은 지금 무엇을 하고 있을까. 외로워하고 있을까, 괴로워하고 있을까. 바라건대, 나는 그 소년이 행복했으면 좋겠다. 가족이 도란도란 누워 내가 아닌 그들이 소년의 이야기를 들었으면 좋겠다.

나도 이제 그만 이불을 박차고 다시 길을 걸으려 한다. 여전히 나는 길을 잃고 혼자 남겨지는 것이 두렵다. 그렇지만 길을 잃은 것이 아니라 새로운 길을 발견하고 있는 중이라고 생각해보면 어떨까.

어쩌면 나는 여전히 그 밀실 속에서 살고 있다는 기분이다. 또 혹시, 우리가 소유한 이 모든 것들이 실은 〈286 DX-Ⅱ〉와 같은 것들은 아닐까 걱정이다. 물론 그럴 리는 없겠지. 이 모든 것들은 나나 당신에게 실로 소중한 재산이고, 또 우리는 누구나 그것을 모으고 지키기 위해 살고 있을 테니, 말이다.

어쨌거나 그 특이한 이름의 고시원이

아직도 그곳에 있었으면 좋겠다

이 거대한 밀실 속에서

혹시 실패를 겪거나

쓰러지더라도

또 아무리 가진 것이 없어도

그 모두가 돌아와

잠들 수 있도록

그것이 비록

웅크린 채라 하더라도 말이다.

  - 「갑을고시원 체류기」 중에서

이하동문이다.

지금 창밖으로 보이는 하늘은 흐리다. 날씨 매우 흐림. 습도는 아주 높다. 바람 한 점 불지 않아, 온몸은 찝찝하고 덥고, 아무튼 그렇다. 어떻게 살아야 되는지 잘 모르겠다. 그런 것을 가르쳐주는 안내서가 있다면 좋겠다고 생각해본 적 있지만 그것 또한 좋을지는 의문이다. 희뿌연 구름 가운데 간간이 햇빛이 머물다 간다. 매미 소리가 〈쟁쟁쟁쟁〉 들린다.

『갑을고시원 체류기』 : 슬프고 기쁘다. 박민규의 소설은 언제나 그 언저리 어딘가를 서술한다. 암울한 현실에 대해 적으면서도 위트를 잊지 않는다. 갑을고시원. 갑을고시원이라. 이름 한번 잘 지었다. 그 고시원 이름을 보며 계약서에 나오는 갑과 을의 관계가 떠오르는 건 비단 나뿐만은 아닐 것이다. 이 시대 대다수는 '을'로 살다 '을'로 죽는다. 그리고 어느 아무개의 '을'이 있었다는 기록조차 없이 사라지겠지. 그럼에도 이 세상은 모든 '을'에 의해 돌아가는 건 이상한 일이다. 이 소설은 고시원에 사는 그런 '을'들의 이야기다. 심 미 영

연(燕)

『인연』, 피천득

어릴 적 당신 집에 가면 유달리 좋아하던 것이 있었습니다. 그건 처마 밑에서 더부살이하는 제비들이었습니다. 금방이라도 떨어질 것 같은 처마의 흙들이 위태한지도 모르고 그들은 그곳에 자리 잡고 살고 있더군요. 어미 제비, 아비 제비 할 것 없이 제 새끼 먹일 먹이 찾으러 날아다니는 그 모습이 너무나 보기 좋았습니다. 하늘을 수놓고 있는 고추잠자리와 제비들을 보고 있으니 나도 역시 하늘을 날 수 있을 것 같았습니다. 대청마루에 누워 제비집의 제비를 바라봤습니다. 아직 제 털을 가지지 못해 날지 못하는 아기 제비들이 연신 배고프다며 지저귀는 소리를 듣고 있으면, 나 또한 같이 지저귀고 있었습니다. 그러면 당신은 서툰 솜씨로 닭을 삶아 제게 내놓으셨습니다. 어린 맘에 그것이 왜 그리 싫었던지 당신이 내놓은 닭을 조금 먹고는 먹지 않았습니다. 할머니가 아닌 당신 손으로 해서일까요. 내게 할머니라는 존재가 없는 당신 집이 싫었습니다. 다른 집처럼 할머니가 있으면 하고 바라고는 했습니다. 언제나 나를 보고 환하게 웃는 당신을 보고 있어도 말이죠.

당신의 모습은 짝 잃은 비익조와 같았습니다. 한쪽 눈과 한쪽 날개만을 가지고 있어 짝이 없으면 날지 못하는 새의 모습이 당신이었습니다. 당신은 날지 못해 슬피 울고 있는데 나는 당신의 그 아픔을 이해하지 못했습니다. 그저 재 너머 있는 다른 비익조 한 쌍인 외할아버지, 외

할머니가 어서 빨리 나를 데려가기를 바랐습니다. 그들은 당신과 달리 온전히 하늘을 날 수 있는 새였습니다. 그 비익조들이 나를 데리러 왔을 때 당신은 웃으며 나를 보냈습니다. 그렇지만 당신의 눈은 웃고 있지 않았습니다. 다시 눈 속에 깊은 외로움을 들여놓고 있을 뿐이었습니다. 나는 왜 당신의 웃음을 보면서 당신의 눈을 보지 못했을까요. 당신의 하나뿐인 날개로 나에게 어서 가라고 하던 날갯짓에 담긴 당신의 외로움을 보지 못했을까요.

초등학교 4학년 때 학교를 마치고 집에 오니 당신이 와 있었습니다. 그런데 당신은 내가 알던 모습이 아니었습니다. 항상 나를 웃으며 반기고 안아주던 당신이 아니었습니다. 두 번의 폐암수술 실패로 당신의 몸은 죽어가고 있었습니다. 그래서 당신은 그저 누워만 있었습니다. 그러나 나는 그것을 알지 못했습니다. 당신의 몸은 썩어 들어가고 있지만 당신은 내게 아프다고 하지 않았습니다. 그저 담담하게 나를 쳐다보며 미소 지을 뿐이었습니다. 그날 저녁에 아버지와 어머니가 싸우는 소리가 들렸습니다. 나는 누워 있는 당신 곁에 앉아 있었습니다. 차남인 아버지가 왜 당신을 모시냐며 어머니가 역정을 냈습니다. 당신은 내 손을 잡고는 괜찮다는 표정을 지으며 나를 안심시켰습니다. 그렇지만 당신의 눈은 그렇지가 않았습니다. 너무나 슬픈 외로움을 눈 속에 감추고 있었습니다. 어머니를 이해하십시오. 어머니는 당신과 당신의 새 아내가 주었던 아픔이 너무나 컸기에 당신의 대한 미움이 그만큼 컸을 겁니다. 당신의 어린 제비들에게 부담이 되기 싫어서였을까요. 어머니와 아버지의 싸움이 있고 며칠 후 다시 당신은 당신의 집으로 돌아갔습니다.

겨울이 끝나가는 2월에 당신을 찾아갔습니다. 당신이 물어다 주던 먹이를 먹던 어린 제비들이 이제는 당신을 돌보고 있더군요. 당신의 남은 숨이 얼마 남지 않았을 때 제비들은 당신 곁에 머물렀습니다. 왜 그들은 당신이 많은 숨을 가지고 있을 때 돌아오지 않았을까요. 누워 있는 당신 곁에 앉아 당신의 팔과 다리를 주물렀습니다. 내 손에 담기는 감각은 살아 있는 사람이 주는 생기가 아니었습니다. 이미 암세포가 온몸에 퍼져 당신의 몸은 썩은 고목나무마냥 푸석푸석해져 있었습니다. 당신의 온몸은 부어 있고 살짝만 손대도 그대로 바스라 버릴 것 같았습니다. 이미 당신의 몸은 생기가 빠져나가고 죽음의 문턱 앞에 다다라 있었습니다. 그날 당신의 친구가 찾아왔습니다. 그는 당신과 달리 생기를 가지고 있더군요. 그는 웃으며 당신에게 농담을 건넸습니다. 당신은 그 농담에 답하며 웃더군요. 당신과 그가 살아온 시간은 죽음 앞에서도 그렇게 담담함을 가질 수 있는 시간이었던 것 같습니다. 그가 당신 몸을 주무르고 있는 나를 보며 비켜보라고 했습니다. 그렇게 주물러서 시원해지겠냐면서요. 그가 당신 몸 위로 올라가 발로 세게 주물렀습니다. 당신은 웃으면서 친구에게 아프다고 화를 냈습니다. 그게 내가 본 당신의 마지막 웃는 모습이었습니다.

다음 날 학교에서 수업을 듣는데 집에서 연락이 왔습니다. 당신이 세상을 떠났다고요. 정신없이 가방을 챙겨서 집으로 달려갔습니다. 그러고는 어머니, 아버지와 함께 당신 집으로 갔습니다. 겨울의 마지막 끝자락의 동장군은 당신의 남은 생기를 뺏어가고 차가운 육신만을 남겨두었습니다. 전날 당신은 분명 나를 보고 웃고 있었는데 당신은 조용히 잠만 자더군요. 생전에 그렇게 바빠 아기 제비들을 위해 먹이를 구하러 다니기만 한 당신이었습니다. 그 떠나가는 길에 그들이 처음으로 당신 앞에 다 모였습니다. 당신이 짝 잃은 비익조가 됐을 때도 고향 떠나 돌아오지 않던 제비들이 말입니다. 나와 함께 제비들은 당신을 겨울의 차가운 눈 위에 묻고는 다시 고향을 떠나갔습니다. 그리고 당신은 차가운 겨울바람에 의지해 다른 한쪽 날개와 한쪽 눈 곁으로 날아갔습니다.

올해 여름 당신이 잠든 곳을 이발해드리기 위해 찾아갔습니다. 당신의 집에 짐을 풀고 잠시 쉬고 있을 때 제가 좋아하던 제비들이 떠올랐습니다. 그래서 대청마루에 누워 처마 밑을 보았습니다. 그런데 언제나 그곳에 자리 잡으며 살고 있던 제비들이 돌아와 있지 않았습니다. 텅 빈 당신의 집과 같이 제비집 역시 비어 있었습니다. 돌아오지 않는 제비들을 생각하며 당신을 생각했습니다. 왜 제비를 생각하며 당신을 떠올렸는지 모르겠습니다. 그저 당신을 생각하면 새끼들 먹일 먹이 찾으러 하늘을 날아다니던 제비들이 생각나서였나 봅니다.

『인연』 : 정규 교과과정을 거쳤다면 피천득을 모르는 이는 없을 것이다. 그리고 한국 수필문학의 백미라 불리는 그의 수필집 인연을 들어보지 않은 이 역시 없을 것이다. 달리 말할 필요가 있을까? 그냥 읽으면 된다. 눈으로 보지 말고 마음으로 읽으면 되는 책이다. **김 영 진**

하지 못한 말

『눈길』, 이청준

내가 상기할 수 있는 기억의 공간 속에는 아직 채워지지 못한 기억이 있습니다. 생각하면, 너무나 쉬울 수 있는 일인데도 아직 한 번도 하지 못한 일입니다. 속으로 수백 번 되뇌어보고 실행도 해보지만, 막상 현실에서는 쉬운 일이 아닙니다. 기억해보면, 그 누구에게도 해보지 않았던 일인 것 같습니다.

당신이 참 강하다고 느꼈습니다. 마징가Z가 무쇠 팔 무쇠 다리를 가진 것처럼 당신도 역시 그럴 것이라 생각했습니다. 그리고 자식을 위해서라면 무서운 것 없고, 거칠 것 없는 당신의 모습을 당연한 듯 여겼습니다. 근데 어제 저녁을 하시는 당신의 뒷모습을 보는데, 젊었을 때 그 모습들이 많이 바래져가고 계시더군요. 가끔씩 안마를 해드리면 제 손 끝에 전해지는 것은 마른 장작마냥 말라버린 몸에서 전해지는 삶의 시간과 고생입니다. 매 순간 그것을 잊지 않으려 하지만, 참 자식이라는 놈들이 웃긴 것이 그러한 것들을 너무도 쉽게 잊어버리더군요. 젊음을 자식들에게 빼앗겨버린 뒷모습을 보며 너무 식상한 생각이지만, 참 당신도 '엄마'이기 이전에 '여자였지'라는 생각이 들었습니다.

먼지 뒤덮인 앨범 속 사진에 베이지색 레인코트로 한껏 멋을 낸 당신이 있습니다. 당신 역시 그 당시 또래처럼 음악다방에 가서 DJ에게 수줍게 신청곡을 건네기도 하고, 가을날 떨어지는 낙엽만 봐도 눈물 흘릴 줄 아는 사람이었을 겁니다. 그런데 이제는 누군가 자신의 이름을 부르면 그것이 제 이름인 줄도 모르고 무심히 흘려 넘기고는 양손 가득 짊어진 짐을 무거운 줄도 모르고 당당히 걸어갑니다. 어느새 '엄마'와 '아줌마'라는 호칭이 제 이름이 되어버린 사람. 늙어가는 제 몸뚱이가 여기저기 아프다 얘기해도 자식새끼 아픈 것 먼저 걱정하고, 배 곯을까 끼니 걱정하는 사람만이 있습니다. 자신이 잃어버린 것이 어떤 것인지도 이제는 가물가물해져, 그저 늙음을 탓하는 사람. 꽃 한 다발보다, 누군가 주는 마늘과 고추에 더 기뻐하는 사람이 되어버린 당신입니다.

〈인간의 조건〉이라는 예능프로그램을 보는데, 출연자 중 한 명인 개그맨 김준호 씨가 호스피스 병원을 간 모습이 나오더군요. 이 호스피스 병원의 환자 한 분이 자신의 아내에게 보내는 편지를 낭독했습니다. 남편은 어느새 부인의 이름을 잊어버리고 누구 엄마, 야, 여보라는 이름만을 부른 자신을 용서해달라고 했습니다. 그리고 생애 처음으로 아내에게 고맙다는 말을 하는데, 아름답기보다 아프게 다가왔습니다. 왜 그리 그 모습이 슬퍼 보였는지, 텔레비전을 보다가 저도 모르게 눈물을 흘렸습니다. 생의 끝자락에 와 닿았을 때가 돼서야 내뱉은 그 말. 살면서 수백, 수천 번이고 외칠 수 있는 말이었는데도, 쉽게 내뱉지 못했다고 이야기하는 것 같았습니다.

그분의 모습을 본 김준호 씨가 같이 출연하는 동료 개그맨들에게 전화해서 부모님께 사랑한다고 이야기하라고 했습니다. 모두들 왜 그러냐고 되묻기는 했지만, 다들 그 말에 따랐습니다. 김준현 씨도, 양상국 씨도 부모님께 전화했지만, 쉬이 그 말을 내뱉지 못하고 말을 빙빙 돌리다 이야기하더군요. 참 그 마음 충분히 이해가 갔습니다. 혼자 거울을 보며 수백 번 연습하고 이야기해봤지만, 막상 말하려니 입안에서 사랑한다는 말이 뛰처나가지 못했으니까요.

어머니의 마음이라는 곡의 가사를 볼 때면, 마음이 뭉클해집니다. 가사에 들어 있는 어머니 마음은 세월이 흐르고, 시대가 바뀌고, 세상이 변해도, 변함이 없는 것 같습니다. 당신 역시, 가사 그대로의 삶을 살아가고 계시니까요. 어렸을 때 아버지만이 아니라, 당신도 참 커 보였습니다. 그런데 제가 커가는 만큼 당신의 키가 줄어들어가네요. 제 걱정에 당신의 주름살이 하나씩 더 늘어납니다. 당신과 따뜻한 밥 한 끼 같이하는 것보다, 친구들과 술 마시는 것을 더 좋아하는 저인데도 자식이라고 걱정하십니다. 어쩌다 가뭄에 콩 나듯, 제가 해드리는 음식에 기뻐하는 당신입니다. 친구자식들이 어버이날이라고, 생일이라고 값비싼 선물을 해줘도 내게 부러운 내색 한 번 하지 않은 당신입니다. 그런 당신에게 당연한 듯 받기만 하고 돌려드리지 못할까요. 왜 당신에게 '사랑합니다', '감사합니다'라는 말을 쉬이 할 수 없을까요. 너무나 당연하게 당신이 주는 것을 받아왔기 때문일까요. 참 죄스러운 생각밖에 들지 않습니다.

『눈길』 : 이청준의『눈길』은 사람을 울게 하는 글이 아니다. 그저 먹먹하게 사람 마음에 깊은 각인을 새긴다. 언뜻 눈길 위에 새겨진 발자국처럼 금방 사라질 듯 보이지만, 끊임없이 새로운 발자국을 만들어내는 눈길과 같다.

📖 김 영 진

음식

Talk
about
Food

중국집에서

김선기 · 임하늘

선기: 하늘아, 안녕? 밥 먹었니?

하늘: 볼일 본다고 밥은 아직 못 먹었네요.

선기: 아직이구나, 마침 지금 밥 먹으러 가는 길인데 같이 갈까?

하늘: 좋아요! 저도 밥 같이 먹을 사람이 없어서 삼각 김밥 이나 먹으며 궁상 피우나 했는데.

선기: 나도 마찬가지. 혼자 밥 먹는 것도 이젠 익숙하지만 그래도 여간 적적한 게 아니라서 말이야.

하늘: 완전 공감! 그럼, 오늘의 메뉴는? 저는 삼각김밥만 아 니면 다 좋아요!

선기: 짜장면 어때.

하늘: 콜입니다. 그럼 제가 맛있게 하는 중국집을 아는데 그 리로 가죠.

선기: 좋았어. 기대하겠어. 어서 길을 안내하라 해~

(인근 중국집)

선기: 음, 나는 짜장 곱빼기. 넌?

하늘: 저는 짬뽕!

선기: 그래 중국집에서는 짜장과 짬뽕이 진리지. 여기 주문 이요.

(음식을 기다리며)

선기: 요즘엔 중국요리가 정말 당겨. 기본적인 짜장, 짬뽕, 볶음밥 말고도 맛있는 음식이 정말 많은 것 같아. 혹시 달리 좋아하는 중국요리라도 있어?

하늘: 음, 탕수육? 그것도 기본적인 거에 속하려나? 사실 달리 생각나는 메뉴는 없네요.

선기: 탕수육은 중국집에서 완전 기본 중에 기본 음식이지! 그런 거 말고 가령 중국집마다 조금씩 다른 요리법으로 그 맛이 매력인 광동밥이나 쎈 불에 순식간에 당면을 볶아 부드럽고 찰진 당면이 일품인 잡채밥, 닭 육수에 살코기는 잘게 찢어놓은 기스면, 이름에 잡채라는 말이 들어가서 흔히 당면이 있을 거라 예상하지만 정작 당면은 없고 꽃빵에 한 점씩 싸 먹는 고추잡채 등등 잘 찾아보면 정말 맛있는 게 많아.

하늘: 우와! 설명만 들었는데 마치 풀코스 요리를 다 먹은 기분이에요. 자꾸 침이 고이네요. 사실, 저는 중국집 하면 짜장면, 짬뽕밖에 안 떠올라요. 신속, 번개 배달이 모토인 그런 곳……. 근데 중국집에도 정성을 들여 나오는 음식들이 많네요.

선기: 음, 사실 중국집도 다 제각각이긴 할 거야. 나름 난 중식 마니아라서, 중식덕후랄까. 하지만 중요한 건 돈이 없어서 정작 짜장면만 먹는다는 사실…….

하늘: 그래도 짜장면 시켜 먹는 날은 그나마 뭐 좀 챙겨 먹었다 싶은 날인데. 저는 보통 학교 구내식당 아니면 토스트나 김밥 같은 걸로 밥을 때우거든요. 돈도 없는데다 여유롭게 밥 먹을 수 있는 날이 별로 없다 보니 거의 패스트푸드랄까.

선기: 맞아 짜장면 값도 부담스럽긴 해. 보통 한 그릇에 오천 원 정도 하니깐. 밥 한 끼 오천 원에 망설여지는 현실이 슬프다.

하늘: 그래서 제가 중국집 메뉴들을 잘 모르는 걸지도!

선기: 음 진짜 그러려나. 근데 좀 뜬금없긴 한데, 난 항상 짜장면을 먹을 때면 짜장면이 중식의 한식화인가 한식의 중식화일까 이게 궁금해. 물론 닭이 먼저냐 달걀이 먼저냐 같은 식의 의문일 수도 있겠지만 말이야. 하늘아 넌 어떻게 생각해?

하늘: 음……. 잘 모르겠네요. 그건 한국과학기술원에 의뢰해보는 것이…….

선기: 우스운 생각이지. 사실 요리에 국적을 부여한다는 게 요즘 같은 세상에 큰 의미가 있는 것 같지도 않고. 그래도 나는 그 사물의 기원이 어딜까 하는 의문은 가끔 드는 거 같아.

하늘: 저도 그런 비슷한 생각들을 한 적 있어요. 가령, '김밥천국 아주머니들이 못 만드는 음식은 무엇인가'나 '학식(학교 구내식당)은 싸서 맛이 없는가 맛없어서 싼가'가 한국 대학생들의 중대한 의문사랄까. 뭐 이런 식으로요.

선기: 어라, 그것도 정말 난제인데? 근데 김밥천국 아줌마들은 못 만드는 음식은 없되 잘 만들지도 않는 거 같아. 학식은……. 내 생각엔 싸서 맛이 없는 것 아닐까? 아무래도 음식에서 가장 중요한 것은 재료니까! 그런데 학교에선 싸게 팔아야 되니 재료값이 낮아서 맛이 없는 거고. 그 말이 그 말인가?

하늘: 점점 골치 아파지는 것 같네요.

선기: 그래 의식의 흐름은 여기까지 끝내는 걸로. 아, 그런데 옆 테이블 탕수육 보니까 갑자기 먹고 싶다! 다음에 내가 취직…… 까지는 무리고, 용돈 받으면 탕수육 한 번 먹자!

하늘: 저 알바 하는 여잡니다! 월급 들어오는 날 제가 쏠게요! 단, 그날 하루만 가능해요. 알바비는 통장을 잠시 스쳐 지나가는 나그네라…….

선기: 그래그래 조만간이겠네! 음식 나왔다. 이제 먹자!

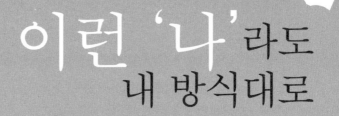

이런 '나'라도
내 방식대로

그러니 나를 좀 제발 그냥 놔두시오!

『좀머 씨 이야기』, 파트리크 쥐스킨트

우리가 아침 8시에 여전히 잠에서 덜 깬 모습으로 학교에 갈 때면 벌써 몇 시간 전부터 걸어 다니고 있는 기운찬 모습의 그와 종종 마주칠 수 있었다. 점심때쯤 지친 발걸음으로 집을 향해 갈 때면 어느새 그가 나타나 활발한 걸음으로 우리들을 앞서서 걸어가곤 하였다. 그리고 저녁에 잠자리에 들기 전에 창문 밖을 쳐다보면 호숫가에 그의 깡마른 모습이 그림자처럼 나타나 서둘러 앞으로 걸어가고 있는 것을 나는 볼 수 있었다. – 『좀머 씨 이야기』 중에서

좀머 씨에게는 길쭉하고 구부러진 호두나무 가지로 만든 지팡이가 있다. 크기가 아저씨의 어깨를 넘겼고, 제3의 다리 역할을 해낸다. 희영 어린이에게는 검고 뭉툭하지만 발등 조임 부분을 채우는 부분, 그러니까 발등과 발목의 버클이 유독 다부진 인라인 스케이트 한 켤레가 있었다. 좀머 씨는 이른 아침부터 저녁 늦게까지 사는 곳 근방을 걸어 다니지 않는 날이 없었다. 그러한 끝없는 방랑의 이유를 아는 사람은 아무도 없었다. 희영 어린이는 열세 살, 그러니까 초등학교 6학년이었다. 그 적은 나이에도 매일 빠지지 않고 인라인 스케이트를 탔는데, 아파트 단지 내 주차장의 긴 통로를 쉴 새 없이 누비는 식이었다.

좀머 씨와 희영 어린이는 무언가에 홀려 있는 듯하지만 마냥 얽매이진 않은 모습에서 닮은 점이 있다. 정확히 10년이 지난 지금, 필자가

해명하는 희영 어린이, 즉 어린 나의 모습은 이러하다. 어렸을 당시 인라인 스케이트를 탔다는 것은 당시 나에게 꼭 필요한 기본적인 욕망, 그 다음 단계의 행위랄까? 소위 자유의 욕구—자유분방, 방랑, 혹은 노마드(Nomad)라고 해도 좋겠다—라고 일컫는, 나만의 본능을 충족하기 위함이었다고 말하고 싶다. 고작해야 취미를 묻는 공란에다 '인라인 스케이트를 즐겨 탐'이라고 적는 수준이 아니란 말이다. 욕망을 넘어선 그 이상의 의미를 가진다고 거듭 강조하고 싶다.

어떤 경로로 유입(?)되었는지 기억나지 않는다. 하지만 당시 내 성향을 말해준 키워드인 활동과 자유에 아주 어울리는 녀석이었다. 네 개의 작은 바퀴가 달린 어린이용 인라인 스케이트. 투명한 고무바퀴에 플라스틱 몸체라지만, 그 묵중한 무게와 흑색의 자태는 어린 내게 무엇을 보장해줄 것 마냥 튼실함을 자랑했다.

활동성이 가장 극에 다다랐던 열세 살, 아주 추웠던 겨울철 말고는 아스팔트와 콘크리트 바닥 위를 누볐다. 쉭—쉭—. 속력을 낼수록 귓가에 바람소리가 거세게 스며들었다. 모래나 흙이 있는 곳은 경쾌하게 달릴 수 없었다. 그래서 아파트 단지의 야외 주차장을 택했다. 가장 즐겨 탔던 때는 오후 3시에서 4시 사이. 주차된 차가 많이 없던 그 시각, 나만의 경로를 활주하듯 만끽하곤 했다. 방해하는 것이 없으니 한 발로 오래 타기, 곡선 타기, 무릎 굽혀 뛰어넘기 등의 '내 맘대로 기술'을 맘껏 구사해볼 수 있었다. 그러나 예방하지 않은 사고들이 덜컥 일어나기 십상이었다. 아스팔트 바닥 위에 철퍼덕 하고 넘어져도 까짓것 툭툭 털고 일어나면 그만이었다(하긴, 그때나 지금이나 여전히 조심성 없고, 칠칠치 못하다). 양쪽 다리의 수많은 상처들은 평생을 함께할 흉터로 깊이 새겨졌다. 아파트 뒷산의 자그마한 흙색 언덕이며, 멀리 보이는 녹색 나무들이 쓰라린 상흔을 대신해서 울어주는 듯했다. 그래서 나는 금세 달달한 기분을 안고 나는 또 달렸다.

나무 위는 늘 조용하였으며 사람들의 방해를 받지 않았다. 듣기 싫은 엄마의 잔소리도 없었고 형들의 심부름 명령도 그 위까지는 전달되지 않았으며, 단지 바람이 부는 소리와 잎사귀들이 바스락거리던 소리, 줄기가 약간 삐걱거리던 소리…… 그리고 먼 곳까지 훤히 내다볼 수 있는 탁 트인 시야가 있을 뿐이었다. ─『좀머 씨 이야기』중에서

방해받지 않고 만끽할 수 있는 자유로움이 좋았다. 구애도 규율도 없는 지속성 덕에 힘껏 내달릴 수 있었다. 그렇게 꾸준히 하체단련이 될 즈음이었다. 속도 조절이며 커브를 돌 때의 각도, 발뒤꿈치로 브레이크를 어느 정도 조절해야 하는지에 대해 능숙해질 무렵이기도 했다. 시간이 꽤 흘렀고 나는 교복을 입어야만 하는 나이가 되었다. 주차장을 벗어나 간혹 동네 시립도서관까지 경로를 탐하던 시기였다. 아파트를 벗어나 확장을 모색할 즈음, 무엇엔가 규제받고 있다는 느낌이 들었다. 한 살 더 먹었을 뿐이었는데 제도와 형식, 교복과 타인의 시선이 옥죄는 '의식'을 체험하게 됐다. 그즈음 나는 눈치 본다는 게 어떤 것인지도 알게 되었다. 경쟁한다는 게 더욱 선명해진 공간에서 일상은 반복되었다. 자유가 점차 증발되는 듯했다. 시간이 흐르고 그 정도가 두터워졌다. 신발장을 열어볼 때마다 배드민턴 채 옆에 나란히 잠자고 있는 인라인 스케이트를 쓰다듬었다. 내 자유와 욕망의 실현은 그렇게 오래도록 밖을 나오지 못했다.

인라인 스케이트는 내 유년의 자유로움과 동일성을 띤, 분신이자

친구였다. 표면에 여실히 드러나지 않지만 나를 조금 아는 이들이 하나같이 입을 모아 말한다.

"너의 내면에는 자유분방 그 자체로 가득하구나. 안주하거나 완벽하기 보다는 자유로움을 추구하는 애야."

당구공같이 생긴 수백만 개의 우박이 떨어지는 나쁜 날씨에도 좀머 씨는 반듯하게 걸어간다. 잰걸음으로 혼자 걸어갈 뿐이다.

"좀머 씨! 차에 타세요! 태워다 드리겠습니다! 그러다가 죽겠어요!"

그리고 좀머 씨와 희영 어린이가 입을 모아 말한다.

"그러니 나를 좀 제발 그냥 놔두시오!"

『좀머 씨 이야기』 : 누구에게나 존재하는 유년 시절을 다시 태어나게 해주는 이야기. 마냥 부드럽거나 유한 이야기는 아니라서 더욱 관찰해볼 수 있는 시간을 선사해준다. 그 시절 나를 둘러싼 것들, 나와 함께한 것들 혹은 나를 지배한 그 무엇과 잠깐의 스침도 소중한 시간으로 자리하고 있음을 건드려준다.

📖 김 희 영

라면 예찬론자

『크로스2』, 정재승 · 진중권

　자정을 넘긴 시간, 방안에서 산더미처럼 쌓인 과제에 파묻혀 눈코 뜰 새 없이 바쁜 나와 그와 달리 거실에서 밀린 드라마를 보며 웃기 바쁜 언니. "그러게 진즉 좀 하지."라고 무심히 말하고서 언니는 드라마에 시선을 고정하며 종일 쌓인 피곤을 날려 보내고 있다. 하지만 드라마 한 편이 채 끝나기 전에 언니는 다시 방문을 열어 군침 넘어가는 한마디를 던진다.

　"라면 두 개 끓일까?" 그 말이 채 끝나기도 전에 나는 "만두랑 달걀도 넣어서!"라고 외친다. 그렇다. 하루를 넘기는 그 시간, 든든하게 저녁을 먹었음에도 내 배는 점점 꺼져가고 어김없이 꼬르륵 소리가 들려오기 시작한다. 그때 마침 생각나는 것은 라면이었으니, 이에 언니와 나는 두말할 것 없이 본능적으로 가스레인지 앞에 서서 물 받은 냄비를 올린다. 과연 누가 한밤의 라면을 거부할 수 있을까?

　아빠, 엄마, 언니 세 명과 나, 이렇게 여섯 식구로 이루어진 우리 가족은 유난히도 별미로 면 요리를 자주 찾았다. 다른 가족에 비해 가족 수가 많았던 우리 가족에게 별미의 조건은 간단했다. 손이 많이 가지 않으면서도 간단한 요깃거리가 되어야 할 것, 그리고 이왕이면 넉넉하게 양의 배분이 되어야 할 것, 딱 그 세 가지였다. 이러한 조건을 가장 잘 맞는 게 바로 면 요리였다. 일요일 점심이 되면 엄마는 늘 면 요리를

해주곤 했다. 늦은 아침을 먹은 뒤 점심을 먹기도, 그렇다고 안 먹기도
어중간한 시간이 되면, 어김없이 엄마는 늘어지게 낮잠을 자고 난 후
뻐근해진 몸을 이리저리 풀며, 곧장 부엌으로 가 큰 냄비에 물을 가득
올렸다. 이내 물이 팔팔 끓으면 라면 봉지 몇 개를 뜯어 탈탈 털어 넣
는다. 그러고는 면이 익을 때까지 파나 양파를 썰었다. 면이 충분히 익
으면 서둘러 스프를 넣었다. 그러고는 집게로 이리저리 면을 휘저어본
다. 그 뒤를 이어 바로 투하되는 것은 달걀이다. 달걀을 냄비 속에 터뜨
려 넣은 뒤 달걀 형체가 보이지 않을 정도로 국물 속에 풀어버린다. 그
뒤 마지막은 늘 그렇듯 양파와 파가 순서였다. 양파를 넣으면 라면의
기름기를 잡아준다며, 엄마는 그 간단한 조리에도 건강상의 이유를 내
세웠다. 온 가족이 큰 냄비를 중간에 두고 한 상에 둘러앉으면 괜히 온
집안이 뜨거운 기운으로 가득 차는 듯했다. 수저를 들기 전 아빠는 늘
그렇듯이 '우정의 무대'나 '전국 노래자랑'에 채널을 고정해놓으신다.
일요일 점심, 후루룩 면발 넘기는 소리와 함께 송해 아저씨의 목소리
가, '그리운 어머니' 노래와 섞여 울린다.

　　내가 수능성적표를 받던 날이었다. 예상보다 낮게 나온 성적에, 쉽
사리 가족에게 말하지도 못하고 혼자 방안에서 앓고 있었다. 아빠와
엄마는 시골에 내려갔고 집에는 셋째 언니와 나만 남아 있었다. 저녁
도 먹지 않고 방안에 노래만 가득 울리게 틀어놓은 뒤 울다가 잠들다
가 그랬던 것 같다. 평소 무뚝뚝하여 쉬이 위로하는 법이 없던 언니는
그래도 내가 신경 쓰였던지 괜스레 방문을 빼꼼히 열어 눈치를 살폈
다. 나는 자는 척 이불을 뒤집어쓰고선 아무 말도 하지 않았다. 그러자
언니곤 조용히 방문을 닫았다. 그리고 몇 분이나 흘렀을까 언니는 다
시 방문을 열고 "니 꺼까지 라면 끓인디."라고 내뱉고선, 내 대답은 들

지도 않은 채 방문을 다시 닫아버린다. 슬픈 와중에도 배는 고파온다는 걸 언니는 이미 알고 있었나 보다. 아니면 내가 늦은 저녁 라면에 약하다는 것을 잘 알고 있기 때문이었을지도 모르겠다. 냄비를 가운데 두고 마주 앉은 언니는 내게 아무렇지도 않게 이야기했다. "라면 뿐다. 어서 먹어라. 그리고 니가 못 쳤으면 남들도 다 못 친 기다." 그게 사실이든 아니든, 언니는 언니만의 방식으로 그리고 우리만의 방식으로 날 위로해주었다.

노벨 행복상이라는 게 존재한다면 최초의 수상자로 자장면 개발자와 함께 인스턴트 라면 발명자를 추천하고 싶다. 단 돈 몇백 원에 한 끼의 '따뜻한 식사'를 맛볼 수 있다는 것은 기적에 가까운 일이다. —『크로스2』 중에서

밥에는 밥만이 가지는 따뜻함이, 라면에는 라면만의 따뜻함이 존재한다. 한 솥에 끓여져 하얀 김이 뿜어지는 라면은 종종 기억의 아지랑이도 같이 불러낸다. 그러다 종종 나를 어린 시절 일요일 낮이나 열아홉 살 어느 저녁으로 데려가기도 하고 친구들과 함께 갔던 여행의 아침으로 데려가기도 한다. 그 어느 날보다 게을러지고 싶은 오늘, 라면 생각이 간절하다. 당장 부엌으로 가야겠다. 그리고 언니에게 외쳐야겠다. "라면 두 개 끓인디!"

『크로스2』 : 한 가지 이야깃거리에도 다르게 접근해가는 두 사람의 시선을 따라가다 보면, 어느새 그들과는 다른 저만의 시선을 발견하게 된다. 다양한 주제만큼 폭넓은 생각을 그리게 하는 교양수업 같은 책이다. 단 주의사항은 우선 비우고 올 것. 그게 무엇이든. 그런 뒤에야 채우는 게 가능할 것이다.

 김 원 희

Isn't it good?
『상실의 시대』, 무라카미 하루키

이년 전 크리스마스 날이었다. 불행히도 나는 아르바이트 중이었다. 그날의 손님들은 모두 하하 호호 웃음꽃을 피우고 있었다.

"어서 오세요!"

딸랑이는 종소리. 문을 열고 여자아이 둘이 들어왔다. 그중 한 아이는 퉁퉁 부은 눈에 아이라인이 제멋대로 번진 얼굴을 하고 있었다. 크리스마스와는 어울리지 않는 아이였다.

"깨끗이 써주세요~."

고개를 푹 숙이고 있던 두 아이에게 대충 설명을 끝내고 미소와 함께 문을 닫고 나왔다. 가게는 각각의 방에서 닌텐도나 플레이스테이션 따위의 오락을 할 수 있는 곳이었다. 손님들이 오면 작동 설명을 하고 적당히 시간을 때우다 나간 후 방을 정리하면 되는 일이다. 번져 있는 아이라인 따위고 자시고 그저 어지르지나 않으면 좋을 뿐이었다. 한 시간 뒤 '크리스마스' 방의 그 두 여자아이가 구겨진 교복 치마를 정리하며 나왔다. 빠르게 가게를 나가는 그 꽁무니에 대고 우렁차게 인사를 한 후 텅 빈 방에 들어갔다. 방안 루돌프 모양의 쿠션 위엔 매직으로 마구 휘갈긴 남자애의 이름이 남겨져 있었다. 순간, 혈압이 수직으로 상승했다. 아마 그 뒤로 이 분도 안 걸린 듯하다. 나는 유유히 거리를 거닐던 두 여중생을 낚아채 와 다시 크리스마스 방의 소파에 앉혔다. 그리고 고개를 푹 숙이고 앉아 있던 한 애 앞에 섰다. 그 애는 얼굴이 붉으락푸르락하는 나를 올려보았다. 아이라인은 더 제멋대로 번져 있었다. 빨간색 교복 치마를 만지작거리며 기어 들어가는 목소리로 입을 열었다.

"좋아하는 애를 상실해서 그래요."

그건 합당한 이유가 안 됐다.

"야, 넌 그냥 개념 상실이야."

유일한 친구였던 기즈키를 상실한 후 와타나베는 이렇게 말한다.

모든 사물을 너무 심각하게 생각하지 말 것, 모든 사물과 나 자신 사이에 적당한 거리를 둘 것 −그것뿐이었다. - 『상실의 시대』 중에서

치유되지 않는 상실은 이따금 우리에게 무기력함을 준다. 슬프게도 이러한 무기력함은 자주, 매우 번번이 우리에게 찾아온다. 우리가 '상실의 시대'를 살고 있기 때문이다. 이 시대에서 잃는다는 것은 수없이 반복되는 일상이다. 삶을 지탱해온 신념을 잃기도 하고 선택의 상황에서 하나를 위해 다른 하나를 잃으며, 때로는 소중한 이를 잃기도 한다. 반복되는 상실 속에서 무너지지 않기 위해 할 수 있는 것은 와타나베처럼 다른 모든 것과의 '거리 두기'뿐이다. 잃지 않기 위해 가지지 않는다. 또는 잃지 않기 위해 다른 것들과 부딪치지 않는다. 무관심만이 나를 지키는 방법인 이 시대에서 남의 일은 남의 일일 뿐이다.

충돌은 대부분 여기서 발생한다. 나 아닌 다른 이의 무기력함이 한심스러워 보이고 무관심이 아니꼬워 보일 때. 요즘 흔히 쓰는 '무개념'은 다른 것에 대한 이해와 관심이 부족한 이들을 말한다. 사람들은 그들을 비판하며 퍽 다른 척을 하지만 실상은 똑같다. 자신 또한 남들에

게 관심을 둘 때는 그들을 비판할 때뿐이다. 나 또한 이 년 전 그 아이에게 번진 아이라인의 이유보다 내 일거리를 늘리게 한 이유를 물을 뿐이었다. 그 아이를 조금도 이해해보려 하지 않았다.

　요즘은 이상하게 상실 후의 아픔을 앓는다는 것이 한심스럽게 돼버렸다. 이별도 쿨하게 잊는 사람이 이긴다고 한다. 과연 그것이 쿨한 걸까? '상실'해버린 소중한 것은 사실 조금만 꽁무니를 쫓아가면 다시 잡을 수 있다. 그러나 진정한 상실은 그러한 행동조차 포기해버렸을 때 온다. 엉덩이가 무거워 주저앉아버렸을 때.『상실의 시대』의 영감이 된 비틀스의 〈Norwegian Wood〉에는 이런 가사가 나온다. "눈을 떴을 때, 난 혼자였고, 그 새는 날아가버린 거야. 그래서 나는 불을 붙였어. 근사하지 않아?(And when I awoke I was alone, this bird had flown. so I lit a fire, isn't it good?)"

　날아가버린 새를 찾을 생각은 않고 장작에 불을 피우고 있을 것이 아무럼 어떠냐고 쿨한 척하는 게 나은 걸까. 글쎄, 상실로 인한 아픔을 애써 쿨한 척 넘기기보다는 눈물, 콧물 흘리며 '지질'대는 게 더 낫지 않을까. 적어도 '크리스마스' 방의 그 소녀는 쿨한 척하진 않았다.

『상실의 시대』　: 혼자라는 고독 속에서 꿈과 사랑, 그리고 사랑하는 사람들을 잃어가는, 반복되는 상실의 아픔을 겪는, 세상 모든 청춘을 위한 장편소설이다. 절친한 친구였던 '기즈키'를 상실하고부터 더 이상 사랑하는 것들을 상실하지 않기 위해 세상과 거리 두기를 시작한 와타나베. 하지만 그런 와타나베가 거리 두기를 할 수 없는 상대인 사랑하는 '나오코'와 와타나베의 거리 속으로 들어오려는 '미도리', 그 속에서 흔들리는 와타나베의 감정을 소설은 섬세하게 따라간다. '산다는 것'은 물론, '사람이 사람을 사랑한다는 것'의 진정한 의미를 고민하게 하는 작품.

📖 임 하 늘

'386 - 88' → '386 + 88'

『88만 원 세대』, 우석훈 · 박권일

1963년도 여름은 더웠다. 그녀는 태어나자마자 밭일을 하러, 가는 어머니의 뒷모습을 보았다. 63년도 울산 어느 마을에 아이 하나가 더 태어난 것은 별일 아니던 시대였다. 머리가 클수록 가난한 집이 불만이었다. 단짝 친구의 아파트 집을 다녀온 날은 온종일 어머니에게 심통을 부렸다. 그래도 도란도란 화목한 가정이었다. 언니 오빠들은 막내라고 언제나 예뻐해줬다.

중학생이 되자 박정희가 암살됐다. '이제 우리나라가 망하나 보다.' 생각했지만, 시간은 별 탈 없이 흘러갔다. 여상에 진학했다. 국어 선생이 되고 싶었지만, 막내라도 집안 경제를 나 몰라라 할 수 없는 처지였다. 그래서 고등학생 내내 책을 끼고 다녔다. 유안진의 『지란지교를 꿈꾸며』는 앞표지가 너덜거릴 때까지 읽고 또 읽었다. '문학소녀'로 여상의 3년을 견뎠다. 졸업 후 울산의 한 공장 경리로 들어갔다. 일은 그럭저럭 할 만했지만, 여전히 한 번씩 강단에 선 모습을 상상했다. 일하면서 문학사상의 현대문학을 구독해 틈틈이 읽던 무렵, 사내 독서모임이 생겼다. 부리나케 들어갔다. 모임은 즐거웠다. 독후감 경연대회에서 곧잘 상을 탔다. 일은 갈수록 견딜 만해졌다. 첫 월급은 9만 원이 채 안 됐다. 하지만 그 돈도 100만 원짜리 적금에 몽땅 넣었다. 이 돈으로 어머니께 손 벌리지 않고 결혼하리라 생각했다. 스물

여섯 살 겨울, 좋은 사람을 만났다. 사실 첫눈에 반했다. 유독 추웠던 1989년도 2월에 웨딩마치를 올렸고 역시나 추웠던 그해 12월에 아들이 태어났다.

보험회사에 다녔던 남편은 순탄하게 진급했다. 회사에서 1위를 하며 상도 곧잘 받아 왔다. 곧 회사를 박차고 나와 개인회사를 차렸고, 둘째가 태어나고부터는 더욱 승승장구했다. 1997년 IMF 외환위기. 전국이 휘청거렸다. 남편이 술에 취해 휘청거리며 들어오는 날이 잦았다. 결국, 집안 가구 곳곳에 빨간 딱지가 붙었다. 햇살이 환히 들어오던 넓은 집은 이제 남의 것이 됐다. 도망가듯 부산으로 이사 왔다. 여기서 새삶을 시작하고 싶었지만, 통장은 점점 더 비어갔다. 악바리로 살았다. 100원 200원을 아끼는 짠돌이 아줌마가 됐다. 먹고 자는 것만 할 수 있다면 족했다. 기적적으로 빚을 다 갚은 무렵, 두 아이가 대학에 들어갔다. 그녀는 등록금으로 다시 펀치를 맞았다.

2010년 봄, 나는 대학생이 됐다. 대학 첫날, 들뜬 마음으로 문을 연 과방에서 집행부 선배는 학생회비를 달라고 했다. 환상은 그 순간 깨졌다. 사실 1학년 땐 적당히 뺀질거렸다. '내가 꿈꾸던 대학은 이런 것이 아니다.'라며 허파에 바람이 들어 있었다. 엉망이 된 1학년 성적표는 2학년, 3학년의 나를 옥죄었다. 성적 수습을 하느라 방학은 무조건 계절학기로 보냈다.

그 무렵 남자친구가 생겼다. 그 예쁜 얼굴을 마주 보고 수다라도 떨려면 커피값이 있어야 했다. 커피값 한번 더럽게 비쌌다. 부모님께 손 벌리는 건 어른스럽지 못하다는 생각에 아르바이트를 구했다. 시급은 최저임금에서 500원이 모자랐다. 사장님은 수습기간이 지나면 1000원을 올려주신다고 하셨지만, 시급은 고정불변의 존재였다. 돈이 생기자 맡긴 돈을 찾아가듯 이곳저곳으로 돈이 빠져나갔다. 7개월 일하고 나왔을 때, 손에 남은 돈은 없었다.

친구들을 만나면 토익과 자격증 얘기에 열을 올렸다. '토익 점수는 나보다 높네.' 카페에서 우리는 면접관이 되어 서로를 바라봤다. 페이스북엔 자기자랑 하는 글이 5분에 한 개씩 올라온다. 만나면 부어라 마셔라 논 얘기만 하던 것들이 치사하다. 그러면서 나는 오늘도 컴퓨터를 켜면 취업수기방 글쓴이들의 스펙을 훑는다. 언제나 책을 끼고 계신 어머니는 책을 읽고 머리를 채워야 한다고 하셨다. '책 읽을 시간이 어디 있어?' 토익 단어 하나 더 외우기도 바쁜 삶이다. 하지만 바쁘게 살아도 나보다 더 바쁘게 사는 놈들은 항상 있다. 고등학교 때부터 꾸던 꿈을 위해 신문방송학과에 들어왔지만, 벌써 병원에서 일하는 간호학과 친구를 보면 기분이 이상해진다. 백수가 돼 간호사 친구에게 주사를 맞는 나를 상상한다.

> 88만 원 받고 도저히 결혼하고 아이를 낳고, 그렇게 살아갈 수 없다는 지금의 20대, 그리고 이보다 더 열악하게 반복될 10대의 운명, 여기에 우선 필요한 것은 인간에 대한 예의이다. 한국의 자본주의, 급하게 달려오느라 인간에 대한 예의를 지키는 법을 배우지를 못했다. 그리고 지금 그 대상이 된 것은 바로 우리들의 20대인 셈이다. 이들에게 GRE 점수와 고시를 들이대는 어른이나, 동료들을 다 죽이면 자신은 살 수 있다는 승자독식을 철칙으로 받아들이는 20대들이나, 결국은 전부 한국 자본주의의 희생양들이다. 누가 바람 부는 날, 이렇게 달려가는가? – 『88만원 세대』중에서

위의 두 여자, 엄마와 나는 한 지붕 아래 산다. 386세대와 88만 원

세대. 그들의 관계는 부모와 자식이다. 가난했지만 낭만이 있던 시대와 풍족하지만 청춘이 없는 시대. 서로 전혀 다른 시대를 살아온 두 세대는 서로를 이해할 수 없다. 공부 좀 하란 말에, 옷 사게 돈 달란 말에, 싸돌아다니지 말란 말에, 휴학하겠다는 말에 서로 얼굴을 붉히며 싸운다. 가끔은 '이놈이 내가 낳은 놈이 맞나?', '이분이 나를 낳아주신 부모님 맞나?' 하는 생각이 든다. 가난을 보상받고 싶은 심리와 청춘을 보상받고 싶은 심리가 언제나 충돌한다. 가장 가까운 세대이면서 가장 서로를 보듬지 못한다. 1963년에 태어나 격동의 한국을 살아오신 386 세대의 어머니와 어린 시절을 IMF로 보낸 88만 원 세대의 대학생 딸. 이건 나의 이야기이자 우리의 이야기다.

오늘도 내 품엔 토익 책이 들려 있다. 그리고 도서관에서 눈에 핏줄을 세우다 막차에 몸을 싣고 집에 돌아올 것이다. 오늘도 어머니는 나를 기다리신다. 그리고 부엌 식탁에 앉아 가계부를 정리하고 계실 것이다. 아침에 토익 응시료로 어머니께 칭얼거린 것이 온종일 마음을 찌른다. 얼른 돌아가 어머니를 꼭 안아드리고 싶다. 이제는 서로를 보듬고 싶다.

『88만 원 세대』 : 경제학자 우석훈 박사와 전직『말』지 기자 박권일의 공저. 이 책은 IMF 경제위기 이후 10년 동안 급격하게 격화되고 있는 한국 사회의 '세대간 불균형' 문제를 고찰한다. '노력하고 노력해도 왜 10 · 20대는 미래가 불투명한가'에 대한 질문으로 시작하여, 우리나라 경제가 '40대와 50대 남자가 주축이 된 한국 경제의 주도 세력이 10대를 인질로 잡고 20대를 착취하는 형국'이기 때문이라는 결론에 도달한다. 때문에 저자들은 '20대여, 짱돌을 들고 바리케이드를 치라'며 20대를 다독인다. 세대 간 이해가 부족하다는 문제가 세대 간 착취로 이어져 있다고『88만 원 세대』는 말한다. 📖 임 하 늘

관계집착증

『동일한 점심』, 편혜영

끝이라는 단어에 민감해지기 시작한 건 언제부터였을까?

글쎄, 그건 나도 잘 모르겠다. 나가서 하루 종일 돌아오지 않는 엄마를 기다리던 그때부터였는지, 좋아한다는 말 한 마디 전하지 못한 그 애가, 내 친구와 사귄다는 소식을 접했던 그때부터였는지. 나는 이별이란 단어 앞에서 속수무책이었고, 끝을 향해 돌아서는 뒷모습에 어쩔 줄 몰라 했다. 누군가와 끝이라는 건 견딜 수 없는 통증이었고, 극복하지 못한 아킬레스건 중 하나였다.

만남이라는 단어는 헤어짐이라는 단어와 맞닿아 있기에 새로운 만남은 일찍이 그 이와 헤어질 먼 훗날을 상상하게 했다. 그래서 누군가와 인연을 쌓는 것도, 끊는 것도, 너무나 두려웠다.

관계에 대한 집착은 병과도 같았다. 좋아하는 그 사람에게 열렬히 온 마음을 주었고, 그가 다른 이와 더 가깝게 지내는 것을 보면 조바심이 났다. 만약 세상의 종말이라는 것을 경험한다면, 안녕을 고하며 돌아서는 상대방의 뒷모습을 바라보는 느낌일 것이라 생각해본다.

관계집착증은 오랫동안 쓰던 물건을 쉽게 버리지 못하는 습성으로까지 이어졌다. 오죽하면 고등학교 시절 학년이 바뀔 때, 그동안 썼던 책상을 새로운 교실로 들고 갔을까. 운동장을 가로질러 책상을 옮기는 그 모습을 누군가 봤다면 깔깔 웃었을 법한 광경이었다. 새 교실에 책상도 많은데 지금 왜 이러고 있나 생각을 하면서도, 끝내 내려놓지 못했다. '나의' 책상을 새 교실, 내 자리에 두고서야 마음이 편안해져 숨을 고르게 쉬었던 모습을 떠올리면 나조차도 깔깔 웃음이 나왔다.

그렇다면 무수히 스쳐 간 인연들과 영원히 함께 있을 수 있었다면 행복했을까? 글쎄, 이것도 잘 모를 일이다. 끝이 존재하지 않는 만남은 무엇을 낳을까? 정말 모를 일이다.

책에서 이런 장면을 본 적이 있다.

그는 '허리를 서로 묶은 채로 보낸 1년'이라는 퍼포먼스 사진을 보고 있었다. 정면을 보고 마주 선 두 사람이 허리에 끈을 묶고 있었다. 그들은 1년 동안 2미터 길이의 끈을 묶고 생활했다. 단지 홀로 되지 않기 위해서였다. 둘 사이의 대화는 매일 녹화되고 모든 일상이 사진으로 찍혔다. ─『동일한 점심』 중에서

외롭지 않기 위해 2미터 길이의 끈으로 허리를 묶은 채 1년을 함께한 두 사람의 모습을 보며 나와 나에게 묶인 그들이 떠올랐다. '단지 홀로 되지 않기 위해서' 나는 허리에 끈을 묶었다. 왜 그렇게까지 해야 하냐고 묻는다면, 외로움은 모든 것을 가늠할 수 없게 만들기 때문이라고 답하고 싶다. 아무것도 보이지 않는 어둠은 타인의 온기를 잊고, 종래에는 자신도 잊게 한다. 그 끝없는 우울은 사람의 영혼을 갉아먹는다는 것을 나는 오래전부터 느꼈다.

그러나 짐작하듯 외롭지 않기 위해 서로의 허리에 끈을 묶은 두 사람은 도리어 상대방에게 상처를 입히기 시작했다.

끈에 묶인 두 사람은 퍼포먼스가 진행되는 1년 동안 친구들이 중재하지 않으

면 손 쓸 수 없는 적대적인 사이로 전락해버렸다. 그들이 끈에 묶여 나누는 대화라고는 끈을 끊어버리고 싶다거나 평생 서로를 저주하겠다는 악담이었다. 그는 책을 덮었다. 결국 타인과의 완벽한 친밀감이란 동경에 불과하며 인간이란 타인과 최소한 2미터 이상의 거리를 가져야만 하는 존재인지도 몰랐다.

    ― 『동일한 점심』 중에서

    외롭지 않으려고 두 사람이 서로를 묶은 끈은 그들을 같이 살아가는 동지로 느끼게 하기보다는 각자의 생활에 방해가 되는 존재라고 생각을 바꾸게 하였다. 이는 서로를 저주하겠다는 악담을 내뱉게 하였으며, 상대방에게 가진 그리움조차 지워버리게 하였고 오직 강렬한 적의와 증오만을 남겨놓았다. 그들 사이에 남은 것은 더 이상 아무것도 없었다.

    타인과의 간격을 무서워했던 내가 삼 년 내내 등을 맞닿은 이에게 악담을 퍼붓고 있었다. 그의 등을 밀고 고래고래 소리치며 너를 만난 것이 제일 후회스럽다고 외쳤을 때, 그 눈에 비친 내가 보였다. 얼굴이 벌겋게 상기돼서 어떡해서든 너를 무너뜨리겠다는 표정으로 날카로운 말을 내뱉고 있었다. 결국 그에게 묶인 줄을 끊어내고 나는 뒤돌아 그곳을 떠났다. 처음으로 누군가에게 뒤돌아섰던 쓰디쓴 시월의 기억이다.

    그러나 사람과의 관계에 집착했던 이유가 그와 이미 시작해버린 인연 때문이 아니었다는 것을 그땐 알지 못했다. 돌이켜 생각해보면 진정 놓을 수 없었던 이유는 그들과 함께 보낸 시간 때문이었다. 상대를 향해 매섭게 몰아붙였던 증오들은 다시 와 뼈아픈 가시가 되었고, 우습게도 내가 먼저 돌아섰던 그 사람과의 시간을 곱씹으며 울고 있었다. 휘몰아친 후회의 감정에 못 이겨 그에게 돌아가 관계를 구걸하려다, 곧바로 괴로웠던 순간이 떠올라 베개에 얼굴을 묻었다. 후회와 증오의 감정은 반복되었고, 이도 저도 하지 못한 채 긴긴 밤 꽤 오랫동안 불면증을 앓았다.

끝. 모든 것은 끝이 중요했다. 너무나 불행했고, 감정마저 추스르지 못했던 마지막 기억 때문에 그 사람을 떠올리면 가슴 한 귀퉁이가 사르르, 아파왔다. 떠나버린 인연을 억지로 붙잡는다는 것이 어리석다는 것을 알면서도 잔여물과 같은 미련을 쉬이 놓지 못했다. 지금 그 순간이 온다면 그때와는 다른 선택을 했을까. 알 수 없는 일이다. 여전히 난 사람과의 관계에 집착한다. 그러나 시월의 그 기억이 가르쳐준 2미터의 간격을 지금의 내가 잊지 않았다는 것이 예전의 나와 다르다면 다른 일일 것이다.

언젠가는 헤어질 것을 알기에 지금 만나는 그들 모두가 소중하다는 것을 어렴풋이 알 것도 같다. 모든 인연이 언제 끝날지는 알지 못한다. 그러나 언젠가 그 인연이 끝나리라는 것을 우리는 알고 있다. 인간의 삶은 유한하기에 치열하듯, 모든 만남은 끝이 있기에 소중해지는 것이다. 너무도 슬프지만 서로에게 손을 흔들며 돌아서는 것에 익숙해지는 것. 그것이 바로 삶이 아닐까.

『**동일한 점심**』 : 우리는 아무렇지 않게 모든 것은 영원하리라고 믿는다. 그래서 일상은 따분한 것이겠지. 죽음은 막연하고 일상은 끝나지 않는다. 그러나 객사를 하거나 자살을 하지 않는다 해도 사람은 죽는다. 그제야 깨닫는다. 반복되는 삶은 고통이라는 것을. 이 책의 주인공은 건조하게 살아간다. 그의 일상은 인문대 식당 정식 A와 같이 반복적이고, 경영대 식당 메뉴의 사소한 변화에도 민감할 정도로 정적이다. 그가 사람을 만나는 순간은 오로지 복사실에 복사물을 찾으러 학생들이 올 때이다. 그런 삶을 이어가고 있던 그는 어느 날 한 사람의 죽음을 목격하게 된다. 일상은 금이 가기 시작하고 인간관계에 대해서 다시 생각한다. 📖 심 미 영

붕대를 돌돌 말아 끝매듭

『붕대클럽』, 텐도 아라타

벌레 우는 소리가 들린다. 여름밤의 매미소리와는 다른 것으로, 그 소리는 조금 애달팠다. 여름이 물러가고 가을은 깊어간다. 여름 내 울던 벌레의 목청은 기울어가는 계절만큼이나 슬프다.

어릴 적 나는 감정을 숨기는 데 익숙했다. 싫고 좋음을 표시하지 않는 것이 타인을 대하는 방식 중 하나였다. 미움받는다는 것이 두려웠고 그만큼 타인의 호감에는 예민해져야 했다. 조금씩 세월이 지나면서 감정을 표현하지 않는 것은 나아졌지만 사랑받고 싶다는 열망은 내 삶을 지배했다.

지금 생각해보면 나는 일 년에 한 번씩 교실 끄트머리에 앉아 엎드려 울었다. 생각나지도 않는 누군가의 말에 상처받았고, 비참해져 끝내 울음을 터뜨렸다. 울고 싶지 않아서 빨개지는 눈을 부릅뜨고 눈물이 나올 것 같으면 재빨리 닦았지만, 터져 나온 울음은 멈추지 못한다는 것을 그땐 몰랐다. 우는 동안에도 반 아이들에게 받을 동정과 나를 울린 그들이 비웃는 모습이 떠올라 더 울음을 참지 못했다. 자존심은 다칠 대로 다쳤고 다시는 쉽게 눈물을 보여주지 않겠다고 몇 번이나 다짐했다.

벌레마냥 한 사람이 울어댄다. 모두들 자고 있는 이 시간, 한 사람이 울고 있다. 창밖으로 들리는 사내의 울음소리는 구슬펐다. 사내는 울고, 나는 그 울음소리를 들으며 잠을 청한다. 모두들 들으라는 듯이 혹은 아무도 듣지 말라는 듯이 사내는 울고 있다. 토해내듯 고함을 지르는 사내의 음성. 그는 왜 길 위에서 울고 있을까.

누군가의 자식이었을 테고, 남편이었을 테고, 아버지일지도 모르는 한 사내. 누군가의 기쁨이었을 테고, 자랑이었을 테고, 그리움이었을지도 모르는 이름 모를 그 사내의 울음에 문득, 목청이 아렸다.

울지 말라고 달래줄 이도, 그 울음에 같이 울어줄 이도 없이 사내는 철저하게 혼자였다. 나는 차라리 사내가 혼자 울부짖고 있다는 것이 다행일지도 모른다고 생각했다. 어설픈 위로는 오히려 속을 쓰리게 했다.

한 록 밴드의 공연을 보고 후배 하나가 울음을 터뜨렸다. 감격과 흥분에 휩싸여 그 아이는 쉽사리 눈물을 그치지 못했다. 번쩍거리는 무대와 귓가를 울리는 기타 소리, 거친 보컬의 목소리에 눈물을 흘린 것은 비단 그 후배 하나만이 아니었다. 주위를 둘러보면 그 후배와 마찬가지로 눈물 흘리며 환호성을 지르는 사람은 참 많았다.

일상에서 해방시키는 듯한 음률이 몇 만 명의 가슴을 할퀴고 간 것이다. 나 또한 눈 밑이 시큰거렸으니. 짐작하건대 아마 무대를 본 이들은 알 수 없는 해방감과 광기를 공유했을 것이다. 서러워서, 슬퍼서, 아파서 눈물을 흘린 것이 아니다. 알 수 없는 무언가가 우리를 울게 했다.

앰프를 가르고 귓가를 울리는 그 노래는 묘하게도 이상한 위로를 줬다. 열망과 광기에 젖은 사람들은 저마다 함성을, 울음을, 웃음을 뱉어냈다. 일상에선 묻어두었던 얼킨 그 감정들이 하나씩 떠오르더니 사람들은 상상할 수 없을 정도로 무방비하게 내어놓았다. 그것은 참으로 서글펐다.

무수한 대화 속에서, 가족과의 다툼 속에서, 수많은 인간관계 속에서 자존심을 다쳤고 서로를 증오했다. 상처는 문신이 되어 살갗을 파고든다. 끝없이 다친 마음은 이제 눈물 흘리기를 멈추고 감정을 절제한다. 누군가에게 감정을 보이는 것은 스스로 나약한 사람이라는 것을 증명하기 때문이다.

감정을 내보이는 것이 두려웠던 나는 파괴적인 음 앞에서야 겨우 눈물을 내뱉었다. 속수무책으로 무장해제되어버렸다. 고개를 끄덕이고, 손을 위로 흔들고, 발을 구르며, 노래를 따라 부르다, 함성에 그냥 울었다. 볼에 맺힌 눈물에 놀랐고 이내 울고 있다는 그 사실에 희열을 맛봤다. 울음을 멈추게 했던 모든 것이 무너지는 소리가 들렸고 음악은 더 크게 울릴 뿐이었다. 울음이 용인되는 공간 속에서 나는 울었고, 울고 있는 후배를 보며 안심해서 더 크게 울었다. 그것은 일종의 위선이었다. 나는 상처받아서 우는 게 아니라 이 음악 때문에 우는 거라고 말할 수 있으니까.

외면하고 있었어도 난 상처를 받았던 것이다…….. 애써 별일이 아니라 믿으려 했지만, 실은 깊이 박힌 가시처럼 아렸던 것이다.
하지만 지금은 그 상처를 인정받았다. 네 상처라는 말을 들었다. 그리고 붕대가 감겨 있다. 완치는 아니지만 적어도 피는 멎었다. ─『붕대클럽』중에서

아무도 없는 그 새벽, 사내의 울음소리에 울고 싶어졌다. 사내의 울음소리는 록 밴드 보컬의 목소리가 되었다. 나는 타인의 울음소리를 들어야 울 수 있다. 감정을 숨긴다는 것은 일종의 상처를 감추기 위한 행동이 아닐까. 진심을 다해서 상대에게 감정을 내비친다는 건 말 그

대로 나의 진심을 전하는 일일 테니. 그 진심을 내보이는 순간 상대가 비웃을 수도 있다는 것을 언제나 염두에 둔다. 소위 쿨하게 구는 것이 나를 위해 나을지도 모른다고 생각했다. 하지만 그게 진짜 상처를 덜 받는 방법이었는지는 모르겠다. 모든 것에 쿨해지고 가식적으로 웃을수록 마음이 딱딱해지는 것을 느꼈으니까. 그 딱딱한 것이 언젠가 굳은 찰흙처럼 쩍쩍 갈라지는 것은 아닐까 두려웠다.

붕대를 감으면 상처가 가려진다. 그러나 여기 상처 있다고 보여주는 것이기도 하다. 나도 여기에 붕대를 감고 싶다. 어릴 적 엎드려 울던 그곳에 붕대를 감아주고 싶다. 상처를 감추면 덧난다는 것은 진작 알고 있는데 나는 왜 그렇게 감추기에 급급했을까. 그러니 이제 상처를 보여주고 흰 천으로 감싸주고 싶다. 완치는 아니지만 적어도 피는 멎도록.

『붕대클럽』 : 우리는 살면서 무수한 상처를 주고받는다. 그 상처는 때때로 한 사람을 인생을 뒤흔든다. 태풍처럼, 해일처럼. 그러므로 상처받았다는 것을 부정한다. 하지만 그럴수록 내제된 상처는 낫지 않는다. 이 책에서는 마음의 상처가 남은 장소에 붕대를 감아줌으로써 상처를 가시화시키고 치유한다. 기발하지 않는가. 나의 상처를 '진짜' 마주할 수 있게 만드는 그 방법이. 📖 심 미 영

침대에서

「천막에서」, 『나를 위해 웃다』, 정한아

'잠이 오지 않을 때가 있잖아? 그럴 때 남들은 숫자를 센다고 하는데, 나는 그게 잘 안 되더라. 잠이 오려면 먼저 의식의 경계가 흐릿해져야 하잖아. 그런데 숫자라는 건 내게 아무 흥미도 불러일으키지 않아서 나는 그걸 길게 바라볼 수가 없단 말이야. 숫자는 그 좁고 가파른 경계를 따라서 내 정신을 점점 더 또렷해지게 만들 뿐이야. ……우리는 무엇이든 사랑하는 만큼만 인식할 수 있어. 나는 잠이 오지 않을 때 내가 좋아하는 것들을 생각해. 그것들은 대개 존재하지 않는 것들이야. 가령 색과 같은 것들, 지어낸 이야기들, 상상 속의 감정들, 너에 대한 꿈들. 아무리 되풀이해도 반복되지 않는, 끝나지 않는 음악들.' – 「천막에서」 중에서

내가 사랑하는 것들을 하나, 둘 떠올리면 깊이 잠들 수 있을까. 아무튼 오늘 밤은 그렇게 믿어보려 해. 이렇든 저렇든 숫자를 세며 잠들길 기도하는 것보다야 백만 배는 나을 테니 말이야. 〈사운드 오브 뮤직〉의 한 장면이 생각났어. 천둥 번개가 콰광 하고 내리치던 밤, 아이들이 마리아의 방문을 열고 침대로 모여드는 장면 말이야. 천둥소리에 놀라는 아이들에게 마리아는 노래를 불러주기 시작하지. 마음이 울적할 때 좋아하는 것들을 떠올리면 즐거워질 수 있다는 가사였어.

그런데 생각해보면 참 어렵지 않아? 슬프고 괴로울 때 좋아하는

것들을 생각하는 거 말이야. 평소에도 좋아했던 것들은 퍼뜩 떠오르지 않으니까. 그래서 언젠가 친구가 너 좋아하는 게 뭐냐 물을 때 쉽게 입을 떼지 못했어. 내가 이걸 좋아하는지 좋아하지 않는지 사실 확신이 잘 서지 않았거든. 좋아하는 것들은 대부분 그래. 스스로 명확해지길 거부하지. 그건 어쩌면 사람과 닿아 있어 그럴지도 몰라. 술이 그렇거든. 술은 참 쓴데 술자리는 좋아. 흥겹기도 하고 슬프기도 하고. 가끔 자신의 밑바닥을 보여주는 사람들도 있지. 같이 건배를 해줄 네가 있어 좋아. 그러다 보니 술맛도 알아버렸고. 그런데 아직도 헷갈려. 나이를 먹고 술이 맛있어진 건지, 너와 같이 마신 술이 맛있는 건지. 사실 잘 모르겠어.

한편으로 이런 생각도 해. 슬프고 괴로울 때 좋아했던 것들을 떠올리면 오히려 슬프지 않을까. 연인과 헤어지고 나서가 그렇잖아. 좋았던 그 사람과의 나쁜 기억만 떠올라. 욕도 나오고. 끝없이 슬퍼져. 근데 시간이 지나 봐. 나빴던 기억은 없어. 다 좋았던 것들뿐이야. 기억은 미화되고 나빴던 감정들은 증발해버려. 추억이 되어버리지. 힘들었던 그 순간도 시간이 지나 다시 생각하면 웃음이 나와. 그리고 우리는 입버릇처럼 말해. 그때가 좋았다고 말이야.

내가 사랑했던 것들이 무엇이었는지 곰곰이 생각해보고 있어. 도통 떠오르지 않아. 고민을 거듭하다 문득 이런 의문을 가졌어. 그럼 내가 싫어하는 건 뭘까. 수많은 것들이 머릿속을 휘저었고 그러다 깨달았지. 나는 어쩌면 나를 싫어하지 않았나. 나는 정말 나를 사랑했던 걸까. 이 물음들은 스스로도 진부하다고 느꼈지만 쉽게 대답할 수는 없었어. 나는 정말 나를 사랑하지 않았으니까. 나는 네가 좋다고 고백한 적 없었지만 나는 내가 좋다고도 말해본 적 없었으니까. "우리는 무엇이든 사랑하는 만큼만 인식할 수 있다."는 구절을 읽었지. 그 구절을 몇 번이나 반복해서 읽었는지 몰라. 무엇이든 사랑하는 만큼만 인식할 수 있다는데 그럼 나는 나를 얼마나 인식할 수 있었을까.

어렸을 때부터 지독한 외모 콤플렉스에 시달렸어. 뚱뚱하다는 이유로 같은 반 남자 아이들에게 놀림을 자주 받았지. 아무렇지 않게 보이려고 노력했어. 그 말에 상처받았다는 걸 들키는 순간 바보가 되어버리니까. 나는 뭘 잘못해서 저들에게 놀림거리가 되는 걸까. 수없이 속으로 되물어봤지만 답은 나오지 않았어. 그럴 수밖에. 잘못한 건 없었으니까. 그래서 나를 보며 시시덕거리는 무리들을 원망했어. 한편으로 그 무리들이 선망하는 여자애를 동경하기도 했지. 참 바보 같은 짓이었어. 원망도 동경도. 그중에 나를 위한 것들은 없었으니까. 나는 더욱 작아졌지. 사람들에게 다가가길 주저하게 되었고 낯선 것들이 무서워졌어.

언젠가 나는 그녀에게 물어본 적이 있다.

왜 나보다 먼저 잠들지 않는 거야?

그녀는 잠시 나를 보고 생각하더니 대답했다.

잠든 네 모습을 보려고. 그때 네가 낯설어 보여서 좋아.

낯선 게 왜 좋은데?

그녀는 미소를 지었다.

그때 더 많은 것을 가질 수 있거든.

– 「천막에서」 중에서

익숙한 게 좋았어. 편안하거든. 다른 걸 생각하지 않아도 돼. 그 틀에 맞춰 살아가다 보면 가끔 따분하기도 했지만 만족했어. 변하지 않는다고 생각했으니까. 그런데 착각이었어. 변하지 않는 건 없었지. 눈에 보이는 건 너무도 쉽게 변해. 가장 가깝다고 생각했던 너와 멀어지기도 했고 꽤나 싫어했던 네가 이해되기도 했으니. 익숙한 것들 속에선 한 가지 모습밖에 발견할 수 없어. 어느 순간 낯선 것들과 조우하면 내가 인식했던 모든 것들은 일면이었음을 알게 되지. 그리고 일면이 있다는 건 또 다른 면이 있다는 말이기도 해. 그 면들은 또 다른 면을 이어. 숨겨진 수많은 면들을 찾아낼수록 나는 다른 내가 되어가겠지.

그 시절 날 놀리던 아이들을 이젠 원망하지 않아. 시간이 지나고 그 아이들은 아무 존재도 아니었다는 걸 깨닫게 되었으니까. 물론 그런 상처를 안 받았으면 좋았겠지만 그 상처가 있었기에 또 지금의 내가 있는 거겠지. 익숙함이 있기에 낯선 것도 있고, 일면을 봐야만 그것이 일면이었다는 걸 알 수 있듯 말이야.

잠이 조금 오려 해. 효과가 있나 봐. 좋아하는 것들을 떠올려. 아니 싫어했던 것일지도 몰라. 모든 것은 분명하지 않아. 그 사람 때문에 좋아했던 것이 그 사람 때문에 싫어질 수도 있는 것이니. 그냥 무엇이든 떠올려봐. 하나, 둘, 그렇게.

「천막에서」 : 정한아의 소설집 『나를 위해 웃다』에 수록된 소설이다. 그녀의 소설은 따뜻하다. 현실은 비루하더라도 인물에 대한 온기를 잊는 법이 없다. 자상하고 섬세한 문장에 가끔 어퍼컷을 맞기도 했다. 「천막에서」의 세계는 이상했다. 대기업의 요구에 방수포의 단가는 쉽게 하향조절된다. 반면 자연재해 때문에 구호단체에서 방수포를 요구하자 가격을 인상한다. 대기업에는 더 싸게, 구호단체에선 더 비싸게 천막을 판다. 비상식적이다. 비상식적인가. 우리는 비상식적인 세계에 살고 있지 않은가. 그렇다면 상식적이라고 바꿔 말해야 하나. 모든 것은 분명하지 않고 그 세계를 살아가는 나는 과연 어디에 서 있는 것일까.

📖 심 미 영

바보폰

『애플 쇼크』, 김대원

"넌 언제 스마트폰으로 바꿀 거냐?"

한 친구가 나에게 물어본다. 이게 몇 번째더라. 짜증이 약간 섞인 투로 바꿀 생각 없다고, 아직 쓸 만한데 뭐 하러 바꾸냐고 대답을 했다. 그랬더니 친구가 존경스럽단다. 고장나면 고쳐서 쓸 거냐고 다시 친구가 묻는다. 대답하기 싫어서 고개만 끄덕이고 말았다. 이제 그만 좀 물어봤으면 좋겠다. 조용하던 내 휴대폰이 울린다. 모르는 번호다. 일단 받았는데 스마트폰으로 바꿔준다는 전화다. 안 바꿀 거라고 딱 잘라 말하고 전화를 끊어버린다. 짜증이 부글부글 끓기 시작한다. 이런 전화도 정말 자주 온다. 내가 스마트폰 아닌 건 어떻게 알았을까. 왜 다들 내 휴대폰을 스마트폰으로 못 바꿔서 안달일까.

동생이 다니는 학교에 외국인 교수님께서 동생 전화를 보시고는 그렇게 말씀하셨단다. 똑똑한 전화는 스마트폰이니까, 똑똑하지 않은 전화는 바보폰이라고. 휴대폰도 바보 취급을 당하는구나. 언제부터 이렇게 된 걸까. 그 전에는 다들 썼으면서. 나는 그저 너무 빨리 변해버린 세상에 따라가지 못하는 것뿐인데. 시대에 따라, 유행에 따라 사야 하고 바꿔야만 하는 걸까.

분명 스마트폰이라는 게 생긴 지 얼마 안 된 것 같은데, 친구들은 물론이고 나보다 어르신들도, 나보다 어린 아이들도 다들 손에 쥐고 있다. 심지어 유치원을 다니고 있는 조카 녀석도 엄마의 스마트폰을 가지고 놀기 바쁘다. 그리고 이제는 스마트폰을 쓰지 않는 사람을 이상한 사람처럼, 시대에 뒤떨어진 사람처럼 바라본다. '우와, 아직도 피처폰 쓰는 사람이 있네.'라고 쑥덕거리면서. 그래서 내 휴대폰을 꺼내기가 부끄러워졌다. 전화가 와도 꺼내기 부끄러워서 받지 않은 적도 많다. 문자를 보내려 꾹꾹 자판을 누르는 일도 부끄러워, 그냥 가방에 넣어둔 채로 있다가 나중에서야 확인하는 일이 많아졌다. 그러다 보니 이제야 문자를 확인했다고, 미안하다는 말로 답장을 보내는 일이 늘었다. 근데 스마트폰을 쓰지 않는 게 그렇게나 이상한 취급을 받을 일인 걸까. 이제는 부끄러워해야 하는 걸까.

내 눈에는 오히려 스마트폰을 쓰는 사람들이 한심해 보이는데. 지하철을 타고 가는 동안 사람들을 관찰해보면 손에서 스마트폰을 내려놓는 사람들이 없다. 다들 조그만 화면에 시선을 고정한 채, 손가락만 놀리기 바쁘다. 중독, 중독. 친구들과 모여서 이야기를 하다가도 잠깐의 정적이 생기면, 다들 앞에 놓아두었던 스마트폰부터 집어든다. 한창 진지하게 이야기를 늘어놓고 있는 친구 앞에서 SNS로 다른 친구와 대화를 주고받는 장면도 종종 눈에 띄곤 한다.

이런 속편한 소리를 늘어놓는 이유는 스마트폰의 필요성을 딱히 못 느끼기 때문이지 싶다. 있으면 편리하기는 하겠지. 하지만 굳이 비싼 요금 내가면서 스마트폰을 사용해야 하나? 한 달에 5만 원이 넘는 돈을 지불해가면서까지 쓸 만큼 필요한 걸까? 지금 쓰고 있는 내 폰으로도 충분히 전화하고 문자 보낼 수 있는데. 요금만 놓고 보자면 이 바보폰이 훨씬 영특한 거 아닌가?

검은색의 투박한 내 휴대폰. 이제는 놀림과 부끄러움의 대상이 되어버린 내 휴대폰. 문자를 보낼 때면 따다다닥 하고 자판 누르는 소리가 나는 폴더형 휴대폰. 나는 아직 이 폰과 이별할 생각이 없다. 다들 똑똑한 폰을 쓰는 세상에서 나는 이 바보폰으로 세상의 사람들과 연락을 할 거다.

『애플쇼크』 ：스마트폰의 시대를 열어준 애플의 아이폰. 아이폰이 어떻게 한국 시장 진입을 준비했는지를 분석해놓은 책이다. 이 책이 나왔을 때는 이미 우리나라 스마트폰 시장도 커져 있었지만. 그렇게 눈 깜짝할 새 변해버린 스마트폰 시장 속에서 꿋꿋하게 예전 핸드폰을 쓰고 있는 내가 이 책의 내용을 이해하기엔 무리였던 건지도 모르겠다. 　　　　　　　　　　📖 김 희 연

짜장 짜장면이다

『짜장면』, 안도현

어렸을 적 큰아버지네는 중국집을 하셨다. 가게에는 팔보채, 양장
피, 라조육…. 어린애의 조그만 입으로는 발음하기도 어려운 그런 글
자들이 잔뜩 걸려 있었다. 페인트칠이 적당히 벗겨진 붉은 벽, 수세미
로도 지워지지 않을 얼룩들이 잔뜩 묻은 더러운 바닥. 요란하고 어지
러운 가게. 그 중간에는 언제나 커다란 호랑이 그림의 액자가 걸려 있
었다. 나는 그 그림이 너무 싫었다. 살아 움직이지도 않는 것이 당장에
라도 뛰쳐나올 듯한 자세로 어린 나를 노려보았기 때문이다. 아이러니
하게도 그 액자 옆에는 대자 모양의 호랑이 가죽이 걸려 있었다. '호랑
이는 죽어서 가죽을 남긴다던데 저 호랑이 건가 보다.' 여섯 살 어린이
딴에 알고 있는 속담을 떠올리며 괜스레 그 호랑이를 불쌍해하곤 했
다. 그리고 호랑이 액자 뒤로는 작은 방이 있었다. 이제는 철거된 중국
집과 함께 내 기억 속 어딘가로 처박혀버린 작은 방이 있었다.

가게 앞에는 지하철 공사가 한창이었다. 매일매일 땀에 전 인부들
이 구름같이 가게로 몰려왔다. 투다닥투다닥— 점심때가 되면 싸구려
플라스틱 그릇과 쇠숟가락이 부딪치는 소리만이 가게를 메웠다. 공사
장은 어린 나와 오빠의 놀이터였다. 환기구 위에 올라가 마릴린 먼로
처럼 치마를 펄럭이기도 하고 아직 덜 굳은 시멘트 위에 조그마한 발
자국을 콩 찍기도 했다. 뭐가 그리 좋은지 마냥 헤벌쭉거리던 나를 인

부 아저씨들은 예뻐라 해주셨다. 하지만 뜨거운 햇살 아래서 신나게 웃다 그 호랑이가 걸려 있는 벽을 따라 들어와, 그 작고 침침한 방에 들어가는 순간, 웃음은 딱 멈췄다. 작은 방에는 거의 항상 큰아버지가 계셨다. 아버지와 큰아버지는 스무 살쯤 정도 나이 차이가 난다. 그것은 그 숫자만큼이나 아득한 차이였다. 아버지에게 큰아버지는 어릴 적 돌아가신 아버지를 대신하는 존재였다. 그리고 그 아득한 차이는 여섯 살 어린 나에게도 넘겨져 왔다.

그 방에만 가면 안 된다고 하는 것투성이였다. 나는 누구에게든 반말해선 안 됐고 문지방에 앉아서도 안 됐고 다리를 쭉 뻗고 앉아도 안 됐다. 어른들은 여섯 살 고 조그만 몸뚱이 하나를 요래조래 뜯어고치려 애썼다. '계집애가, 계집애가' '이래선 안 된다 저래선 안 된다'는 말을 들을 때마다 나는 '세상엔 내가 하면 안 되는 것투성이구나' 생각했다. 그 방에 들어가는 순간, 나는 방문 앞에 걸려 있는 호랑이처럼 관상용 그림으로 전락해버리는 것이다. 아무리 위협적인 몸짓으로 관람자를 노려봐도 액자 속에 갇혀 움직이지 못하는, 죽은 그림이 돼버릴 뿐이었다.

2011년, 자장면이 드디어 짜장면이 되었다. 문화교육부가 1986년 외래어 표기법과 표준국어대사전에 '자장면'만을 표준어로 인정한 후 25년 만이다. 그 25년 동안 짜장면은 짜장면이지만 짜장면일 수 없었던 것이다. 나는 짜장면보다 꽤 전에 해방을 맞았다. 머리가 커지고 난 뒤 작은 방의 규율이 무조건 옳은 것이 아니란 걸 알아갈 때쯤, 가게는 철거됐고 큰집을 들르는 일도 뜸해져갔다. 그렇게 나도 나일 수가 있게 됐다. 생각해보면 어린 나를 감쌌던 그 규율들은 정말 아무것도 아니었다. 그 누구의 개성과 인격도 존중해주지 않는 그저 빈 껍데기들일 뿐이었다.

어떤 글을 쓰더라도 짜장면을 자장면으로 표기하지는 않을 작정이다. 그것도 어른들 때문이다. 어른들은 아이들이 짜장면이라고 쓰면 맞춤법에 맞게 기어이 자장면으로 쓰라고 가르친다. 우둔한 탓인지는 몰라도 나는 우리나라 어느 중국집도 자장면을 파는 집을 보지 못했다. 중국집에는 짜장면이 있고, 짜장면은 짜장면일 뿐이다. 이 세상의 권력을 쥐고 있는 어른들이 어젠가는 아이들에게 배워서 자장면이 아닌 짜장면을 사주는 날이 올 것이라 기대하면서……. - 『짜장면』 중에서

    가게가 철거될 때, 그 호랑이 액자도 분명 와장창 깨졌을 것이다. 나는 깨진 액자를 벗어난 호랑이가 어딘가에선 마음껏 뛰어다니고 있기를 바란다. 작은 방이 무너져 내렸을 때쯤 자유를 얻은 나처럼 말이다. 호랑이와 나의 해방은 반드시 이뤄져야 할 일이었다. 짜장면처럼. 이제 짜장, 우리나라에서는 누구라도 자장면이 아닌 '짜장면'을 시킬 수 있고, 모든 중국집 배달원들은 거리낌 없이 "짜장면 왔습니다~"를 외칠 수 있다.

    하지만 아직 남아 있는 것은 많다. 내 몸에 남아 있는 습관들이나 여전히 짜장면 밑에 뜨는 한글과컴퓨터의 빨간 밑줄처럼. 나는 이것들을 무시하기로 했다.

『짜장면』 : 시인 안도현의 '어른을 위한 동화'. '인생에 있어 가장 아름다운 일은 열일곱 살에 일어난다. 어른이란 열일곱, 열여덟 살에 대한 지루한 보충설명일 뿐이다'라는 작가의 생각으로 풀어낸 작품. 소설은 평범한 소년이었던 '나'가 가출 후 중국집 '만리장성'에서 짜장면 배달을 하며 겪었던 열입곱 살의 저릿한 청춘의 아픔을 담았다. 사춘기에 겪는 정신의 통과의례를 통해 어른이 되어버리는 과정을 무척이나 예민하게 풀었다. 📖 임 하 늘

있는 힘껏, 온 맘 다해
『여우의 전화박스』, 도다 가즈요 글, 다카스 가즈미 그림

"너는 어찌 그리도 나랑 타이밍이 안 맞니?"

비타민 C가 풍부한 감을 먹어야 환절기에 감기 안 걸린다고 일주일 내내 노래를 하시던 엄마께서는, 제가 집에 오기 바로 전에 남은 감 두 개를 다 해치웠다고 하셨습니다. 매번 먹지 않아서 남겨둔 걸 오늘 다 먹고 나니, 그제야 감 어디 있느냐고 냉장고를 뒤적이는 제게 혀를 끌끌 차셨죠. 엄마께서는 '우린 참, 타이밍 안 맞는 모녀 사이'라고 헛헛한 웃음을 보이십니다. 고개까지 절레절레 흔드셨지요. '어찌 그리도 날 닮은 구석을 찾아볼 수 없는 딸내미냐'는 말씀을 더하시면서 말입니다.

엄마와 저는 옷을 입는 취향에서도 매번 어긋나곤 하지요. 저 나름의 취향과 감각이 조화를 이루지 못해 엄마의 심기를 불편하게 합니다. 엄마 마음에 들지 않는 유형의 옷을 제가 멋대로 사올 때면 엄마의 레이더망에 걸려드는 건 시간 문제입니다. 그리고는 일종의 평점을 부여받지요. 엄마는 색깔이나 디자인, 어떤 옷과 입었을 때 어울릴지에 관한 것, 받쳐 입기에는 어색하지 않은지에 관한 무난함 정도도 세세하게 파악하십니다. 그렇게 엄마 본인의 옷은 물론이고, 딸의 옷까지도 두루두루 능숙한 안목을 펼쳐 보이십니다. 사실, 그럴 때마다 장렬히 전사하는 제 비루하고 볼품없는 옷가지들이 많이 불쌍합니다. 모녀의 의견 조율에 삐끗하여 헌옷 수거함까지 가게 되는 녀석들은 눈물을

머금고 놓아주어야 하지요.

참으로 신기했던 건, '너와 어울리지 않는 옷 같다'고 조언을 하는 제 연인의 의견과 엄마의 의견이 신기하게도 맞아 떨어졌을 때였습니다. 엄마의 지적을 감당하기 힘들어 연인과의 데이트에 입고 나갔던 옷인데, 설마, 그에게서도 똑같은 충고를 받게 될 줄은 몰랐지요. 그토록 받아들이기 싫었던 충고가, 비단 한 사람에게만 지나지 않는 의견이라는 걸 알았을 때 그 멋쩍음이란!

엄마를 지나 연인에게까지 이어지는 작은 조언들은 모여서 제 패션 센스가 날로 좋아지는 데 한몫했습니다. 결코 저와 어울리지 않다는 걸 너무나도 잘 아시는 거죠. 엄마가 아니면 절대로 해줄 수 없는 충고와 조언들입니다. 처음에는 잔소리로 박히는 그 날카로운 지적들이 짜증스럽도록 싫어서 있는 힘껏, 보란 듯이 반항했습니다. 쓰레기통으로 강제 투입될 뻔한 녀석들까지 모조리 끌어와 절대 손대지 말라며, 그랬다간 크게 뿔날 것이라는 공표도 여러 번 했고요. 하지만 똑같은 지적을 하는 연인의 충고를 거쳐 시간이 지날수록 엄마의 말씀은 결국 다 옳은 것이라는 걸 깨달았습니다. 고분고분하지만은 않았던 제 모습을 조금 반성하며, 이제는 그 깊은 마음속에서 차갑게 느껴졌던 잔소리를 따뜻한 조언으로 받아들였습니다. 있는 힘껏, 온 맘 다해 잔소리해주시는 모습도 이제는 입으로 들어오길 기다리는 영양제처럼 느껴지지요. 엄마께서 이걸 아신다면, 제때 해주는 잔소리마저 타이밍이 안 맞게 굳이 연인의 말을 거쳐서야 옳은 말이란 걸 알고 깨닫는, 야속한 딸이라고 혀를 차실지도 모르지요.

'다 너 좋으라고 해주는 말인 게야. 네게 좋은 것이니 꼭꼭 씹어 먹고 정신 차리라는 거야.'

하지만 엄마 여우가 까맣게 모르는 사실이 있었어요. 전화 박스가 엄마 여우를 위해서 마지막 남은 힘을 다 짜내어 불을 밝혀 주었다는 것을…….

– 『여우의 전화박스』 중에서

무뚝뚝한 딸인 저는 학교를 다녀온 뒤, 저녁즈음 집에 도착하면 그날의 날씨를 갈무리하며 엄마께 인사합니다.

"밖이 왜 이리 추워."

그러면 엄마께서는 늘 그랬듯이, 온 맘 다해 제 옷차림을 짧게 평하시겠지요. 오늘은 또 몇 개의 별점을 매겨주실지 궁금하네요. 그리고 하루를 마무리하는 차원에서, 재어둔 과일과 비타민 섭취를, 굳건한 음성으로 권하시겠지요. 불쑥, 뜬금없지만 꼭꼭 씹어 먹을 만한 귀한 정보들을 안겨주시려는 마음을 제가 잘 알지요. 덧붙여, 그 효능과 효과는 이루 말하지 않아도 나는 다 외워두었습니다. 당신을 닮아 힘없고 가는 머리카락을 위한 음식이 검은콩이라는 것도, 안구가 많이 건조한 당신에게 좋은 건 비타민 A가 듬뿍 담긴 당근이라는 것도요.

어제는 늙은 호박이 얼마나 몸에 좋은지에 관해 열변을 토하시는 엄마를 마주했습니다. 오늘은 집에 일찍 들어가 노랗고 뜨끈한 호박죽을 이 못난 딸이 손수 끓여드릴 참입니다.

『**여우의 전화박스**』 : 머리가 제법 크고 나서는 자연스레 증발되는 동심에 무심해질 법도 하다. 하지만 이토록 뭉클한 동화 한 편 덕에 나는 동심만큼이나 값진 것에 동요했다. 마음 한구석 희미해지고 있는 정서들을 꾹꾹 눌러 이완시키듯, 편안하고 조곤조곤히 이야기를 들려준다. 동물이나 사람 모두에게 있는 모성애를 말하면서, 누군가의 품에 안기듯 마음이 푸근해지는 따뜻한 작품이다.

📖 김희영

자존감

나를 사랑하지 못하는 몇 가지 이유

심미영 · 김희연

스터디도 끝나갈 무렵. 아쉬움을 느낀 미영이가 스터디 구성원들의 사진을 찍으러 다니기 시작한다. 이번엔 희연 언니 찍을 차례. 툭툭. 어깨를 치자 희연 언니가 돌아본다.

미영: 희연 언니, 언니도 같이 사진 찍어요.
희연: 음… 나 사진에 찍히는 거 별로 안 좋아하는데…… . 내가 다른 사람을 찍어주는 건 좋아하지만.
미영: 저도 좋아하는 편은 아니에요. 그래도 이제 얼마 안 있으면 헤어지는데 같이 한 장만 찍어요

책상에 걸터앉은 미영이가 사진을 같이 찍자고 조른다. 마지못해 함께 사진을 찍는 희연. 사진을 확인해보지도 않고 의자에 앉는다.

미영: 언니는 사진 찍는 거 왜 안 좋아해요?"
희연: 초등학생 때 뚱뚱한 외모 때문에 놀림도 많이 받았고, 왕따라고 할 정도는 아니지만 심한 장난 같은 것도 당했었어. 그리고 어렸을 때부터 사진만 찍으면 꼭 화난 거 같다는 소리를 많이 들었거든. 가지고 있는 증명사진들만 봐도 다 뚱한 표정이야. 그래서 그런지 내 모습이

찍혀서 나오는 걸 별로 안 좋아한달까. 익숙하지 않은 것도 있어서.

미영: 저도 사진 찍는 거 별로 안 좋아했어요. 졸업앨범에 나열되어 있는 수많은 아이들이 중에 유독 제 얼굴만 못나 보였어요. 제 사진 옆에는 반에서 예쁜 여자애 사진이 있었어요. 공부도 잘하고 성격도 좋고 예쁜 애! 상대적으로 저와 비교되는 거 있죠!

희연과 미영은 동시에 눈이 마주쳤다. 그리고 생각했다. 사진기 앞에 서면 유달리 웃는 모습이 어색한 각자의 얼굴.

희연: 맞아 맞아. 괜히 나도 모르게 긴장하게 되고 표정은 굳고.

미영: 그러다 보니 사진 찍는 게 싫어지고, 왜 남자애들이 절 놀리는지 알 것 같았어요. 제 자신이 더 싫어졌죠! 날 사랑해야 하는데 그럴 수가 없어요. 뚱뚱한 내 모습이 너무 싫었어요. 사진은 그게 더 적나라하게 나오고.

미영이의 이야기에 고개를 끄덕이며 듣고 있던 희연.

희연: 미영이는 친구 관계 어때? 좁고 깊은 편? 넓고 얕은 편? 사람들이랑 만나는 거 좋아해?

미영: 전 친구관계가 초등학교 지나고부터 바뀌었어요. 초등학생 때는 소극적이고 반에서 친하게 지내는 애 거의 없고, 그런 애였어요. 원래 초딩때 남자애들이 많이 놀리잖아요. 그래서 스스로 타인이랑 부딪히는 걸 더 싫어했어요. 근데 그러니까 외로웠어요. 그래서 중학교 올라가서는 친구 사귀려고 일부러 많이 웃었어요.

희연: 난 오히려 점점 나이 들면서 친구관계가 더 좁아졌는데.

미영: 혼자 되는 게 무서우니까 누구 말에도 웃어줬어요, 바보같이. 그러다 문득 소극적이었던 내가 진짜인지 활발한 내가 진짜인지 헷갈렸

어요.

희연: 그랬구나. 난 오히려 중·고등학교 가서 다른 사람들이랑 더 말 안 했어. 친한 친구들이랑만 얘기하고. 누가 나한테 말 걸어오면 그때 나 이야기 좀 하고 그랬어. 늘 교실 안에는 있지만 혼자서 노래 듣고, 책 읽고. 어디서 읽은 적이 있는 표현인데, '유심히 보고자 하면 눈에 띄지만, 평소에는 누구나 그냥 스쳐 지나가는. 있는 듯 없는 듯 그렇게 존재했었다.'라는 말이 딱 나였어.

미영: 언니와 난 반대로 변했지만 근본적으로는 똑같아요. 그래서 더 슬퍼요.

희연: 초등학교 때는 그래도 좀 활발한 편이었어. 남자애들 놀림이야 별 신경 안 쓰고 너네 또 그러냐는 식으로 넘겼는데, 친하게 지냈다고 생각했던 여자애들까지 뒤에서 수근대는 걸 알았고, 나만 제외받는 느낌을 받았어. 외모 때문이었는지, 내 성격이 물러 보여서 그랬는지는 모르겠지만. 아무튼, 그때 그 일들이 트라우마로 남았는지 중학생 때부터는 나랑 맞겠다 싶은 친구들만 만나고 다른 사람들하고는 거의 얘기를 안 했어. 대학 오면 좀 변할 줄 알았더니 그렇지도 않더라. 오히려 더 위축되는 느낌? 그래서 학교상담센터에 가서 검사도 받아보고 상담도 받아봤는데, 자기방어가 너무 강해서 그렇대. 타인으로부터 상처받지 않으려고 나 자신을 너무 꽁꽁 싸매두고 있대. 그러다 보니 점점 대인관계가 좁아지고 모르는 사람을 만나는 걸 두려워하는 거라고.

미영: 타인의 시선과 내가 놀림거리가 된다는 현실이 나를 사랑하지 못하게끔 방해하는 것 같아요.

희연: 응응. 나는 내 자신을 싫어하지 않아. 좋아하는 편이라고 생각해. 근데 다른 사람들 사이에 있으면 자신감도 없어지고 내 자신을 사랑할 수가 없게 되는 거 같아.

미영: 맞아요. 요즘엔 대학 들어오면 연애는 필수로 생각되잖아요. 연애 못하면 무슨 문제 있는 사람 취급당하고. 남들이 그러니까 진짜 나

한테 문제가 있는 사람으로 생각되더라고요. 내가 뚱뚱해서 연애 못 하는가, 성격이 별로여서 연애 못 하나, 별별 생각이 다 들었어요. 그 래서 일부러 활발한 성격인 척하면서 무덤덤한 척했는데 자괴감이 들 더라고요.

희연: 나도 그런 생각한 적 있어. 의무감을 느껴본 적은 없지만, 내가 뚱뚱하니까 연애를 못 하는 거라고. 기왕이면 예쁘고 날씬한 사람 만 나고 싶지 나 같은 사람을 누가 만나고 싶어 할까? 라는 생각 말이야.

미영: 대학생은 꼭 연애를 해야 하고 그걸 못 하는 사람은 바보 취급당 하고. 사람들 시선에 어떻게든 연애는 해보고 싶은데 그게 안 돼서 또 자존감이 없어지고 '난 연애실패자야!'라고 스스로에게 낙인찍고 그 렇게 나이 먹다가 취직 시즌 다가오면 이게 또 반복되죠.

희연: 그러면서 취직도 안 되면 자존감이 더 더 바닥을 치고.

미영: 맞아요!

희연: 자존감을 갖지 못하게 하는 사회예요.

미영: 나쁜 사회 같으니라고.

희연: 어쩌다 얘기가 이렇게 흘렀는지 모르겠네. 늘 혼자서 꽁꽁 담아 두던 이야기를 조금 하고 나니까 뭔가 개운한 기분이다. 나만 그런 줄 알았거든. 우리, 스터디 끝나고 카페 갈까? 커피 마시면서 좀 더 얘기 하자.

미영: 좋아요! 언니!

스터디가 끝나고 둘은 조금 홀가분해진 표정으로 서로의 팔짱을 낀다. 더할 나위 없이 환한 웃음을 지으며.

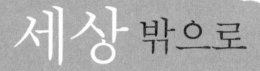

세상 밖으로

공항에 모인(某人)

『공항에서 일주일을』, 알랭 드 보통

공항은 항상 많은 사람으로 분주하다. 공항에 모인 사람들은 저마다 다양한 목적지를 가지고 있다. 어떤 사람은 사업을 하기 위해 어떤 사람은 여행, 또 어떤 사람은 어학연수를 가기 위해 공항에 온다. 그들은 같은 공항에 머물지만, 곧 다른 곳으로 떠날 것이다. 때문에 공항은 한마디로 곧 뿔뿔이 흩어질 사람들이 잠시 모여 있는 기로라고 할 수 있겠다.

그날 나는 태국으로 떠나기 위해 김해공항에 갔었다. 출발하기 전 계획했던 여행 루트와 상상으로 그린 도시는 나에게 엄청난 기대와 행복을 가져다주었기에 기분이 몹시 들떠 있었던 것 같다. 한 번 만에 태국에 도착했으면 좋으련만, 나는 재정적인 이유로 태국에 직행하지 못하고 홍콩에서 16시간 경유를 해야 했다. 16시간, 나는 제대로 된 갈림 길에 들어섰던 것이다.

홍콩공항은 꽤 컸다. 16시간 동안 갇혀 있어야 했지만 나와 엇비슷하게 보이는 동양 아이들부터 백발의 서양 할아버지까지, 공항에 있는 모든 사람을 쳐다보고 관찰하는 것은 무척 재미난 일이었다. 비행기의 출발을 알리는 게이트 앞의 스크린에는 고등학교 시절 세계지도에서나 본 도시 이름이 '깜빡깜빡'거리고 있었고, 떠나기 위해 게이트 앞에서 서성거리는 사람들은 저마다의 색을 가지고 있었다. 파리가 깜빡거리면 그들은 낭만 있어 보였고, 뉴욕이 깜빡거리면 그들은 커리어 맨 같았다. 게이트를 유유히 빠져나가는 사람들을 보며 수많은 생각을 했다. 나도 한 달 동안 꼬박 책을 정독하며 계획한 여행을 곧 떠나지만, 그들보다 먼 곳으로 혹은 먼저 가지 못한다는 생각에 잠시 풀이 죽었다가, 언젠가는 그곳에 꼭 가리라 전의에 불타오르기도 했던 것 같다.

공항에서 보낸 16시간 동안 소파에 앉아 게이트 밖의 세상을 그렸다. 딱히 커다란 기대는 없었지만 내가 상상한 멋진 여행이 게이트 밖에서 나를 기다리고 있을 것 같았다. 게이트를 넘어가면 한국보다 두 시간이 느린 그곳에 도착하여 먹어보지 못한 음식을 먹을 것이고 처음 만나는 사람들과 이야기를 나눌 것이다. 싫어하던 물놀이를 즐길 것이고 한국어를 사용하지 못하더라도 더 많은 대화를 하며 지낼 것이다. 많은 경험을 통해 더 큰 세상을 배울 것이라는 부푼 기대에 나는 게이트를 바라보고 또 바라봤다. 그리고 방콕행 비행기의 탑승을 알리는 문구가 스크린에 깜박였을 때 나는 게이트 밖으로 가기 위해 벌떡 몸을 일으켰다.

게이트. 지금 내 상황을 벗어나 더 큰 세상으로 갈 수 있는 길목이다. 이미 취직한 내 친구들은 그것을 흔히 '헬 게이트'라고 부른다. 무엇이 그렇게 힘들다는 건지 모르겠다, 취직한 친구들은 하나같이 직장은 지옥이라는데, 나에게는 천국으로 가는 문처럼 보일 뿐이다. 취업준비생이 되고 내가 갈 뚜렷한 목적지를 정하고 나서 '출국'을 하기 위해 얼마나 노력했는지 그리고 지식과 경험을 쌓기 위한 활동에 도전했는지 모른다. 그래서 지금 생각해보면 엄청나게 서툴렀지만, 당시 스스로는 기가 막히게 계획했던 태국여행처럼, 취업을 위해 쌓은 내 커리어에도 근거 없는 사랑과 믿음이 있었다. 그런 터무니없는 생각이 나를 공항에서 머물게 하는 것인데 말이다. 당시 홍콩공항에서 게이트를 빠져나가는 사람들이 매우 부러웠던 것처럼 먼저 취직을 하는 친구들을 보면 그저 부러웠다. 내가 손에 쥐고 기다리고 있는 목적지는 너무 낮아 보였고, 그들이 떠나는 곳은 어떤 곳이든 간에 멋져 보였다. 아쉽게도 목적은 내가 원하는 곳을 가는 것이 아닌 게이트를 나가는 그 순간이 되어버린 것이다.

그걸 알면서도, 나는 스크린만 보고 있다. 스크린 맨 위에 있는 목적지들은 계속해서 깜빡거린다. 곧 떠날 것을 예고하는 것이다. 이름만 들어도 꽤 낭만적이고 멋있어 보이는 곳이 혹은 어딘지도 모르는 곳이 깜빡거리다 사라질 때마다 공허함이 느껴졌다. 괜한 무기력감이 들어서일까. 벤치에 앉아 물병을 연신 들이키다 다시 스크린을 바라보았다. 내가 갈, 그곳은 아직 한참 남았나 보다.

벤치에 앉아 출국을 기다리는 어떤 사람들 그리고 그들처럼 공항에 모인, 나.

『공항에서 일주일을』 : 새가 작은 나뭇가지에 잠시 앉았다가 날아가듯이 공항에 오는 사람들 또한 그곳에 잠시 머물렀다 날아간다. 그들은 어디서 날아왔으며 머무는 시간 동안 무엇을 할 것이며 다시 어디로 날아갈 것인지. 공항에 잠시 발을 내디딘 그 사람들의 이야기는 어쩌면 드넓은 그곳에서 부지런히 움직이거나 두리번거리는 당신의 이야기일 수도 있다. 　　■ 김 서 현

나쁜 여행

『열병』, 박동식

유난히 머릿속이 복잡한 날이었다. 그래서 방청소를 했다. 서랍을 열어 필요 없는 사진을 정리하던 중 어느 낯선 남자를 보았다. 따뜻한 햇빛을 등에 품고 부끄러운 듯 두 눈을 꼭 감은 채 이를 가득 드러내며 웃고 있는 남자였다. 누군지 기억이 날 듯 말 듯, 그리고 마침내 생각해 냈다. 캄보디아 여행에서 그는 우리에게 일몰을 봤었냐고 물었다. 순간 나는 그날 우리를 비추었던 찬란한 태양을 기억했다.

그를 알게 된 것은 캄보디아의 글로벌하우스라는 게스트하우스에서였다. 당시 우리는 거대한 앙코르와트 하나를 보기 위해 캄보디아에 3일의 일정을 투자했지만, 숙소와 앙코르와트로 가는 길조차 조사하지 않았던 대책 없는 여행자들이었다. 우리 같은 여행자가 많았는지 게스트하우스 사장님의 딸로 보이는 여자아이가 우리 게스트하우스에는 여행가이드가 있다며 소개해주었다. 우연히 만난 사람이었다. 큰 키에 깡마른 사람이었다. 더운 캄보디아의 날씨에도 그는 긴 소매의 셔츠를 입고 있었는데 깡마른 몸에 사이즈가 맞지 않는 셔츠를 입어서 그런지 그의 모습은 조금 더 초라하게 보였다. 또한 'lee'라고 적혀 있는 모자를 쓰고 있었는데, 게스트하우스 사장님의 성이 '이'씨라는 생각이 불현듯 들었다. 이유는 모르겠다.

그는 우리에게 여러 가지 여행 일정을 설명해주었다. 주로 영어를 사용했지만 짬짬이 공부했었다며 대화 도중 깜짝 놀랄 만한 수준급의 한국어 단어 몇 개를 툭툭 내뱉곤 했다. 우리가 까르르 웃으며 엄지손가락을 내밀 때마다 그는 사장님이 한국사람이라서 배웠다며 부끄러워했다. 여행일정을 다 정하고 나서 그는 한국 사람들이 타지 못해 버린 것 같은 폐차 수준의 자동차를 가리키며 우리를 안내해줄 친구라고 소개했다. 현지인이 아니고는 그 누구도 타고 싶지 않은 낡은 차였지만 멋진 차라며 대충 칭찬해주었다.

그는 전문가답게 동남아에서 가장 큰 호수를 보러 가자며 우리를 안내했다. 호수에 도착하자 그는 차에서 기다리고 있을 테니 구경하다가 5시까지 돌아오라고 했다. 그리고 호수의 전경이 정말 멋지니 저 멀리 선착장에 있는 배를 타고 호수 일부를 둘러보는 것을 추천했다. 우리는 아무나 믿을 수 없다며 뱃사공을 추천해달라고 했고 시트를 뒤로 젖히며 눕던 그는 다시 시트를 제자리로 당기며 같이 가주겠다고 일어섰다. 고맙다고 했지만 속으로는 당연히 그가 해야 할 일이라고 생각했다. 보트를 타고 넓은 호수를 바라보는 것에 심취한 우리는 한국에서는 볼 수 없는 멋진 호수라며 좋아했다. 한참을 사진 찍기에 집중하다가 우리는 추억 하나를 남겨야 할 것만 같아서 그에게 당신의 사진을 찍고 싶다고 했고 그는 부끄러우니 빨리 찍으라며 눈을 꼭 감고 환하게 웃었다. 그저 그는 우리가 남긴 추억의 사진 중 한 장일 뿐인데 저렇게 부끄러워할 것까지야.

그곳 정상에는 한 마리의 야크를 앞세운 노인이 기다리고 있었다. 여행자들을 야크에 올려 태운 후 기념촬영을 시키고 돈을 받는 것이 노인의 일이었다. 야크를 끌고 그 높은 곳까지 올라와야 할 만큼 삶은 노인에게 관대하지 않았던 모양이다. 노인은 야크의 고삐를 끌고 우리 주변을 맴돌았지만 우리는 너무도 냉정하게 야크와의 기념촬영에 관심이 없었다. (…) 삶을 말하는 것은 참으로 어려운 일이다. 허탈한 노인의 뒷모습은 상관없이 우리 모두는 눈앞에 펼쳐진 풍경에만 흥분하고 있었으니 말이다. -『열병』 중에서

Did you see the sunset?

다음 날 새벽 4시 잠이 덜 깨어 아무 말도 없는 우리에게 그가 건넨 첫마디였다. 생각해보니 그는 항상 우리에게 먼저 말을 건넸었다. 만난 첫날도 그랬고 다음날에도 앙코르와트와 앙코르톰에 데려다 주면서 우리는 그에게 말을 건넨 적이 없었다. 우리끼리 찬란한 유산에 감상 젖기 바빴고 그는 우리 대화를 알아듣는지 못 알아듣는지 고개를 끄덕이며 운전을 했던 것 같다.

우연히 3일을 의지하게 된 사람이었다. 내가 그를 '그'라고 칭하게 된 건 이름은 알지 못하기 때문이다. 생각해보니 3일 동안 우리를 안내해준 그의 이름을 묻지 않았다. 우리는 그저 앙코르와트를 보기 위해 온 여행객이었기 때문이다. 추억을 남기기 위해 호숫가를 바라보았고 앙코르와트를 보았고 그의 사진을 찍어야 했다. 우리는 여.행.객.이.었.기.에 그는 고마운 가이드가 아닌 우리가 간직해야 할 즐거운 여행의 편린이었다. Did you see the sunset? 어쩌면 그가 말한 태양은 그 자신이었는지도 모르겠다. 당시 스무 살이었던 우리는 끝이 보이지 않는 드넓은 세상을 바라봤다. 그날을 비추었던 찬란한 태양은 보지 못한 채 말이다. 그날을 찬란하게 비추었던 떠오르는 태양은 보지 못한 채 말이다. 누구 덕분에 할 수 있었던 철없는 스무 살의 이기적

인 여행이었음에도 말이다.

『**열병**』　: 여행이란 단어는 사람을 들뜨게 만든다. 그리고 여행을 다녀오면 그날의 꿈에 그리움의 열병을 앓는다. 때문에 우리는 그 추억을 간직하고 일기를 적는다. 이 책은 그런 책이다. 보기만 해도 히말라야와 티베트의 삶이 그리움으로 다가오는, 고지의 사막과 호수에서의 숭고한 터전이 느껴지는 그런 여행에세이이다.　📖 김 서 헌

벽 너머, 우리

『사람』, 김용택

　　토론토에 도착했을 당시 공항에서의 내 모습은 국제미아가 따로 없었다. 출구를 찾아 헤매며 같은 길을 몇 번이나 이리저리 되풀이하는 것은 예사고, 이민을 왔다고 해도 믿을 만큼의 큰 캐리어는 제대로 가누지도 못했다. 거기다 당장 그날 밤 머물 곳 또한 없었다. 무턱대고 떠나왔지만 그래도 나름 많은 준비를 해 왔다고 자신했다. 하지만 정작 내가 준비해 왔다 하는 것은, 전기장판이나 두꺼운 바지처럼 꽃잎 날리는 봄 오월에 당장 필요 없는 것들이었다. 더군다나, 머물 곳조차 없는 이 상황에서 그것들은 말 그대로 '짐'에 지나지 않았다.

　　다행히 수첩에 적어 왔던 몇 개의 번호를 통해 어렵사리 시내에 있는 한 호스텔의 위치를 알아냈다. 해가 저물기 전에 도착한 그곳은 시내 중앙에 자리 잡은 곳이었다. 지하철 주위와 거리에는 노숙자나 갖은 문신과 함께 인상을 구기고 있는 사람들이 많았다. 행여나 해코지를 당할까 겁을 먹은 나는 되도록 그 누구와도 눈을 마주치지 않으려 고개를 푹 숙이고선 호스텔로 걸음을 옮겼다. 호스텔의 주인인 아주머니 아저씨는 한국인으로, 오래전 캐나다에 이민을 오신 분들이었다. 먼 고향 땅에서 날아온 내가 안돼 보였던 걸까, 지도를 주며 길 이곳저곳을 설명해주시며 마침 저녁때가 되었으니 함께 저녁을 먹자고 하셨다. 비행기에서 잔뜩 먹은 바람에 뱃속으로 무언가 더 집어넣기란 불가능하였지만, 거절하기도 뭣하고 하여 그러겠노라 했다.

　호스텔은 다른 곳과는 달리 개인 공간이 얇은 벽으로 나뉘어 있었다. 허나, 뻥 뚫린 천장은 이 얇은 벽의 존재를 무색하게 만들었다. 마음만 먹는다면 고개를 빼꼼히 내밀어 건넛방 친구에게 손 내밀어 인사할 수 있을 정도였다. 방이라고 부르기도 뭣한 그 공간에는 좁고 딱딱한 침대와 사물함, 텔레비전이 있었다. 그리고 빛이라고는 벽에 붙어 있는 어두운 형광등뿐이었다. 이어 로비에는 탁구대, 당구대와 함께 큰 텔레비전 그리고 몇 개의 테이블과 소파가 있었다. 로비는 부엌과 이어져 있어 사람들이 만든 음식을 여기저기 테이블에 옮기며 자유롭게 먹고 놀 수 있었다. 게다가 햇살이 들어오는 창문이 오로지 로비에만 있었기에 대부분은 방에서 잠만 자고 로비에서 주로 시간을 보내는 듯했다.

　호스텔에서의 첫날은 정신없이 지나버렸다. 다음 날 이른 아침, 근처 공원에서 거닐다 돌아오던 길에 호스텔 입구에서 '게리'라는 친구를 만났다. 그는 자신이 만든 노래라며 기타와 함께 작은 소리로 노래를 부르고 있었다. 가만히 옆에서 지켜보고 있는 나에게 그는 기타를 가르쳐주겠다며 저녁에 로비에서 보자고 했다. 평소에 기타를 배워보고 싶었던 나는 말이 채 끝나기도 전에 내가 배우고 싶은 곡 하나를 말해주며 저녁에 꼭 보자는 말을 남기고 계단 위로 올라왔다. 그날 저녁은 정말이지, 내가 캐나다에서 꿈꾸던 날 중 하나였다. 모든 사람이 넓은 로비 여기저기에 둘러앉아 기타연주에 맞춰 노래를 불렀다. 그중한 친구는 거리에서 기타 연주와 함께 노래를 부르는 친구였는데, 아예 텔레비전 앞 중앙에 앰프까지 설치하고선 자리를 잡았다. 그리곤마치 자기 콘서트처럼 신청곡을 받아 노래를 이어나갔다. 우리는 박수와 함께 조용히 그의 노래를 들었다. 노래는 감미로웠고 맥주는 밤새 마셔도 충분할 만큼 박스 채 쌓여 있었으며, 부엌에서 새어나오는 파스타 냄새는 따듯했다. 비록 만난 지 얼마 되지 않았지만, 우리는 이미 모두가 서로의 오래된 친구이며 가족이었다.

젊음과 낭만과 세상에 대한 끝 모를 열망과 열정들이 우리들이 노는 화실을 늘 활기차게 했다. 빈한한 우리들의 몸과 마음은 그러나 우리들을 풍요로운 정신세계로 이끌어갔다. 그러나 하룻밤만 자고 나면 이내 다시 나는 또 무엇인가를 채워야 하는 갈증으로 돌아가 허덕여야 했다. 무엇을 해도 충족되지 않는 모자람과 예술에 대한 허천난 내 배고픔이 나를 인간에 대한 사랑의 길로 들어서게 했는지도 모른다. - 『사람』 중에서

내가 이곳에서 만난 친구들은 나처럼 여행자는 아니었다. 다들 일용직 근로자거나, 정부의 보조를 받고 하루하루를 버텨나가는 혹은 근처 작은 지역에서 공부를 하러 대도시로 온 친구들이었다. 하는 일이 무엇이든 이 친구들과 보내는 시간은 꽤 재미있었다. 머리가 희끗하여 리처드 기어를 닮은 '캐롤'은 늘 말장난하기를 좋아했다. 한때 그는 토론토 시내 유명한 빌딩 여러 곳의 건설관리자로 많은 부와 명예를 얻었다고 한다. 하지만 건설현장을 시찰하러 가던 날 고장나버린 중장비로 인해 떨어진 자재에 깔려 몇 차례의 대수술을 겪어야만 했다. 주변 사람들은 입을 모아 그가 살아 있는 게 기적이라고 했다. 그는 나에게 늘 50센트짜리 쭈쭈바를 사다 주었다. 함께 쭈쭈바를 들고 길가에 앉아 얘기를 나누다 보면 그가 나를 딸처럼 혹은 친한 친구처럼 생각한다는 것을 느낄 수 있었다. 그는 내게 어떻게 하면 내가 토론토 생활을

잘 해나갈 수 있는지 조언해주거나, 내 사소한 영어 발음 등을 말장난을 통해 조금 더 쉽게 고치도록 해주었다. 제일 처음 친구가 되었던 '게리'는 이런저런 물건을 주워오는 걸 좋아했다. 그러다 가끔 꽃모양 장식품 같은 것이 있으며 나에게 제일 먼저 가져다주었다. 일을 하기 위해 멕시코에서 온 '존'이라는 친구는 나보다 서너 살 정도 위였는데, 여기에 집을 사서 멕시코에 있는 부인, 딸과 함께 사는 것이 꿈이라 했다. 이 친구들 외에도 만물박사였던 '크리스', 모든 나라의 여자를 만나보고 싶다던 '사미르', 어눌한 내 영어에도 늘 모든 이야기를 인내심 있게 들어주던 '스티브', 그리고 그 외에 함께 시간을 보냈던 친구들. 성격은 각기 달랐지만, 한 공간에서 많은 시간을 보내서였을까. 어딘지 모르게 모두 닮아 있었다.

만약 거리에서 그들을 처음 만났다면, 아마 나는 그 흔한 눈인사조차 나누지 않았을 것이다. 하지만 한정된 공간에서 흘러나온 소속감은 좋지만은 않던 호스텔 환경에서 작은 것이라도 나누고 서로를 보살피게 했다. 벽을 통해 들려오는 누군가의 재채기 소리에 이 방 저 방에서 'bless you'라고 외치는 것에 익숙해졌고, 밤새 텔레비전을 틀어놓는 옆방 친구와 앞방 친구의 코골이는 더 이상 귀에 거슬리는 소음으로 들리지 않았다. 오히려 함께하는 사람이 있다는 안도감을 주었다. 그곳에서 지냈던 두 달은 내게 마치 현실 밖의 시간처럼 느껴진다. 화려하거나 깨고 싶지 않을 만큼의 꿈같은 시간은 아니었다. 다만, 홀로 낯선 곳에 떨어져 얼어 있던 내게 그들은 노크도 하고, 망치질도 하고, 그렇게 내가 한걸음 두려움 없이 새로운 곳에 발을 내딛게 해주었다. 거기에서 함께 지내던 모든 사람들은 내게 삶의 지침서와 같았다. 그리고 반전과 복선이 잔뜩 펼쳐진 소설과도 같았다. 어쩜 누군가는 그들의 삶에 대해 고개를 좌우로 저으며 한숨짓거나 비웃을지도 모르겠다. 하지만 100명 남짓 살았던 그곳에서 그들은 누구도 서로를 저울질하지 않았다. 모두가 각자만의 의미가 있고 가치 있는 나날을 거쳐왔다. 그들이 앞으로 어떤 새로운 삶을 살아갈지는 아무도 알 수 없다. 단지 내가 아는 것은, 그들은 여전히 노래 부르고, 춤추며 그리고 마시며 하루하루 자신에게 주어진 시간을 즐기며 살아가리라는 것이다.

『사람』 : 섬진강을 안고 살아가는 시인 김용택이 만난 사람들의 이야기이다. 사람들은 저마다의 이야기를 만들며 살아간다. 그것이 다른 이와 만났을 때는, 다시 둘만의 새로운 이야기가 탄생한다. 그 이야기 속에 우리는 다시 단조로운 일상의 활력을 가다듬는다. 사람과 만남을 사랑하는 이들이라면, 내 사람들을 떠올리며 담담하게 읽어 내려갈 것이다. 📖 김 원 희

풍경으로 남을 순간

『나만 위로할 것』, 김동영

"죄송합니다. 이륙 5분 전에는 탑승하실 수 없습니다." 순간 온몸의 힘이 쫘—악 빠져버렸다. 검색대에서 예상치 못하게 길어진 줄 탓에 결국 라스베이거스로 가는 비행기를 놓치고 만 것이다. 공항을 가로질러 무거운 배낭을 메고 얼굴이 빨개진 채로 열심히 달렸는데, 그 또한 헛수고가 돼버렸다. 짐은 이미 비행기에 실어져 하늘 어딘가를 날고 있을 테고, 티켓을 새로 사려면 경비를 다시 짜야만 한다. 게다가 라스베이거스에서 만나기로 한 친구까지 떠올라 온갖 걱정이 머릿속을 헤집고 다녔다. 마음이 급해진 나는 서둘러 안내데스크로 향했다. 안내데스크 앞에는 이미 나처럼 비행기를 놓친 중년의 부인이 티켓을 새로 발권받고 있었다. 다행히 티켓값 대신 수수료만 내면 그 다음 비행기를 바로 탈 수 있었다. 거기다 나와 같은 이가 하나 더 있다 생각하니 괜한 동질감에 마음이 안정되는 듯했다. '헤더'라는 이름의 그 중년 부인은 하얗게 센 머리를 양 갈래로 땋아 수줍은 소녀 같았다. 그녀는 남편과 함께 라스베이거스에서 열릴 친구 결혼식을 가는 길이라고 했다. 집에서 함께 출발한 남편은 제시간에 비행기를 탔으나, 자신은 비행기를 놓치고 말았다며 그녀는 대수롭지 않게 말했다. 오히려 남편이 공항에서 자신의 짐을 맡아놓고 기다릴 것이라며 크게 웃어 보였다. 그녀는 나와 비슷한 나이에 세계 여러 곳을 여행 다녔다고 했다 그러다가 남편을 만났다며 미소 지어 보였다. 이어 그녀가 말했다. "혼자 여행한다는 게 때로는 많이 힘들고 외로울 거야. 하지만 후에 돌이켜 보면 정말 너에게 큰 가치가 돼서 돌아올 거야. 지금까지도 충분히 넌 잘 해왔잖아? 다른 사람은 느끼지 못했던 특별한 걸 넌 느끼고 있는 거야. 그러니 너무 걱정마." 만난 지 한 시간도 채 되지 않았지만, 그녀는 내 걱정을 잘 알고 있는 듯했다. 그런 그녀의 응원은 여행의 막바지에 다다른 나에게 새로운 확신을 안겨주었다.

언젠가 너도 나처럼 먼 길을 떠나게 된다면 길에서 만난 누군가가 '거기 가면 아무것도 없어'라고 말해도 계속해서 그 길을 가보렴. 그땐 내 고집을 그리고 한걸음 다가가면 두 걸음씩 세 걸음씩 가까워지는 길들의 풍경을 조금은 이해하게 될지도 몰라. ─ 『나만 위로할 것』 중에서

사람과 사람이 만나면 그 자리에는 어김없이 하나의 풍경이 생긴다. 나누는 시선, 대화, 몸짓 이런 것들이 만들어내는 풍경은 오래도록 마음속과 기억 속에 남는다. 여행을 하는 동안 아마도 난 그 풍경에 빠져 있었던 듯하다. 낯선 곳에서 만나는 이들은 저마다의 색을 띠고 있었다. 몇 개월간 길게는 몇 년 동안을 여행하는 사람이 있는가 하면, 휴가를 맞아 잠깐 즐기러 온 이들도 있었다. 그들과 함께 지내는 시간은 길어야 1주에서 2주였다. 그동안 우리는 함께 불꽃놀이를 보러 가기도 하고 눈싸움을 하기도 했다. 한방에 모두 누워 밤을 지새우며 수다를 떨기도 했다. 물조차 나오지 않는 산속 오두막에서 밤새 불을 지펴놓고 맥주에 맘껏 취하여 뜨는 해를 보았던 것은 생애 최고의 해돋이를 마주한 순간이기도 하다. 그러다 누군가는 먼저 떠나기도 하고 그 빈

자리는 금세 새로운 이로 채워지기도 했다. 모두가 그렇게 떠나고 돌아왔다. 떠나지 않는 것은 다만, 우리가 함께 보냈던 시간이 추억이라는 이름으로 묶여 남은 것이었다. 일생을 살아가는 동안 수많은 풍경이 스쳐 지나가지만 그중에는 평생을 두고 잊지 못할 풍경이 있다. 그 풍경은 세월이 지남에 따라 사진 속 배경처럼 누렇게 희미해지는 게 아니라 오히려 기억의 인화지 위로 선명하게 떠오를 것이다. 여행하는 동안 마주쳤던, 지나쳐갔던 모든 풍경들이 내겐 그러했고 그러할 것이다.

긴 여행에서 돌아온 뒤, 거울에 비친 나는 지쳐 있기보다는 오히려 생기 넘쳐 보인다. 예전의 모습은 떠올릴 수 없을 정도로 그을린 얼굴과 팔다리 여기저기 생긴 작은 흉터는 마치 내가 어떠한 여정을 거쳐 왔는지 소상히 다 보여주는 듯했다. 고작 한 권의 책과 한 편의 영화였다. 그렇게 나는 로키산맥을 그렸고 북아메리카를 횡단하겠다는 꿈을 키웠다. 책상 앞에서 시간 대부분을 보냈던 열아홉 살, 일기장에 큼지막하게 적어놓았던 꿈은 내가 지치지 않고 달리는 힘이 되었다. 단 한 순간도 내 꿈이 이뤄지지 않으리라는 생각을 해본 적은 없었다. 늘 그리고 그렸다. 이십 대의 가장 큰 그림으로 남을 그 순간을 말이다. 그리고 주문을 걸었다. '결국 난 갈 거잖아, 다 해낼 건데 뭐.' 이렇게 말이다. 단순한 내 암시는 정말 모두의 반대에도 떠날 수 있는 용기를 주었다. 여고생 시절 무턱대고 그리기만 했던 꿈은 더는 머릿속이나 일기장에만 머무르지 않는다. 이미 눈앞에 펼쳐졌고, 그 아름다웠던 꿈을 되새김하는 일만이 남았다. 그리고 이제 그 되새김이 또 다른 꿈을 위한 이정표가 되기를 바라본다.

다음 여행을 위해 다시 신발 끈을 고쳐 매본다. 어떤 길이 날 기다리고 있을지 당장은 알 수 없다. 다만 분명한 것은 낯선 길 위를 나아가고 있을 내 모습이다. 혼자일 수도 있고, 친구와 함께일 수도 있다. 어쩜 길을 헤매고 있을지도 모른다. 그게 어떤 모습이든 새로운 풍경의 기록을 써 내려가고 있을 내 모습을 확신한다. 멀지 않을 그날을 위해 일기장과 함께 지도를 펼쳐본다. 다음은 어디가 될까?

『나만 위로할 것』　: 여권을 펼쳐본다. 손으로 남은 빈 공간을 하나둘 세워본다. 그리곤 지나온 곳들을 더듬더듬 떠올려본다. 공항을 감돌던 그 공기부터 사람들의 말투, 표정, 걸음새까지 모든 게 한번에 스쳐지나간다. 책을 읽는 동안 그렇게 지나온 길을 돌아보았다. 그리곤 책을 덮는 순간 아이슬란드가 궁금해진다. 하얀 눈으로 뒤덮인 그곳, 하얀 밤으로 뒤덮인 그곳. 그곳에서 무언가 날 기다릴 것만 같다는 기대감은 곧 내가 떠나야 하는 이유를 말해주는 듯하다. 아이슬란드 골목길 어딘가를 헤매고 있을 날을 그리며. 　　📖 김 원 희

나를 향한 기도

『수도원 기행』, 공지영

닥치는 대로 관찰하기를 즐겨했던 시절이 있었다. 또래보다 앞선 경험을 일구어내고픈 욕심쟁이가 있었다. 일차원적 경험만을 토대로 억지 성장을 도모하고자 했던 젊은이가 제 삶의 한복판에 있었다. 경북 칠곡군 왜관읍의 어느 남자 수도원, 흰 수도복 차림의 젊은 여자가 뙤약볕 아래에서 감자를 캐고 있었다. 수도 생활 체험을 한답시고 여름휴가를 반납한, 스물한 살의 어린 내가 알찬 감자를 캐내려 애쓰고 있었다.

구원이나 기도는 심도 깊은 고뇌가 필요한 거라고 생각했다. 강제적인 요구인 것 같기도 했다. 그래서 아직은 어렵다는 핑계로, 게을러서 그렇다는 말로 본심을 숨겨두기도 했다. 거기다 이렇다 할 거룩한 체험이라든지 존경하는 성인을 꼽아본 적도 없는, 그야말로 '텅 빈' 가톨릭 신자였다. 그저 의무적으로 꾸역꾸역 주일을 채우고 있는 건 아닌가 하고 자문해보는 일이 잦았다.

그렇게 신앙 안에서 허우적댈 즈음, 내게 문을 열어준 곳이 있었다. 바로 왜관 어느 수도원이 기획한 '수도생활 체험학교'였다. 지금 생각해보면 '체험'이라는 단어 하나에 혹해서 관심을 빼앗기고 말았지만, 당시의 나를 이끌었던 '시기적절한' 단어였음은 분명했다. 나는 곧바로 참가 신청을 한 뒤 떠날 채비를 했다. 그러고는 책상 위에 앉아 빨간 펜을 들었다. 나만의 베스트셀러 목록 중 언제나 상위권을 차지하고 있는 '제7차 교육과정 고등학교 지리부도'를 찾아 펼쳤다. 어린 시절 살았던 '경북 구미시'와 가까운 곳에 이름도 외진 느낌이 가득한 '왜관'이 있었다. 지도에 나온 크기만큼 '왜관'이라는 지역에다 동그라미를 작게 그렸다. '내 신앙'을 확립하기 위한 작은 시도를 지도 위에서나마 표시하고 싶었을 게다. 단순 체험에만 그쳐 본래 마음을 잊어버리지 말자고 다짐했다. 때 묻은 것들을 비워내고 돌아올 수 있도록, 새마을호 기차에 올라탔다.

내가 간 곳은 다시 한 번 더 말하자면, 수녀원이 아닌 수도원. 그러니까 남자 수사님들만 오순도순 모여 사시는 곳이었다. 그리고 대한민국 어느 한적한 시골에 숨어 있어 마치 다른 세계 같은 곳이었다. 건축물 하나하나가 성스러운 느낌으로 가득했고, 이전에 가보았던 수녀원과는 또 다른 느낌이었다. 정갈함으로 가득한 향이 퍼진 동네라고나할까. 웅장한 수도원의 풍경 덕인지 끊임없이 '기도하고 일하라'는 그들만의 모토가 사뭇 경건해진다. 남녀를 불문하고 수도 생활을 체험하러 온 이들에게는 오히려 고역일 수도 있지만.

수사님들의 일과와 다를 바 없이 진행되는 체험과정은 3박 4일이 일주일처럼 느껴질 만큼 버거운 일정이었다. 새벽 4시면 기상해야 하고, '아침기도-낮기도-저녁기도-끝기도' 순서의 공식 기도를 함께 바쳐야 했다. 자유롭게 하는 개인 묵상기도까지 합치면 기도는 하루의 일과 중 가장 큰 비중을 차지한다. 수사님들에게 기도는 삶이자 의무였고, 곧 생활이었다. 더불어 농작물을 심고, 출판 업무라든가 성물을만드는 등의 다양한 노동이 함께 이루어지니, 나는 그곳에 머무는 동안 그들이 내세우는 모토에 자연스레 몰입되어갔다. 또한 가장 필수적이고 결정적이었던 체험은 '침묵'이었다. 고래고래 큰 목청을 높이지 않더라도, 내 안에서 깊숙이 소리치는 그 무엇에 집중할 수 있게 되었다. 침묵은 또 다른 나를 발견하도록 이끌어주었다.

이른 새벽에 뜬눈으로 함께 기도에 임하고, 꾸벅꾸벅 조는 가운데에도 수사님들의 또렷한 목청으로 울려 퍼지는 그레고리안 성가가 가끔은 자장가로 들리기도 했다. 몽환적이면서도 안온한 성가에 선잠을 자기도 했지만, 그 와중에도 내 신앙을 찾아보려 무던히 노력했다. 짧은 시간이지만 넓은 체험을 경험하면서 나는 기도할 때 가장 나다울 수 있었다. 내 안을 찬찬히 들여다볼 수 있었고, 스스로를 매몰시키는 자존감을 보듬으며 자아의 소중함을 체험한 시간이었다. 노동보다 더 큰 시간을 할애했기 때문인지는 몰라도 기도 안의 그 어떤 것이 나를 움직인 듯했다. 뚜렷한 형상으로 나타낼 수 없지만, 기도 안에 내가 숨 쉬고 있었다.

나는 치기 어린 모험심에 냅다 뛰어드는 체험을 그리 빈번히 행하지는 않았다. 하지만 수도원을 다녀온 이후 가장 큰 변화는 기도를 직접 찾아서 하게 된 것이다. 어느 한적한 수도원 안에서의 짧은 시간 동안 나를 일으켜 세운 건 신앙의 가장 근본적 행태인 '기도'였다. 어쩌면 당연한 것임에도 놓쳤던 게 아닐까?

여기 모인 젊은이들은 아마도 노력하는 이들일 것이므로 더 방황할지도 모른다. 그걸 생각하니, 기도가 시작되고 음악이 울려 퍼지는데 머릿속으로 기도는 하나도 안 떠오르고 괜히 막막해졌다. 성당 밖에는 겨울밤을 타고 내리는 빗소리, 그리고 성당 안에는 고운 화음의 기타 소리. 노란 촛불은 혼자서 타오르고, 모여 앉은 젊은이들은 제각기 자기 속에 침잠해 있다.

－『수도원 기행』중에서

애쓰지 않아도 자연히 일깨우는 앎보다, 직접 부딪히며 터득하기 위해 노력한 경험이 그 깊이를 더한다고 본다. 그래서 내가 최대한 행할 수 있었던 건, 감사에 감사를 더한 기도였다. 나의 온전한 청이 행여나, 하늘 높은 곳의 절대자에게 들리지 않을지라도.

기도의 시작과 끝은 눈에서부터 시작해 호흡으로 이어졌다. 급한 마음을 버리고 호흡을 정리한 뒤, 천천히 눈을 감았다. 쉼 없이 깜빡대는 눈꺼풀도 기도할 때만큼은 안온하게 휴식을 취했다. 10~15분이라는 짧은 시간 내에 주위의 모든 소리를 차단시켜 오로지 내 생각에만 집중하는 일. 반대로 주위의 모든 소리와 소음을 인식하면서 세세한 미동까지 집중해보는 것도 기도의 한 방법이었다. 하루에 한 번쯤은 나를 위해 시간을 가져보는 노력, 그리고 집중과 명상으로 생각을 정리하는 시간을 갖는, 일종의 훈련이었다. 내가 생각했던 기도의 정의와는 많이 달랐다.

깊은 호흡으로 템포를 늦추는 시간, 그건 온전한 나를 비우는 시간이었다. 아주 정갈하지는 못해도 서툰 모습을 어여삐 지켜봐주실 절대자를 향해서 말이다.

『수도원 기행』 : 기행의 처음에 선 나에게 수없이 많은 질문을 던져준 그들의 삶. 깊고 외진 곳에서의 공동체 생활은 끊임없는 기도를 통해 그분 곁으로 다가가고자 노력하는 수행의 삶이었다. 그들의 모습을 엿보는 것만으로도 감히 회개를 청할 수 있었고, 빛과 소리에 가까워질 수 있었고, 내 안에 참다운 자신을 침잠해보게 했다.

📖 김 희 영

환상 속의 갸누
『코끼리』, 김재영

산에서 내려오는 길에 갸누가 말했다. 네팔을 잊지 마세요, 하고. 성긴 얼굴이 활짝 웃으니 주름이 더 깊게 패였다. 내가 그의 생(生)을 판단 내릴 자격이 있었던가. 하지만 자격과는 무관하게 마음이 아팠다. 그래서 산에 머무는 내내 실컷 아파했다. 그는 이 산을 한 달에 두어 번 오른다고 했다. 젊은 사람들은 한 달에 네 번 정도 오르지만 아무래도 자신은 힘이 부친다며. 처음 만나던 날, 그가 나에게 마흔 살이라 말했을 때 나는 얼마나 놀랐는지 모른다. 주름이 성긴 얼굴과 굽은 등, 가늘고 검은 피부, 동상에 걸린 것처럼 검푸른 입술까지 족히 예순은 되어 보이는 사내였다. 십 킬로그램은 될 내 배낭을 그가 짊어질 수 있을까 하는 의구심이 들었다. 내 가방을 메고, 갈 지 자로 뒤따르는 그를 보며 죄책감을 느낀 것도 사실이다. 하지만 그와 짐을 나누어 들 용기 또한 없어 다시 고개를 돌린 것도 사실이다. 옆으로는 낭떠러지, 전날 내린 폭설이 얼어 미끄러운 산길이었다. 매일 밤, 나는 그 낭떠러지 아래로 떨어지는 꿈을 꾸며 잠들었다.

갸누에게는 특유의 걸음걸이가 있었는데, 아주 느리고 가끔은 휘청거렸다. 나풀나풀, 그렇게 걷는 사람을 나는 처음 보았다. 한참 산을 오르다 뒤를 보면 그는 저 멀리서 그렇게 나풀나풀 걸어오고 있었다. 노래하거나, 가끔은 춤을 추듯 들썩이기도 했다. 그가 보이지 않으면 불안해진 나는 가만히 앉아 그를 기다렸다. 갸누는 산에 사는 사람들 집에 들러 차를 한 잔 얻어 마시기도 하고, 바위에 앉아 가방을 고쳐 매기도 하며 그렇게 느리게, 느리게 나에게 걸어왔다. 갸누는 히말라야에 오르는 사람들의 짐을 들어주는 포터였다. 하루에 만 원이 조금 넘는 일당을 받으며 십 킬로그램 내외의 짐을 지고 함께 산을 오르는. 어떤 한국인은 전기밥솥을 들고 와 그를 난감하게 했고, 어떤 이는 감당 못할 만큼의 짐을 들게 했다. 그럴 때마다 그냥 웃었다고, 그가 말했다. 폭설 때문에 길이 막혀버린 어느 날, 하루를 더 머물게 된 숙소에서 우리는 오랫동안 이야기를 했다. 서툰 영어였지만 그 목소리는 수개월이 지난 지금도 잊을 수가 없다. 갸누는 가난했지만 남루하지 않았고 나이 들었지만 순수했다. 시간 앞에 몸이 점점 허물어져도 산이 좋아 오르는 사내였다.

새벽까지 내린 눈은 어느새 그쳐 있었다. 우리는 무릎까지 푹푹 빠지는 그 눈길을 따라 걸었다. 언제나 나를 따라 느리게 걷던 갸누가 이번에는 나를 앞서 갔다. 시간이 지날수록 눈은 단단하게 얼었고 점점 미끄러워졌다. 수십 번 엉덩방아를 찧었다. 발을 잘못 디뎌 미끄러지면 저 낭떠러지 아래로 떨어지고 말 것이다. 죽을 수도 있다는 공포가 처음으로 나를 덮쳤다. 긴 내리막 앞에서 머뭇거리던 나를 본 갸누가 대나무 지팡이로 언 눈을 파내기 시작했다. 한 발자국 디딜 만큼 작은 웅덩이를 하나씩 하나씩, 그리고 그곳을 밟고 내려오라는 눈짓을 했다. 나는 갸누가 파낸 웅덩이에 발을 디디고 그렇게 한 발짝씩 한참 동안을 바닥만 보며 걷는 데 온 신경을 집중했다. 그때, 그가 내 이름을 부른다. 손가락으로 저 먼 곳을 가리키며. 그의 손이 향한 곳에는 물기둥이 있었다. 쏟아지는 모양 그대로 얼어붙은 폭포였다. 뷰티풀, 뷰티풀, 갸누에게 말하며 문득 그런 생각이 들었다. 나는 이 아름다운 것을 볼 자격이 있는가, 하고.

그 어떤 간절함 없이, 너무 쉽게 온 것이 아닐까. 누군가에겐 종교 그 자체일 것이고, 누군가에겐 꿈일 것이고,—이루어질 수 없는 꿈일 수도 있을 것이고—또 누군가에겐 신성하고 거룩한 상징일 이곳에, 너무 아무렇지 않게 온 것이 아닐까 하는 그런 생각. 어느새 우리는 꽤 아래로 내려와 있었다. 눈은 마치 오래전에 내린 것처럼 한동안 질척거렸으나 이내 마른 땅이 나왔다. 더 이상 낭떠러지도, 꽁꽁 언 눈도 없었다. 내가 갸누— 하고 그를 불렀다. 앞서 걷던 그는 어느새 내린 저 뒤에서 나풀나풀 걸어오고 있었다. 갸누, 하고 말할 때의 그 입말이 좋았다. 아무 이유 없이 갸누— 하고 부르면 나를 보며 웃어 보이던 그 눈주름이 좋았다. 밤이 되면 산장 앞에서 함께 보던 쏟아지는 별, 그 별을 박아 넣은 모양으로 반짝이는 눈빛도 좋았다. 언제 닦았는지 모를 누런 이를 드러내며 활짝 웃던 그 검푸른 입술이 좋았다. 내가 갸누— 하고 그를 불렀다. 그는 어느 새 나풀나풀, 내 앞에 와 앉았다.

"한국에 많은 네팔 사람들이 있어요. 돈을 벌기 위해 한국에 와요. 코리안드림 알지요? 근데 우리나라 사람들 되게 못됐어요. 때리기도 하고, 사기도 치고, 월급도 안 줘요. 인종차별도 심해요." 이렇게 쏟아내듯 말하는 나를 앞에 두고 갸누는 성글성글, 그저 웃었다.

"나도 알아요." 갸누는 예순은 족히 넘어 보이는, 하지만 실제론 마흔 살 조금 넘은 사내였다. 하루에 만 원이 조금 넘는 돈을 받고 한 달에 두어 번 산을 오른다. "그래도 한국에선 네팔보다 많은 돈을 벌 수 있잖아요." 십 킬로그램에서 십오 킬로그램가량의 짐을 들고 열 시간 정도 걷는다. 지금 하는 일보다 힘도 덜 들 것이고요. 갸누가 쓴 모자에는 한국어가 적혀 있었다. 농약 이름이 박힌, 초라하고 낡은 모자였다.

"맞거나, 사기 당하거나, 월급을 못 받을 수도 있는 건 여기도 마찬가지예요. 가난하니까요." 갸누가 다시 웃는다. 한국인 등산객이 전기밥솥을 들고 와 지게 했을 때, 감당 못할 무게의 짐을 들게 했을 때도 이 사내는 이런 표정으로 웃었을 것이라는 막연한 생각을 해본다. 정말 나는, 이 아름다운 것을 볼 자격이 있었던 걸까.

아무런 준비 없이 히말라야를 오르겠다고 한 것은 순전히 내 치기 때문이었다. 하지만 결국, 폭설에 막힌 길 앞에서 산에 오르는 것을 포기했다. 히말라야가 나에게 그 품을 열지 않은 것이다. 장비가 없었다는 것, 폭설 때문에 올라가는 길이 막혔다는 것, 어제 중국인 등산객이 고산병으로 결국 죽었다는 것, 수목한계선을 넘어가면 열 발자국도 걷기가 힘들다는 것 중 그 어느 것도 포기의 이유가 될 수 없었다. 나는 히말라야에 대한 간절함이 있었던가. 이유 없는 목적이 애초에 있을 수도 없는 것처럼, 그렇게 당연하게 나는 산을 내려왔다. 갸누가 내 앞으로 파주던 웅덩이마다 발을 디디며. 짐을 지고 산을 타는 갸누를 보며 나는 얼마나 혜택받은 삶을 사는가, 하고 비교했다. 그의 불행과 내 불행을 견주고, 내 쪽으로 추가 기울지 않음에 안도했다. 평생 당신을 잊지 못할 거라는 내 말에 그가 고개를 저었다. 그저 네팔을, 히말라야를 잊지 말라고 당부한다. 웃어 보인다. 아직 밟아보지 못한 히말라야의 저 위쪽은 환상으로 남아 있다. 갸누 또한 그렇다. 그날부터 지금까지 갸누는 나에게 히말라야 그 자체가 되었다. 아직도 나풀나풀, 내 뒤를 졸졸 따라오고 있다.

『코끼리』 : 이주노동자를 다루는 조금은 불편한 소설집. 포장지를 걷어낸 적나라한 시선, 어쩌면 현실 이상의 판타지 같은 이야기들. 📕 김향희

찢어버려, 세계지도
『바람이 분다, 당신이 좋다』, 이병률

창가로 솔솔 바람이 분다. 아, 여행 가고 싶다. 전 세계를 여행하리라 다짐하고 붙였던 내 방 천장의 세계지도가 이제 눈만 뜨면 나를 덮친다. 덮고 있는 이불보다 어째 더 무겁다. 이 쪼그만 몸뚱아리, 한국에서만 고이고이 보전한 지 언 22년이다. 이제 발에서 뿌리가 나와 땅에 박힐 것 같다. 유일하게 공중부양을 해본 것이 고등학교 수학여행으로 간 제주도행 비행기가 다인가. 그땐 정말 "우와 떴다!" 소리 지르자마자 도착해 있었다. 아! 뜨고 싶다, 한국을.

지금 같이 추운 겨울이면 생각나는 곳은 그리스 산토리니. 표백제로 세탁한 것처럼 깨끗한 카사 비양카(흰 집)와 눈부시게 푸른 지중해. 바다가 잘 보이는 산토리니 어느 카페 테라스에서, 햇살을 느끼며 미토스 맥주를 한 모금 마시면 딱이다. 제일 좋아하는 곳은 볼리비아 우유니 사막. 비가 오고 난 뒤면 이 소금 사막이 호수로 변한다. 물에 잠긴 소금사막은 거울이 되어 하늘을 빛추고 아래도 위도 하늘이 되는 곳. 그 하늘 속에 담기고 싶다. 주말이면 피렌체로 가 두오모 성당에서 미사를 보는 것도 좋다. 이것도 저것도 다 좋은데, 나는 여권조차 없다.

재정 상태도 그리 좋지 않다. 지금 같은 생활에서 아르바이트를 하지 않는 이상 용돈으로 돈을 모으는 건 불가능하다. 그래서 부모 돈으로 여행 가는 애들이 부럽다. 여행을 유독 자주 가는 친구가 있다. 그래서 당당히 내 질투 대상 1호를 차지하고 있는데, 어느 날 넌 여행을 뭐라 생각하기에 그리 싸돌아다냐고 물었다. 그랬더니, "심장이 뜨거워지는 거"란다. 웬 허세스러운 말이냐며 그 친구를 툭 쳤지만, 이상하게도 그 말이 계속 마음에 남았다.

심장이 뜨거워지는 것이 여행이라면 이번 여름이 내겐 그랬다. 교내 방송국 PD로 일하다 학교의 지원하에 9박 10일간 로드 버라이어티 촬영을 다녀왔다. 부산에서 시작해 양산, 밀양, 대구, 문경, 충주, 용인을 거쳐 목적지 서울로 갔다. 촬영진인 방송국 사람들과 출연자들을 포함하면 스무 명 남짓의 사람들. 생판 얼굴 한 번 못 보던 낯선 사람들이었다. '촬영이나 제대로 하고 오자'고 생각하며 출발한 길 위에서 그 낯선 사람들이 자꾸 부딪쳐 왔다. 모르는 사람들을 알아가고 그들과 길 위에서 교감하는 것이 그렇게 짜릿할 줄이야. 나는 펄펄 끓는 무더위에 카메라를 들고 이리저리 뛰어다녔다. 심장이 미친 듯이 뛰었다. 숨이 차서가 아니라 너무 재밌어서. 밤이 되면 낮 동안 끓었던 피를 시원한 맥주로 식혔다. 그리고 다음 날이면 거짓말처럼 멀쩡해진 몸으로 새벽부터 촬영을 했다. 난데없이 쏟아지는 소낙비에 몸이 아닌 카메라를 가리고 촬영하고, 깊숙한 산속 낭떠러지에 나 있는 나무에 기대어 촬영하기도 했다. 삼각대와 카메라를 들쳐매고 무슨 힘으로 그 험한 길들을 뛰어다닐 수 있었는지 모르겠다. 그렇게 열흘 남짓 동안의 길 위에서 나는 뜨거운 심장을 안고 뛰었다. 서울 운현궁 뜰에서 마지막 촬영을 끝낸 후, 계속될 것 같던 뜨거운 여름은 끝났다. 10일이나 낑낑대며 올라간 길은 부산행 경부고속도로를 타고 6시간 만에 끝나버렸다. 돌아오는 차 안에서 창문 너머로 흐릿하게 지나가는 풍경들은 붙잡을 새 없이 흘러갔다.

그날 여독을 풀기 위해 누운 침대에서 나는 한숨도 자지 못했다. 펄펄 뛰던 가슴이 진정이 안 돼서였다. 침대 위 천장에 붙은 세계지도. 그 속에서 열흘간 내가 뛰고 온 곳은 쌀 한 톨 크기의 대한민국. 그리고 그 대한민국 안에 보이지 않을 만큼 작은 길들이었다. 대서양을 넘나들고 비행기로 몇 시간을 달려 도착하는 산토리니도 우유니도 아니었다. 기분이 이상했다. 아직 저 세계지도 위에 죽죽 포물선을 그려보지 못했고, 동그라미 하나 치지 못했다. 근데도 뜨거운 심장을 가지고 누워 있었다. 나는 여전히 여권이 없는데 말이다.

열아홉 살의 나는 세계일주를 꿈꿨다. 스무 살의 나는 유럽투어를 꿈꿨고, 스물한 살의 나는 남미일주를 꿈꿨다. 압도당할 만큼 으리으리한 건축물들, 눈이 휘둥그레질 만한 자연 풍경들. 생경한 이국인들과 언어들. 내가 생각했던 여행은 아마 이런 것이었던 것 같다. 장소 그 장소 안에서의 나를 만나는 것. 세계지도 안 대한민국은 여전히 작다. 하지만 나는 내가 떠날 길의 시작점 정도로만 생각했던 대한민국에 별표를 쳤다.

바람이 몹시 부는 계절이다. 이병률의 말처럼 '펄펄 더 자유로울 수 있으니' 떠나기 좋은 때이다. 지금 이 순간, 여행을 망설인다면 걱정 없이 떠나도 좋다.

『바람이 분다, 당신이 좋다』 : 시인 이병률. 이 책에는 머나먼 나라에서 받은 감성의 조각들이 아무것도 정해진 것 없이 솔직하게 담겨 있다. 목차 또한 없어 펼치는 곳이 시작이자 끝이다. 단편적인 글들이 순서 없이 엮여 있기에 오히려 부담 없이 읽을 수 있다. 책은 여행 책인데도 저자가 어느 나라를 여행했고 어디를 들렀는지, 무엇을 보았는지 알 수가 없다. 그저 어느 곳을 여행하다 느낀 감정과 생각만이 있다. 하지만 이보다 더 독자에게 여행 충동을 느끼게 하는 책이 있을까.
임 하 늘

여 행 바 람

김무엽 · 김원희

무엽: 어디 가는 거야? 짐이 꽤 많은데.

원희: 그냥 갑갑해서 혼자 여기저기 돌아다니다 오려고! 너도 여행 가는 거야?

무엽: 응. 혼자 가보려고. 이제껏 혼자 가본 적이 없거든. 여행은 혼자 가야 한다는 이야기를 듣기도 했고 말이지.

원희: 정말 그런 것 같아. 나는 보통 혼자 여행 다니는데, 혼자 여행하다 보면 여행 간 곳을 더 애정을 가지고 보게 된다고나 할까. 생각도 잘 정리되고 말이야.

무엽: 아 정말? 혼자 다니기 힘들 것 같은데 외로울 것 같기도 하고.

원희: 물론 외로울 때도 있지. 하지만 손에 지도 한 장 들고 여기저기 다니나 보면 오히려 새로운 친구를 만나기도 더 쉽고, 여기저기서 도와주겠다는 사람도 많아. 그러다 보면 내가 무슨 탐험가라도 된 듯이 곳곳에 숨은 신나는 일을 찾아가는 기분이야.

무엽: 난 여럿이 여행 다니는 일에 익숙해서, 이번에 가면 나 홀로 여행의 즐거움을 좀 느껴보게 될지도 모르겠다.

원희: 정말 그렇게 될 거야. 홀로 여행한다는 사실만으로도 용기가 생겨서 주위 사람에게 말도 서슴지 않고 걸게 되고.

무엽: 신기하네. 나는 여행 다니면서 한 번도 다른 사람

에게 말 걸어본 적 없는데.

원희: 나는 늘 혼자 여행하지만 그때마다 늘 말동무가 있었던 것 같아. 아! 그랬었던 때도 있어. 예전에 동해안 쪽을 혼자 여행했는데, 정말 날도 덥고, 걷는 것 말고는 교통편이 답이 안 나는 곳이었어. 하지만 그때 운 좋게도 젊은 부부의 차를 얻어 타게 됐어. 해보고 나니 히치하이킹도 어려운 게 아니더라고.

무엽: 히치하이킹 이야기는 많이 들었는데, 부끄러워서 해본 적은 없어 난.

원희: 뭐랄까. '아직 세상은 믿을 만한 곳이다.'라는, 내 나름의 세상에 대한 정의를 내리게 된다고나 할까?

무엽: 또 다른 에피소드는 없어?

원희: 아, 올여름이었어, 시애틀에서 라스베이거스로 가는 비행기를 몇 분 차이로 놓쳐버렸지 뭐야. 때마침 내 앞에 한 중년부인도 비행기를 놓친 거야, 그래서 우리 둘은 그 다음 비행기를 같이 타게 됐어. 비행기를 기다리는 동안 이런저런 이야기를 하다 보니 서로 좋아하는 게 꽤 비슷한 거야.

무엽: 오 그래서?

원희: 그분은 젊어서부터 여행을 되게 좋아해서, 남편도 여행 중에 만났대. 지금은 여행 에이전시를 하고 있는데 혹시나 도움이 필요하면 연락해달라고 하시고는 라스베이거스에는 친구 딸 결혼식에 가는 길이랬어. 하지만 웃긴 게 남편은 제시간에 비행기를 잘 탔는데, 그 부인만 비행기를 놓친 거 있지.

무엽: 왜 그랬대?

원희: 몰라. 나도 그게 웃겼어. 여하튼 라스베이거스에 도착해서 그 부인을 기다리던 남편과 함께 호텔까지 날 데려다 주고, 아직도 종종 연락하고 있어.

무엽: 뭔가 인연이네. 신기하다.

원희: 응 하얗게 샌 머리를 양쪽으로 땋고 있었는데, 나도 늙으면 그렇게 늙고 싶더라. 네 여행은 어때? 지금까지 여행한 곳 중에서 어디가 제일 좋았어?

무엽: 나는 딱히 특이한 경험은 없는 것 같아. 가장 좋았던 곳은 중국이야. 시안과 시닝에 갔을 때였는데, 14시간 동안이나 기차를 탔어. 하지만 나쁘지 않았지. 오히려 역사 공부하면서 책으로만 봤던 곳에 간다는 사실에 희열을 느꼈던 것 같아. 특히 장안성이나 진시황릉 갔을 때의 그 느낌은 지금 떠올려도 설레.

원희: 진시황릉! 와, 나도 가보고 싶다. 정말 그런 것 같아. 책이나 텔레비전으로만 보던 곳에 내가 와 있다는 사실이 여행의 또 하나의 묘미인 것 같아.

무엽: 아직까지는 난, 유적지나 주변 풍경을 둘러보는 게 여행 중 사람을 만나는 것보다 더 좋아. 라마 불교 사람들이 오체투지 하면서 걸어가는 거 보고 나선 대단하다는 생각과 함께 내가 바로 앞에서 이 장관을 보고 있다는 사실이 믿기지 않았어. 하지만 이제 혼자 여행하다 보면 여행지에서 만난 사람들과의 시간을 더 떠올리겠지.

원희: 기차나 비행기에서 책을 읽거나 영화를 보는 것도 좋지만 주위 사람과 이야기하는 게 오히려 흥미로울 때가 있어. 책이나 영화와는 비할 수 없는 나만의 스토리가 생긴다고나 할까? 때론 영화 같은 일이 일어날 수도 있는 일이고!

무엽: 나도 너처럼 좋은 인연들을 만나고 싶다.

원희: 겁내거나 어색해할 거 없어. 먼저 다가가서 인사부터 건네 봐.

무엽: 음. 나는 그게 좀 힘들더라. 지레 겁먹게 되기도 하고.

원희: 경계심을 조금 풀고 먼저 다가가면 훨씬 즐거운 일이 많이 일어날 거야.

무엽: 정말 그럴까? 생각만으로도 어색해.

원희: 이제 다 왔다. 나는 지금 오는 기차 타고 갈 거야. 딱히 갈 곳도

없고 가다 보면 가고 싶은 곳이 생기겠지. 너는 어디로 간다고 했지?

무엽: 나는 전라도 쪽으로! 아직 가보지 못한 곳들이 많아서, 이번에 쭉 훑고 오려고.

원희: 전라도라, 왠지 식도락 여행이 될 것 같다!

무엽: 이제껏 전주비빔밥 한 번 제대로 못 먹어봤는데, 25년 인생 첫 전주비빔밥!

원희: 내 몫까지 왕창 먹고 와주라. 여행에서 먹는 것 또한 중요하니!

무엽: 응. 이번 여행은 정말 나름대로 나에게 큰 의미가 될 것 같아.

원희: 정말 그럴 거야. 우리가 여유롭게 여행할 수 있는 마지막 기회가 될 수도 있고.

무엽: 그래. 이제까지의 여행이 나에게 생각을 차곡차곡 정리해두는 서랍장 역할이었다면 앞으로의 여행은 조금 다른 의미로 내게 다가올 것 같아. 그 전개가 어떻게 펼쳐 나가지게 될지 기대된다.

원희: 사람이 더해질 때, 여행의 의미도, 기억도 더 뚜렷해지는 것 같아. 좋은 사람들 많이 만나고 와 이번엔!

무엽: 그래 이번엔 나도 좋은 인연들을 많이 만들 수 있을 것 같아. 다녀와서 또 이야기하자 안녕!

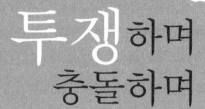

투쟁하며
충돌하며

내 책이 불온서적이라고?

『난장이가 쏘아올린 작은 공』, 조세희

"이거 불온서적 아니야?"

시시각각으로 날 선 소리를 내는 소대장이 내게 한 말이다. 우리 소대, 소대장은 간부사관 출신으로 군인으로 근무한 지 6년차였지만 신임소대장이었다. 하사로 처음 임관한 그녀는, 부사관은 제 성에 차질 못했는지 그 어렵다는 간부사관 시험을 통과하고, 끝내 자기 군복에 장교 계급장을 단 인물이었다. 그녀가 소위로 재임관한 후 첫 발령 받은 곳이 바로 내가 있던 소대였던 것이다. 이런 사정을 모르는 자들이 보면 절대적으로 여자의 숫자가 적은 군대에서 으레, 복 받은 소대라고 부러워했지만, 이미 우리 소대장의 성깔에 대해선 부대 전체에 소문이 자자하여 알 만한 사람은 다 알고 있었다. 그녀의 성격을 한마디로 표현한다면, 마치 어느 소설에 나오는 'B 사감'과 흡사할 것이다. 그녀의 눈에 잘못 들기라도 한 경우에는 적어도 석 달 이상씩 시달려야만 했다. 그런 그녀의 눈총이 이번에는 나에게로 향한 것이다.

"교과서에도 있는 작품입니다."

소대장도 책의 내용이 어렴풋이, 산업화 문제를 다룬 사회 비판적인 내용이라는 것은 아는 눈치였다. 그래서 내게 무슨 꿍꿍이라도 있는 것마냥, 나를 몇 번이고 위아래로 반복해서 의심 가득한 눈초리로 훑어보았다. 순간, 내게 남은 복무기간을 속으로 세어보았다. 조용히 숨죽이고 그 기간을 보낼 것인지, 아니면 저 책을 기필코 읽고 전역할 때까지 시달림을 당할 것인지, 무척이나 고민됐다. 도무지 답을 찾을 수 없었다. 그러다가 에라 모르겠다 싶어 교과서를 운운한 것이다. 효과는 생각보다 탁월했다. 아마 자신도 교과서에서 그것을 본 적이 있었지 싶다. 미심쩍어하면서도 결국 책에 '반입허가' 도장을 찍어주었다.

천신만고 끝에 얻은 책은 바로 조세희의 『난장이가 쏘아올린 작은 공』이었다. 내가 이 책이 갑자기 왜 읽고 싶었는지 알 수 없다. 다만, 그 소대장의 독사 같은 눈총을 뚫었다는 것에 더 성취감을 얻고 있었다. 그 책은 아주 잘 읽혔다. 구슬땀 흘려 얻어낸 책이라 그런지, 평소 책 읽는 속도보다 빠르고 흥미진진하게 느껴졌다.

사병들이 부대에 반입한 책들은 보통, 자신이 읽고 나면 주변에 다른 책을 들고 온 사람과 바꿔 읽기도 하고 빌려주기도 하는 등, 부대 내에선 원활한 교류가 이루어졌다. 나 또한 그런 교류를 하긴 마찬가지였다. 헌데 이 책만은 그러고 싶지 않았다. 무슨 금서라도 되는 양, 혹시 모를 경우를 예방함과 동시에 힘들었던 일련의 반입과정을 통해 그 책에 대한 강한 애착과 소유욕이 생겨버렸다.

나는 그 책을 다 읽은 후에도 신줏단지처럼 사물함 한 곳에 고이 모셔두고 있었다. 그런데 생각하면 정말 웃긴 일이다. 시대가 어느 땐데, 고작 『난장이가 쏘아올린 작은 공』을 가지고 유난을 떨었다니. 사실은 불온서적이라는 의심받은 것 자체가 황당한 일이었다. 이 분야

권위자들의 말을 빌리자면, 흔히 『난장이가 쏘아올린 작은 공』을 일컬어 '우리나라의 급격한 산업화시대를 문학적으로 절묘하게 서술한 작품'이라 말한다. 헌데 불온서적이라니. 몰지각한 어느 간부의 착각이 불러일으킨 일종의 해프닝이라고 볼 수도 있다. 하지만 이런 경우가 잦아지면 그 조직의 특성이 되는 법이다.

이 같은 해프닝은 우리나라 군대만이 가진 독특한 폐쇄성과 강압성에서부터 나온 당연한 산물이라 할 수 있다. 실제 지금의 국방부 불온도서 목록도 왜 지정됐는지 이해하기 어려운 책들이 많기 때문이다. 불온도서 목록을 살펴보면, 어떤 통일성을 갖추고 있다. 그중 하나가 바로 자본주의의 폐해 때문에 내쳐진 자들을 옹호하거나 자본주의를 비판하는 책들이다.

산업화가 급격히 진행됨에 따라 그에 따른 폐단도 많았던 것은 분명한 사실이다. 이들은 모두 자신의 기반을 잃고 사회 약자들로 분류되곤 한다. 그에 따라 이들을 위해야 한다는 글도 많이 쏟아져 나왔다. 하지만 그런 글들이 바로 불온서적에 이름이 올랐다. 언제부터, 도대체 왜 군인은 사회 약자를, 소외된 계층을 위하면 안 된다는 것인가. 군인이 무엇인가. 국민의 안전과 재산을 보호하는 존재가 바로 군인이다. 그렇다면 이들은 국민도 아니란 말인가. 정녕 이들이 국가체제를 전복시킬 만한 위협적인 존재라도 된다는 것일까. 도대체 이놈의 군대는 아직도 냉전 시대에 머물러 있다. 이는 정말 시대착오적 발상이다.

하지만 이런 문제가 천착되어 있다고 하더라도 해결이 어려운 것이 현실이다. 이는 한두 사람의 몫만으로 해결할 수 없는 부분이고, 해당 구성원의 의식변화가 필요한 부분이다. 따라서 일개 사병에 불과하였던 나로선 어떤 한계가 분명히 있었다. 나는 고작 2년간, 국방의 의

무를 수행하고 전역하였다. 한국 군대에 불만이 많던 나로선 같이 군 복무한 동료에 대한 사적 애정은 있었을지언정 군대에 대한 공적 애착 따윈 전혀 없었다. 그래서 더는 원하는 것도 배려할 것도 없었다.

"지섭이 미국 휴스턴에 있는 존슨 우주 센터에 편지를 써 보냈다. 그곳 관리인 로스 씨가 답장을 보내올 거야. 후년에 우주 계획 전문가들과 함께 달에 가게 될 거다."

"그 책을 돌려주세요."

내가 말했다.

"그리고, 그 사람 말을 믿지 마세요. 그는 미쳤어요."

"이 책의 사진을 봐라. 이 사람은 프란시스 베이컨이고, 이 사람은 로버트 고 다드다. 당시 사람들이 미치광이로 지목했던 인물들이야. 이 미친 사람들이 어떤 업적을 남겼는지 아니?"

"몰라요."

"넌 학교에서 죽은 교육을 받았어."

"어쨌든 그 책을 돌려주세요."

"너희들은 내가 이 땅에서 끝까지 고생하다 바짝 마른 몰골로 죽기를 바라고 있지? 힘든 일에 눌려 허우적거리다 숨을 거두기를 바라고 있는 것 아니냐?"

"마음대로 생각하세요."

"너희들은 왜 지섭에게 아무것도 배울 생각을 하지 않니?"

"도대체 뭘 배우라는 말씀예요?"

"로스 씨의 편지를 받기 전에 보여줄 것이 있다. 지섭에게 말해서 쇠공을 쏘아 올려 보여주마." - 『난장이가 쏘아올린 작은 공』 중에서 전역 당일, 그동안의 기억들을 회상하며 짐을 꾸렸다. 그런데 왠지 모르게 책 한 권이 마음에 걸렸다. 바로 조세희의 『난장이가 쏘아올린 작은 공』이었다. 나는 몇 번을 들었다 놓기를 반복하다, 결국 '부대 정훈 서적'이라 쓰인 책장 한구석에 그 책을 고이 내려놓고 나왔다. 훗날의 대한민국 군대는 약자들도 보호할 줄 아는 따뜻한 곳이 되기를 바라면서 말이다.

『난장이가 쏘아올린 작은 공』 : 현대 문학을 대표하는 작가 중 한 분이죠. '난쏘공'도 완전히 고유명사가 되었고요. 저 같은 경우 교과서에서 배우고 나서 이 책을 처음부터 끝까지 읽은 건 이때가 처음이었습니다. 너무 친숙해서 오히려 더 잘 몰랐던 건 아닐까 하는 생각도 드네요. 등잔 밑이 어둡다고 할까…. 여하튼 저는 그 책을 제가 복무한 부대에 그대로 놔두고 왔지만, 뒷날 그 일을 후회하며 다시 새 책을 샀더라는 후일담이……. ■ 김 선 기

나는 나뻐

『아주 정상적인 악』, 라인하르트 할러

나는 나뻐 입장 바꿔 생각하니 나는 나뻐

난 이기적 입장 바꿔 생각하니 난 이기적

내버려 둬 입장 바꿔 생각해서 나를 좀 내버려 둬

나는 나뻐 입장 바꿔 생각하니 나는 나뻐

　– YDG, 〈나는 나뻐〉 중에서

　노래를 듣다 문득 생각이 났다. 그 옛날 중국의 유학자 순자도 그랬다. "사람은 원래 악하다." YDG도 알고 있고 순자도 잘 알고 있었다. 그럼 나는? 나는 어떤데. 착하다. 아직까지 이렇게 별다른 사고를 쳐본 적 없이 살고 있으니 착한 것 맞겠지.

　글쎄, 진짜 착한 것 맞을까. 중학생 시절, 생물 시간에 살아 있는 개구리를 해부한 적이 있다. 팔다리에 핀을 꽂고 해부대 위에 개구리가 누웠다. 예리한 메스가 개구리의 배를 갈랐다. 갈라진 배 사이로 아직 뛰고 있는 장기들이 보인다. 개구리는 아직 살아 있다. 문득 생각이 들었다. 여기 누워 있는 개구리가 사람이라면 어떨까. 사람의 배를 갈라 놓아도 숨을 쉴 수 있을까. 개구리의 배를 가르며 생각했었다. 당연히, 실행에 옮길 수는 없었다. 세상이 가만두지 않을 테니까.

　사실 너도 저런 생각 해봤잖아. 다 알고 있다. 누구나 가슴속에 악

하나쯤은 품고 사니까. 하지만 모두 알고 있다. 이것은 결코 사회에 도움이 되지 않는 성향이다. 그래서 자연히 숨기고 살아야 하며 이성이 존재하는 이상 판타지로만 남아 있어야만 한다는 것을. 어쩌면 우리는 애초에 '악'의 세계에 살고 있었던 것이다. 극단적이고 자극적으로 변해가는 현대사회는 그 증거일지도 모른다. 폭력, 살인, 성범죄는 이제 TV 뉴스나 신문, 드라마 혹은 영화의 흔한 소재로 이야기된다. 악한 행동과 정상적인 행동의 경계가 모호해지고 악한 사람과 정상적인 사람의 구분이 어려워진다. 이러다가 언젠가는 '악'이 '정상'이 되는 시대가 올지도 모른다.

이런 악의 세계에 살고 있지만 그래도 아직 내 안의 악이 크게 날뛰지 않는 것은 내가 지금껏 지내온 환경이 내면의 악을 막아줬기 때문일 것이다. 착한 것을 보고, 착한 것을 배웠고, 착한 이들과 함께 살아오면서 '아프지 않고' 건강하게 살아온 덕분이다. 그러니까 '나쁜' 사람들은 어딘가가 '아픈' 사람들이다. 그것이 몸이 됐든, 마음이 됐든 말이다. 실제로 '나쁘다'와 '아프다'는 어딘가 통하는 의미가 있다. '몸이 아프다'와 '건강이 나쁘다'가 같은 표현이고, '나쁘다'와 '아프다'가 소리도 비슷한 것을 보면 말이다. 결국, 사람이 나쁘다는 것은 어딘가가 아프다는 것과 별로 다르지 않을 것이다. 그러니까 아픈 마음을 치유한다면 마음속의 나쁜 마음 조용히 한구석에 숨어 지낼 것이다.

"그 어떤 것도 선하지도 악하지도 않다. 생각이 비로소 그렇게 만들 뿐이다."
- 『아주 정상적인 악』 중에서

그렇다. 세상 일이 다 그렇듯 모든 일에는 이유가 있다. 아니 땐 굴

뚝에 연기가 나는 일은 없다. 현재의 '악' 또한 사람들의 '악한 생각'
에 의해서 발현된다. 그렇다면 희망은 있다. 어쨌든 사람들은 오랜 역
사를 살아오면서 하나의 진리를 알아냈다. 각자의 가슴속에 품고 있는
악을 숨겨두지 않으면 모두 살아남기 어렵다는 것을. 이미 여러 번의
전쟁에서 그 사실을 알게 됐다. 멀리서 찾을 것 있나. 당장 친구들과의
관계만 봐도 알 수 있다. 그게 모두가 사는 방법이고 인류가 생존해나
갈 방법이다. 깨어 있는 이들은 언제나 사람들에게 이 같은 사실을 알
리려 노력해왔다. 프리드리히 뒤렌마트는 "사랑은 언제나 가능한 기적
이며, 악은 언제나 존재하는 사실이다."라고 했다. 사람들은 모두 알고
있었다. 성경도 알고 있었고 송골매도 알고 있었다. '네 이웃을 사랑하
라', '모두 다 사랑하리.' 악이 미쳐 날뛰기 전에.

『아주 정상적인 악』 : 읽으면서는 주위 사람들을 의심하게 되고, 다 읽고 나
서는 '나'를 의심하게 된다. 지금의 나는 '선'일까, 아니면 '악'일까. 우리 곁에
있는 '악'의 슬프고 아픈 이면을 보여주는 책.　　　■ 박성훈

김밥처럼 말린 생(生)

『현시창』, 임지선

Ji-One 트위터@ 엄마는 립스틱을 바르고서 엄마엄마, 입술을 오물거렸다. 엄마는 이렇게 매일 엄마를 부르고 있었던 걸까 13년 1월 6일 5:39AM

그녀는 내게 많은 것을 가르쳤다. 목을 가누어 사람과 눈 마주치는 법을 가르쳤고, 나는 사람들 눈을 빤히 잘 보는 어정쩡한 어른으로 자라났다. 그녀는 젖 빠는 법을 가르쳤고, 나는 어디서 어떻게든 제법 잘 끼니를 해결하며 살고 있다. 그녀는 내게 걷고, 뛰는 법도 가르쳤겠지. 그런데 나는 왜 어딜 가나 잘 넘어지는 것일까. 그중 그녀가 내게 가장 오래도록 공들여 가르친 것은 생각하는 법이었다. "엄마처럼 살지 마라." 그 법은 일종의 주문이었고, "다른 사람들 이야기를 잘 들어줘야 한다"는 주술과도 같았다. 그렇게 그녀는 내게 참 많은 것을 가르쳤다. 그녀의 주문을 먹고 나는 이렇게 자라났고, 그녀처럼 살지 않기 위해 부단히 애썼다. 그런데 크레인 위의 그녀는 내게 아무것도 가르쳐주지 않았다. 그냥 거기 있었다. 85호 크레인 위에서 그녀는 내게 아무것도 가르치려 하지 않았다. 그냥, 거기 있었다.

영도, 85호 크레인이 보이는 맞은편 계단에서 멍하니 몇 시간쯤 쪼그려 앉아 있었을까. 푸른색 한진 작업복을 입으신 아저씨께서 어디서 왔는지, 소속이 어딘지 물으셨다. 순간 '소속'이란 단어가 낯설어

서 "네?" 하고 되물었다. 소속이라, 명쾌한 대답을 할 수 없어 부산에서
왔다고 대답했다. 지금 다시 누군가 내게 소속을 묻는다면 우리 엄마
요, 할 텐데. 아저씨는 목에 핏대를 세워가며 한진과 함께 자신이 살아
온 세월에 대해 이야기하셨다. 20년 일한 직장이지만 참 더럽다고. 그
리고 지금 당신이 살고 있는 이 나라는 참 모질다고. 젊은 사람들에게
자리 내어줘야 한다는 이유로 오랜 일터를 떠나야 한다면, 나 살 도리
도 나라에서 내어줘야 하는 게 아니냐고. 늙은 나는 이제 더 이상 여기
서 살 수 없는 것이냐고. 한 학기 500만 원씩 드는 딸내미의 등록금이
면 한 달에 100만 원 꼴로 돈이 나가는 것인데 어떻게 일을 그만둘 수
있겠느냐고. 새삼 허울 좋게 반값 등록금을 책임지겠다던 이들은 지
금 어디로 다 사라졌나. 아저씨에게 말하고 싶었다. 젊은 사람들에게
자리를 내주라는 이유에서 아저씨가 일터를 떠나야 하는 게 아니에요.
나 때문에 그런 게, 아니에요.

재작년 반값 등록금 시위에서 목소리를 내다 잡혀갔던 어떤 청년
에게 200만 원 벌금형이 떨어졌다는 트윗만 트위터 타임라인을 떠돈
다. 그게 다. 그래, 국가는 돈 없어서 시위한 이들에게 돈을 청구한
다. 벌금에 벌벌벌 떨어보라고. 이제 우리에겐 돈은 벌과 같다. 여기서
돈이 없다는 것 자체가 죄니까. 그래서 돈으로 벌을 받는다. 자본주의
속, 죄와 벌. 크레인 위에 있는 그녀에 대해 나는 크레인을 망연히 보며
생각했다. 그녀는 지금 벌을 받고 있나 보다. 동료의 죽음에 죄스러워
또 다른 이가 죽지 않길 바라며. 그런데 국가는 그녀에게 크레인에 무
단으로 올라가 있는 죄를 물어 또 벌금을 청구한다. 나는 저 위에서 벌
을 받고 있는 그녀를 엄마라고 부르고 싶어졌다. 엄마, 우리 엄마. "내
가 참 이래 이쁜데, 김밥 싸러 오늘도 나가야 하나." 머리칼은 드라이기

로 부풀리고, 반짝이는 큐빅이 박힌 핀이 어여쁘게 박혀 있다. 립스틱을 바르고는 엄마 엄마, 엄마는 입술을 오물거린다. 세상 여자들은 이렇게 매일 엄마를 부르는 걸까. 엄마는 항상 고되다고 푸념을 하지만 출근길 화장하는 모습은 영락없이 소녀다. 그렇게 단장을 하고 온갖 메뉴가 천국처럼 쏟아지는 곳에서 엄마는 김밥을 만다. 그렇게 우리 엄마 인생은 김밥처럼 말려버린 건지도 모른다.

한 달에 한 번, 엄마의 월급은 검정 비닐봉다리에 담겨 엄마 품에 쥐어진다. 김밥을 단단히 싸듯, 엄마는 그 봉다리에 담긴 돈도 참 야무지게 나에게 썼다. 김밥에 들어가는 색색 재료들이 흰 밥과 김에 싸여 하나가 되듯 나도 엄마의 비닐봉다리에 싸여 자랐다. 그리고 엄마의 딸은 자라 비정규직이 되었다. 계약직이 되었다. 사실 철딱서니가 없어서 그런지 나는 지금의 생활에 만족한다. 은행 계좌로 꽂히는 첫 월급에 약간 흥분하면서 돈을 번다는 것에 대해 생각해본다. 그러다 이렇게 계속 살기엔 좀 아득해서 생각, 생각하다 넘어져버렸다. 나는 엄마보다 십만 원 정도 더 번다.

엄마처럼 살지 않을 거야. 하지만 넘어지는 건 괜찮잖아. 넘어지는 생물은 원래 다 뛸 수 있으니까. 그래서 나는 엄마처럼 살아도 괜찮지 않을까. 그녀는 크레인에서 땅으로 내려왔다. 하지만 아직도 사람들은 일을 하다 죽고, 일을 못해 죽는다. 우리 엄마는 아직 김밥을 싼다. 일을 하다 죽고, 일을 못해 죽는 이들 모두에게 관심을 쏟고 싸우기엔 엄마가 싸야 할 김밥이 너무 많다. 그래서 그의 딸이 대신 엄마 몫까지 목소리 내보려 한다.

난 대한민국에 소속된 국민이다. 그렇다면 날 책임져달라. 푸른색 아저씨나 나만의 문제가 아니다. 이 당연한 걸 난 한진에 다닌 그 시간

을 지나 돈을 벌어보고서야 실감한다. 내가 힘든 것은 사실 다 내 잘못
이 아니었어. 다 내 탓으로 돌려 날 괴롭혔던 그 수많은 시간에서 벗어
나야 한다. 엄마, 몸은 좀 피곤하지만 마음은 한결 가벼워. 나를 괴롭히
던 수많은 일을 마냥 부채감만으로 떠안지는 않을래. 그 대신 우리 포
기하지 말자, 이것이 내게 희망고문으로 다가와도 좋다. 부채감에 시
달리느니 희망에게 고문당하겠소.

『현시창』   : 단숨에 읽기엔 버거운 책. 하나의 꼭지 하나의 이야기도 여러 호
흡으로 나눠 읽을 마음의 준비를 하고 이 책을 보기를 권한다. 이 책을 읽고 있
으면 무엇이 되어야겠다는 생각을 차라리 하지 말아야겠다고 생각하게 될지 모
른다. 하지만 우리는 끊임없이 무엇이든 되어야만 살 수 있는 존재가 아닌가.
섣부른 위로가 오히려 더 아픈 지금, 진정한 위로에 대해 치열한 고민을 부추기
는 책이다.   박 지 원

보이는 것 믿지 않기

『이상한 나라의 경제학』, 이원재

Ji-One 트위터@ IMF에 대한 기억은...아빠가 내 손잡고 학교까지 데려다주고 아빠 지하철 타고 회사에 갔었는데 갑자기 아빠가 방에 콕, 박혀서 우리가 잘때만 집에서 유령처럼 돌아다녔다는 거. 엄마가 갑자기 일을 나갔다는 거. 2012년 8월 9일 7:51AM

    1997년 겨울은 대한민국의 아버지들에게 혹독했다. 거대 기업들이 자금난에 부도가 나면서 줄줄이 중소기업들도 도미노처럼 무너져 내렸다. 부도가 나지 않더라도 기울어져가는 회사를 유지하기 위해 여기저기서 구조조정을 했다. 하루아침에 실업자가 되어버린 아버지들과 빚을 갚지 못해 자살하는 아버지들이 날로 늘어났다. 세상 많은 아버지 중 나의 아버지는 그해 구조조정을 당하지 않았고, 1997년 겨울을 잘 넘길 수 있었다. 사실 잘 넘길 수 있었다는 것은 당시 여덟 살이었던 나를 학교까지 데려다 주시고, 아버지 당신은 전철을 타고 회사에 출근하셨던 어린 기억에 근거한 것이라 정확하지 않다. 다만 어린 마음에 여느 때처럼 아버지와 함께 등교해서 '우리 집은 괜찮은가 보다.' 하고 은근히 안심하고 있었던 참이었다. 그때 나는 I. M. F라는 알파벳도 읽고 쓸 줄 모를 만큼 세상도 잘 몰랐다.

    알파벳 i와 j를 헷갈려하던 무렵 나는 다니던 학원을 모두 그만두게 되었다. 집에서 아빠와 있는 시간이 많아졌다. 하지만 아빠의 모습은 잘 볼 수 없었다. 작은 방에 콕, 박혀서 내가 놀이터에 나가 놀 때나 잘 때 유령처럼 조용히 집 안을 돌아다녔기 때문이다. 어쩌다 아빠랑 딱 마주쳐서 생글거리면 아빠는 미안하다고만 하시면서 나를 피했다. 한동안 아버지는 매일매일 방문을 닫고 조용히 누워계시거나 술만 마셨다. 청록색도 풀색도 아닌 푸르죽죽한 추리닝에 알맞은 잿빛 얼굴로. 엄마는 항상 바빴다. 가정주부에서 하루아침에 도서외판원이 되었기 때문이다. 나는 집에 책이 가득가득한 게 마냥 좋았다. 하지만 방에서 은둔하던 아빠와 항상 바쁜 엄마가 밤마다 큰소리를 냈다. 알고 보니 엄마는 생활비가 부족해 매번 다른 카드로 생활비를 돌려 막고 있었다. 금융사들이 국가를 대상으로 '먼저 쓰고 나중에 갚는' 바람에 IMF가 우리나라에 손을 뻗었던 것처럼, 개인 소비자들에게 그 일을 한 것은 신용카드인 셈이다. 국가도, 그 국가 속 우리 집도 한동안, 여태 빚을 지고 있는 것이다.

수년간 열심히 일해왔던 직장에서 정말 한순간 구조조정으로 직장을 잃은 것을 보았을 때, 어린 맘에 '나도 성실히 잘 다니던 직장에서 갑작스럽게 해고를 당하면 어떡하나.' 하고 덜컥 겁이 났다. 또 언제나 자신감 넘치고 장난기 많은 아빠의 그런 멋진 모습은 온데간데없고 의기소침해진 아버지를 보고 덩달아 나도 주눅이 들었다. 이처럼 대한민국의 외환위기는 구조조정으로 인해 직장을 잃은 우리의 아버지들만 힘든 시간을 보내도록 한 것이 아니다. 그 당시 갑작스러운 실직에 대한 두려움과 아버지의 무기력함이 20대가 된 지금 기억으로 발동하는 것이다. 그래서 은연중에 친구들은 대학 졸업을 앞둔 지금 다들 '안정적인 직장'을 원한다. 자신들이 원하는 꿈과 직업을 위해 쏟는 노력에 비해 안정성이 확보되지 않는다고 생각해보자. 두렵지 않은가? 그리고 추후에 가정을 이뤘을 때 내 아버지처럼 실직하고 나서 무기력해지면 어떡하나 하는 생각도 들기도 한다. 물론 불안정하게 직장을 바꾸면서도 아버지는 가장의 역할을 잘 해내셨다. 하지만 아버지처럼 살아나갈 자신이 없다. 아버지는 직장에서 구조조정을 당하셨지만, 우리는 세상에 의해 꿈을 구조조정 당한 셈이다.

보수적 경제학자들은 지금 청년들의 실업은 자발적이라고 분석한다. 눈을 낮추지 않고, 무리하게 높은 보수와 안정된 직장을 찾아 구직을 원하기 때문이라고. 또한 독립심이 여느 세대보다 낮고, 무책임하다고 말한다. 모든 실업은 자발적이라고? 그래, 외환위기를 간접적으로 경험한 지금의 20대는 대부분 미래에 대한 자신의 불확실한 꿈보다는 안정적인 직업을 가지려고 노력하는 경향이 크다. 온갖 공무원 시험에 경쟁률이 기형적으로 높은 것도 이를 증명한다. 그렇기 때문에 20대가 경제적으로 독립하기 힘든 것은 취업난과 더불어 심리적으로 부모님과 20대를 함께 보내면서 미래에 대한 준비를 더 해야 한다고 생각하기 때문이다. 즉, 안정적인 직장을 갖기 전에는 경제적으로 독립하기가 불안한 것이다.

연일 신문에는 내가 평생 만져볼 수나 있을지 모를 경제효과가 헤드라인으로 나온다. "4대강 살리기 브랜드 전략으로 2012년까지 일자리 34만 개, 생산유발효과 40조 원 경제효과", "모바일 보급 경제효과 '100조 원'…33만 명 고용효과도" "G20 한 번이면 450조 경제효과" 우리는 이 많은 경제 효과 덕에 저만치의 금액을 국민 수대로 나눠 지폐 한 장이라도 받아본 적이 있나. 우리는 보이는 것을 믿지 않고, 보여주는 것을 믿고 있다. 누굴 위한 경제 효과일까. 참으로 이상한 나라의 경제학이 아닌가. 아, 저번 런던 올림픽의 경제 효과는 24조라는데, 스케일이 좀 작다. 우리나라였음 0 하나는 더 붙여서 240조 경제 효과를 냈을 텐데 말이지.

『이상한 나라의 경제학』 : 텔레비전을 보고 신문을 봐도 평생 볼 수 있을지 알 수도 없는 몇 억, 몇 조의 돈이 떠다닌다. 그렇게 박혀 있다. 그런데 도대체 그 많다는 세상 돈은 다 어디로 가는 건가. 주머니에 손을 아무리 찔러 넣어봐도 분명 내 주머니는 아니다. 이건 내가 능력이 없어서, 노력하지 않아서 그런 건가. 돈이 흩뿌려진 도대체 알 수 없는 이상한 나라의 경제학. 📖 박 지 원

나는 오늘도 토익학원으로 발걸음을 옮긴다

『분노하라』, 스테판 에셀

나무의자 밑에는 버려진 책들이 가득하였다.

은백양의 숲은 깊고 아름다웠지만

그곳에는 나뭇잎조차 무기로 사용되었다.

그 아름다운 숲에 이르면 청년들은 각오한 듯

눈을 감고 지나갔다, 돌층계 위에서

나는 플라톤을 읽었다, 그 때마다 총성이 울렸다.

목련 철이 오면 친구들은 감옥과 군대로 흩어졌고

시를 쓰던 후배는 자신이 기관원이라고 털어놓았다.

존경하는 교수가 있었으나 그분은 원체 말이 없었다.

몇 번의 겨울이 지나자 나는 외톨이가 되었다.

그리고 졸업이었다, 대학을 떠나기가 두려웠다

    – 기형도, 「대학시절」

꿈을 꾼다. 꿈속의 나는 혁명가이다. 영화 〈브이 포 벤데타〉의 브이와 같이 모든 분노를 불로 변화시켜, 세상을 불태우기를 원한다. 물질적인 보상을 위해서 혁명을 원하지 않는다. 그저 눈앞에 놓여 있는 불합리함과 싸운다. 영화에서처럼 정의의 여신상과 국회의사당을 폭발시키고, 빅 브라더를 궤멸시키기 위한 혁명을 진행한다. 꿈속의 적은 가시적인 형태로 내 눈앞에 놓여 있다. 그리고 그들과의 싸움에서 승리하기를 원한다. 꿈속의 나는 세상의 변혁을 위해서 싸우는 투사이다.

그러나 나는 현실이 내게 부여한 틀에 맞게 나를 재단하고 있다. 꿈에서 깨어나 생산라인의 컨베이어 벨트에 자발적으로 내 발걸음을 옮긴다. 그러면 컨베이어 벨트는 알아서 자동으로 진행한다. 가만히 서 있기만 하면 모든 것이 끝난다. 이동하는 와중에 작업자들이 내 몸에 부품을 하나씩 조립한다. 가끔은 일탈이라는 형태로 조립과정에서 불량이 일어나기도 한다. 그러나 곧 작업자는 불량을 잡아내고 다시 생산라인을 가동한다. 내 앞에 있는 다른 생산품들은 공장주들이 원하는 완성품 모습을 조금씩 갖추어간다.

가끔씩은 생산 중에 고객의 요청으로 인해 생산프로그램을 변경하기도 한다. 그러면 작업자는 곧 새로운 공정을 짜고, 우리를 수정한다. 최종단계가 되면 일정한 기준의 품질검사를 통해 불량을 가려낸다. 불량 판정 중 재생산이 가능한 경우는 다시 사용된다. 하지만 작업자의 판단에 따라 재생산이 불가능할 경우는 파기된다. 더 이상 쓸모가 없다는 이유에서이다. 이런 일련의 과정을 거쳐 양품의 생산품들만이 고객에게 넘겨진다. 제품을 넘겨받은 고객은 우리를 자신의 목적에 맞게 사용한다. 그러다 부서지고 고장 나면 새로운 부품으로 우리를 대체한다. 그리고 우리는 버려진다.

마지막 품질검사를 통과해 쌍용자동차에서 양품으로 일을 하던 친구가 있다. 아직 생산라인에 서 있는 친구들 사이에서 양품으로 판정이 난 그는 남달라 보였다. 그러나 그는 지금 불량품이 되었다. 회사가 자신들을 불량품으로 만들어 파기하려 하자, 파기되지 않기 위해서 다른 이들과 투쟁을 했다. 그러나 투쟁을 하던 그에게 내려진 건 불량이라는 낙인이었다. 파업 기간에 평택에서 내려온 그를 만났다. '괜찮냐?'라는 질문에 그의 입은 내게 '괜찮다'라고 이야기했다. 그렇지만, 그의 눈과 분위기는 그렇지 않았다. 그는 분노하고 있었다.

그는 양품으로 살기 위해 발버둥쳤지만, 눈앞에 등장한 적은 그와 그의 주변을 파괴했다. 친구는 자신의 분노를 가로막기 위해 적이 보낸 또 다른 양품들에게 분노를 쏟아냈다. 적은 모습을 보이지 않고 생산품들끼리의 치킨게임만이 있을 뿐이었다. 분노하는 친구에게 무슨 말을 해야 했을까. 내 입에서 나온 말은 그저 '다 잘 될 거야.'였다. 그 순간 그를 위해 분노해줄 수 없었다. 내가 할 수 있는 일이란 그를 걱정하는 마음을 가지는 것과 소주 한 잔의 위로가 전부였다. 그리고 다시 평택으로 올라간다는 친구를 보내며 가만히 그 뒷모습을 바라볼 수밖에 없었다.

친구와 만난 이후 컨베이어 벨트는 내게 위화감을 전해줬다. 위화감은 꿈속의 적과는 달리 안개에 가려 내 눈앞에 나타나지 않는다. 이 막연한 감각은 무언가 잘못되고 있다는 것을 느끼게 해줬다. 그러나 단지 그뿐이었다. 꿈속의 적은 실체가 있다. 그렇기에 맞서서 싸울 수 있다. 그러나 안개에 가린 이 적은 그 실체가 드러나지 않는다. 어찌해야 할지 몰라서 먼저 생산된 제품을 바라보며 생각했다. '이 컨베이어 벨트를 따라 완성품 형태가 되어야 하나? 아니면, 컨베이어 벨트를 중간에 벗어난 불량품이 되어야 하나?' 쉽게 결정을 내리지 못한다. 두 가지 모두 두려움을 내게 안겨준다. 어떻게 이것이 아니라면, 그렇게 머뭇거리는 와중에 작업장의 불이 꺼지고 작업자들이 퇴근하면 나 역시 컨베이어 벨트를 내려온다. 그리고 다시 꿈속으로 도피한다.

『**분노하라**』   : 분노하지 못하는 인간은 죽은 이의 시간을 살 뿐이다. 현실이 시궁창이라면, 그것에 분노할 줄 알아야 한다. 변화와 변혁은 분노하는 이에게 주어지는 것이다. 분노할 줄 모르면 분노하는 법을 배워라.   📖 김 영 진

내가 타인의 조각이라면

『파도가 바다의 일이라면』, 김연수

"자, 빨리 차례 지냅시다."

흩어져 있던 친척들이 한자리에 모이는 추석. 이른 아침 차례를 지내기 위해 친척들이 거실로 모였다. 거실에는 사열을 위해 대오를 맞추고 있는 군대처럼 홍동백서, 어동육서, 조율이시 등의 법칙을 가지고 차례상이 차려진다. 지방을 놓은 신위를 올린다. 가득 담은 밥과 따뜻한 국이 상에 올라가면 친척들이 절을 한다. 절이 끝나면 한 사람이 나와 술을 버리고 다른 한 사람이 술을 따른다. 새 술을 향 위에서 세 번 돌린다. 젓가락을 들고 그릇에 세 번 친 다음 음식 위에 둔다. 이때 젓가락의 손잡이가 오른쪽으로 향하게 돼야 한다. 또 숟가락을 들어 밥에 세 번 푹 누른 후 꽂아둔다. 이것이 끝나면 자리로 돌아와 절을 두 번 한다. 친척들의 강권에 못 이겨 억지로 함께 절을 하고 있지만 차례를 지내는 모습은 무슨 이유에선지 우스꽝스럽다.

"그렇게 하는 게 아니라고 몇 번을 말하노."

사촌 형이 삼촌들에게 구박을 받는다. 젓가락을 오른쪽이 아니라 왼쪽으로 향하게 됐다고, 음식에 젓가락을 두기 전에 세 번 치지 않았다고 구박이다. 또 밥에 숟가락을 세 번 찌르지 않았다고 연거푸 한 소리를 듣는다. '저게 다 무슨 소용일까' 생각하지만 소위 집안의 어른들은 그것을 어기면 하늘이 무너질 듯 안달이다. 이미 죽은 조상들이 자손들에게 대체 어떤 큰일을 해줬기에 이리 지극정성으로 모시는지. 겪어보지 않은 나는 도무지 이해할 수 없다. 사람들은 왜, 특히 어른들이라 일컬어지는 이들은 왜 제사에 그리도 집착할까. 마냥 '그런 것이겠지'라고 생각했던 어린 시절과는 다르게 문득 그것이 궁금했다.

곰곰이 생각해보면 내 주변 사람들은 자신의 이름으로 불린 적이 드물었다. 어머니는 자식의 엄마, 남편의 아내 등으로 불렸고, 이는 아버지나 동생도 마찬가지였다. 아마 다른 친척들도 이와 다르진 않을 것이다. 모두에게 자신은 존재하지 않았다. 오로지 '타인'과 묶여 있는 관계만 있었다. 우리에게 있어 '나'보다는 '타인'이 더 중요한 탓일 것이다. 이를 보면 어른들이 제사에 엄청난 중요성을 두는 것도 이해는 간다. 어떤 집안에 속해 있나, 높은 벼슬을 지내거나 사람들에게 알려진 조상이나 친척이 있나 등 제사가 타인과 관계를 통해 나를 만들어내는 수단 중 하나이기 때문이다. 어른들이(특히 남자) 지하철이나 버스에서 통화를 할 때 큰 소리로 '김 아무개 사장 잘 있나, 자네 이 아무개 의원 알지? 나랑 막역한 사이잖아'처럼 사회적으로 높은 위치에 있는 사람과의 친분을 과시하는 것과 비슷한 것이다.

나도 이 굴레에서 벗어날 수는 없다. 나도 누군가의 아들이고, 누군가의 친구이며, 어떤 집단의 일원일 뿐이다. 인간관계를 벗어던지고, 가진 모든 것을 버렸을 때, 나에게 남는 것이라곤 아무것도 없었다. 공부하고 있는 지식들과 내가 믿고 있는 어떤 것, 모두 다 타인으로부터 빌려 온 것이었다. 온존하는 내가 없다는 것, 이것이 엄청난 불안을 일으키는 원인일지도 모른다. 아마 사람들이 인간관계에 집착하는 것과 절대자에게 구원을 구하는 것, 그리고 제사와 같은 미신에 목매는 것 등은 다 여기에서 비롯된 것이리라. 또 유명한 사람들이나 높은 자리에 있는 사람들과 친분을 과시하는 것도 자기 스스로는 열등하다 생각하고 불안에 떨고 있다는 것을 우회적으로 표현하는 것일 테다. 이런저런 생각들을 곱씹고 나니 차례를 지내는 행동이 무작정 우스꽝스럽지는 않다.

"내가 그의 이름을 불러주기 전에는/그는 다만/하나의 몸짓에 지나지 않았다//내가 그의 이름을 불러주었을 때/그는 나에게로 와서/꽃이 되었다"란 시구가 떠오른다. 이 시처럼 누군가 내 이름을 불러주기 전까지 나는 아무런 실체가 없는, 뜬구름과 같은 존재일 뿐이라는 생각이 든다. 고아라면 낳아준 친부모에 대해 궁금해하는 것은 당연하다. 사회에 속해 있다면 사회에서 어떤 역할을 하고 어떤 위치에 서 있는지 타인과 비교하고 싶은 마음도 역시 당연하다. 타인에게 관심을 갖고 타인에 비친 나를 고민하는 것은 어쩔 수 없는 일인 듯하다. 온존하는 내가 존재하지 않는다면 이제 나를 찾는 방법은 단 한 가지다. 누군가 내 이름을 불러주기를 간절히 바라는 것이다. 그런 의미에서 내 이름을 불러주는 사람들에게 뜬금없는 감사함을 표한다.

『파도가 바다의 일이라면』 : 누구나 자신의 뿌리를 궁금해하지만 특히 우리나라 사람들이 이 부분에 민감하다. 시조가 누구인지, '본'이 어디고, '파'가 어디인지 따진다. 이에 따라 친근감을 느끼기까지 한다. 이 책은 뿌리에 대한 이야기다. 소설은 주인공인 '카밀라 포트만'이 출생의 비밀을 알아내기 위해 대한민국 진남에서 벌어지는 이야기를 담고 있다. 📖 김무엽

잉여 인생

『변방을 찾아서』, 신영복

잉여. 다 쓰고 난 나머지라는 뜻이다. 최근에는 사용되지 못하고 남은 별 볼일 없는 인생을 말하는 단어로 쓰인다. 이 단어를 한번 입으로 내뱉어보면 그 느낌은 더 생생하다. 잉여. 삶을 돌이켜보면 잉여란 말이 나와 왜 그렇게 일치하는지. 퍽 섭섭하면서도 나도 모르게 고개가 끄덕여진다.

태어날 때부터 나는 잉여였다. 어릴 때 꽤나 예쁘장했었던지 "여자로 태어났으면 얼마나 좋았을까"라는 소리를 많이 듣고 자랐다. 185cm란 큰 키를 가지게 된 지금도 가끔씩 친척들의 입에서 튀어나오는 말이다. 하지만 나는 태어났고, 이미 벌어진 일은 돌이킬 수도 없다. 어렸을 때는 내가 여자가 아닌 것이 괜히 미안해서 내 탓이 아닌데도 여자애처럼 행동하기도 했다. 그때의 영향을 강하게 받았는지도 모른다. 친척들의 아쉽다는 말들, 부모님의 동의 어린 대꾸. 나는 친척들이나 부모님이 바라던 모습이 아니었고, 그들의 세계 속에서는 잉여였다.

나이를 조금 먹어 학교란 곳에 들어갔다. 나는 다른 아이들과 별 차이 없는 학생. 그 이상도 그 이하도 아니었다. 어렸을 때 받았던 충격 때문일까. 학교라는 세계와 동화되기 위해 의식하지는 못했지만 노력했던 것 같다. 아무런 돌출행동도, 스스로의 생각도 말하지 않았다. 학교에서는 잉여라는 단어와 친해질 새가 없었다. 중학교에서 역사를 공부할 때, 잉여생산물이 사회를 발전시키는 데 큰 영향을 줬다는 것을 배우고 난 이후에야 그런 단어가 있었다는 것을 새삼 깨달았을 정도였지만, 나도 내 친구들도 그 단어에 그렇게 큰 의미를 두지 않았다. 학교의 구성원으로 난 쓰이고 있었으니까. 구성원으로서 마땅히 해야 할 일들도 해냈다. 물론 성실하지는 않았지만 말이다.

25년 인생 중 어느 날보다 시렸던 겨울날. 2006년 11월 16일 목요일이다. 앞으로의 내 60년 인생이 결정되는 수학능력시험 당일. 이 하루는 강렬했다. 함께 시험을 치렀던 수십만의 학생들도 마찬가지였을 것이다. 그 어느 때보다도 격한 동질감이 모두에게 있었다. 약 10시간에 이르는 대장정이 끝나고 모든 학생들은 부푼 가슴과 짓누르는 절망을 안고 집으로 돌아갔다. 다음 날 대부분의 고등학교 3학년 학생들은 학교에 있어야 하는 시간이 짧아진 달콤함에 취했다. 수학능력시험은 언제 쳤냐는 듯 편안한 모습이었다.

12월 13일, 결과가 나오는 날. 모든 수험생들은 잉여와 잉여가 아닌 이들로 나눠졌다. 나는 잉여로 낙인찍혔다. 남들이 말하는 소위 '지방대'에 진학했기 때문이다. 지방대학교. 서울이 아닌 곳에 있는 대학이라는 뜻이지만 실제로는 그들을 비하하는 데 쓰인다. 지방대라는 타이틀이 싫어 재수를 해볼까 하고 생각했다. 하지만 이전과 같은 결과가 나올까 두려워 별다른 의욕 없이 대학에 들어갔다. 대학은 고등학교와 다를 바 없었다. 고등학교에서 배웠던 내용들이 고스란히 대학 강의실에서 울리고 있었고, 대학생들은 고등학생들과 마찬가지로 딴짓을 하거나 자거나 열심히 듣거나, 이 세 가지 행동패턴을 고수했다. 나는 이 의미 없는 시간들을 다람쥐 쳇바퀴처럼 끊임없이 반복했다. 잉여. 나는 잉여를 닮아가고 있었다.

덧없이 시간은 흘렀다. 흐르는 구름처럼 본래 그렇듯이. 어느 날, 단순히 좋아했던 여자애가 선택했다는 이유 하나만으로 문예창작학과의 강의를 듣고 있었다. 질 들뢰즈와 펠릭스 가타리가 함께 쓴『천개의 고원』에 대한 이야기였다. 교수는 '탈주'에 대해 앞줄에 앉은 학생에게 침을 튀겨가면서까지 예찬의 말을 쏟아내고 있었다. 일반적인 강의였을지 모르나 나는 교수가 들뢰즈의 '노마디즘'을 사랑하고 있다고 느꼈다. 나는 '왜 탈주해야만 했을까'라는 의문이 들었다. 세상의 누구도 탈주를 원하지 않는다. 세상은 나에게 말했다. 세상에 편입되려 안간힘을 쓸 뿐이다. 나도 그렇게 세상을 봤다. 교수의 목소리가 잦아들었다. 주섬주섬 물건을 챙기는 소리가 들린다. 의자에서 일어나 강의실을 나간다.

우주의 광활함과 구원함을 생각한다면 인간의 위상 자체는 언제 어디서든 변방의 작은 존재일 수밖에 없다. 그렇기 때문에 변방 의식은 세계와 주체에 대한 통찰이며, 그렇기 때문에 변방 의식은 우리가 갇혀 있는 틀을 깨뜨리는 탈문맥이며, 새로운 영토를 찾아가는 탈주 그 자체이다. 변방성 없이는 성찰이 불가능하다. 이것은 세상에서 생명을 부지하는 하나의 생명체로서도 그러하고, 집단이든 지역이든 국가나 문명의 경우든 조금도 다르지 않다. 스스로를 조감하고 성찰하는 동안에만, 스스로 새로워지고 있는 동안에만 생명을 잃지 않는다. 변화와 소통이 곧 생명의 모습이다. -『변방을 찾아서』중에서

지금 생각해보면 시간이 마냥 덧없었던 것은 아니었던 듯하다. 중학교 때 배웠던 잉여생산물의 위대한 의미. 서양사의 중심에 있었던 유럽에 침입한 변방 민족들이 가진 역동성. 중앙과 다른 지방의 오묘한

매력 등. 이제야 내 모자란 지평은 이것들을 인식하기 시작했다. 잉여가 없었다면 아마 잉여가 아닌 것들은 잉여보다 더 못한 것으로 전락했을지도 모른다는 것을. 잉여의 삶은 고달프다. 아무도 알아주지 않는 인문학을 한다고 구박받기 일쑤다. 글 따위를 써서 밥 벌어먹고 살 수 있겠냐고 핀잔을 주는 이들도 많다. 하지만 잉여는 고달프기에 값지다. 멈춘 심장을 뛰게 하는 제세동기처럼. 살 빼라고 항상 옆구리를 찌르는 어머니의 손가락처럼. 잉여 아닌 것을 숨 쉬게 만드는 원동력이기에. 섭섭하지만 웃을 수 있다.

『변방을 찾아서』 : '변방'이라는 말을 들으면 왠지 꺼려지는 느낌이 든다. 보편적으로 변방은 비주류나 주변부를 뜻하는 것이기 때문이다. 하지만 여기에서는 변방을 창조의 공간으로 설정한다. 저자는 역사적으로 모든 역동적 사건들이 변방으로부터 비롯됐음을 지적하면서 변방이 단순히 주변부만을 뜻하지 않는다고 역설한다. 책을 통해 우리나라에 만연한 서울 중심적, 엘리트 중심적 사고에서 벗어날 수 있으리라 기대한다. 김 무 엽

대선 이후, 그 절망 속에서

『왜 가난한 사람들은 부자를 위해 투표하는가』, 토마스 프랭크

기대했었다. 2007년의 패착으로 벌어진 일을 씻어내고 싶었다. 하지만 그런 일은 벌어지지 않았다. 또다시 같은 일이 반복됐고, 절망했다. 많은 것을 알고, 깨달았다고 생각했다. 다른 사람들도 똑같으리라 확신했다. 하지만 타인들은 내가 아니었다. 그들은 다른 마음을 가지고 있었고, 내 기대를 무참히 깨뜨려버렸다. 2012년 12월 19일. 그 이전까지만 해도 대한민국의 주권을 가진 당당한 국민이었던 나는 그날, 힘없는 일개 한 사람이었음을 뼈저리게 느꼈다.

대학교 3학년까지만 해도 고등학교 때처럼 별 의미 없이 학교에 다니고 있었다. 세상이 어떻게 돌아가는지, 내 주변 외에 다른 사람들은 어떤 삶을 살아가고 있는지, 그런 것에는 전혀 관심이 없었다. 당시 나와 내 주변이라는 경계에 너무 매몰돼 있었고, 그것을 벗어나려는 생각 자체를 하지 못했다. 그런데 4학년이 되고 졸업이 다가오자 점점 그 경계가 옅어지기 시작했다. 앞으로 내가 나가야 할 세상이 궁금했고, 세상을 구성하고 있는 또 다른 사람들은 누구인가 호기심이 생겼다.

그러던 와중에 학보사에 들어갈 기회가 있었다. 그것은 24년간 전혀 겪어보지 못한 경험이었다. 처음인 만큼 열심히 하려고 노력했다. 예전에는 보지 않았던 신문을 두 개나 구독했다. 누구보다 열심히, 누구보다 잘하기 위해 애썼다. 그러다 보니 저절로 세상을 보게 됐고, 그동안 알지 못했던 많은 것을 알게 됐다. 무엇이 옳고 그른지, 어떤 것이 중요한지 스스로 판단할 수 있게 됐다. 신문에는 세상에 나보다 어려운 삶을 사는 이들이 많다는 것과 그들이 그 어려움을 이겨내기 위해 어떤 노력을 하고 있는지 적나라하게 적혀 있었다. 세상이 마냥 아름답지만은 않다는 것도 알았다.

"젊은이들이여, 야망을 가져라!"라고 했던가. 몇 달간 학보사 기자 생활을 하면서 세상을 바꾸고 싶다는 생각이 불쑥불쑥 들었다. 어떤 열정도, 어떤 패기도 없었던 나의 마음을 세상이 움직이기 시작했다. 일종의 야망이었다. 좀 더 나은 세상을 만들고 싶다는. 모두가 더불어 잘 사는 세상. 그런 세상을 꿈꾸기 시작했다. 그런 날이 오리라 기대했다. 2012년에는 대한민국에서 가장 중요한 선거가 두 번이나 있었고, 대부분의 국민들은 민생을 파탄시킨 정부를 신뢰하지 못했다. 비록 내가 할 수 있었던 것은 인터넷에 글을 올리거나, 학보사에 관련 기사를 올리는 것 외에는 없었지만 그것이 세상을 바꾸는 데 조금의 보탬은 되리라 의심치 않았다.

4월 11일. 국회의원을 뽑는 선거가 있던 날이었다. 기득권을 가지고 가난한 사람들을 핍박하는 이들을 심판할 수 있을 것이라 믿고 희희낙락 개표 방송을 보고 있었다. 하지만 기대는 산산이 무너졌다. 나는 개표 방송이 끝날 때까지 멍하니 텔레비전만 바라보고 있었다. 텔레비전이 비추는 대한민국의 지도는 빨갛게 물들어 있었다. 왜 부의 대부분을 독점하고 있는 1%의 사람들을 가진 것 없는 99%의 사람들이 보호해주는 것인지. 도저히 이해할 수 없었다. 빼앗기는 것에 만성이 된 것일까. 자신도 저 자리에 오를 수 있다고 그들은 믿는 것일까.

자문해봤지만 답은 없었다.

충격은 쉽게 가시지 않았다. 나 스스로의 의지와 판단으로 치른 첫 선거였기 때문이리라. 하지만 주저앉아 있을 수는 없었다. 이전보다 더 열심히 신문을 읽고, 더 많은 책을 읽었다. 사람들과 정치에 대한 대화를 수없이 하고, 앞으로의 세상에 대해 논하기도 했다. 당시에는 세상이 무너질 것 같았지만 딱히 달라진 것은 없었다. 열심히 기자활동을 하고, 앞으로의 삶을 위해 마지막 학기의 수업들도 열심히 들었다. 대통령 선거를 기다리며. 대통령 선거만은 분명히 이길 것이라 생각했다. 그렇다면 세상은 조금 더 나아지겠지. 그렇게 8개월이 지났다.

문재인 후보와 안철수 후보가 썩 좋아 보이진 않았지만 결국 단일화를 이루고, 대통령 후보자 토론회도 잘 끝났다. 질 수 없는 선거라고 생각했다. 독재자의 딸과 인권 변호사의 싸움. 한 명은 왕정시대의 공주처럼 자라왔고, 한 명은 서민들과 부대끼며 인권을 위한 삶을 살아왔다. 상식적으로 생각해도 결코 상대가 되지 않는 선거였고, 질 수가 없는 판이었다. 사람은 쉽게 변하지 않으니까. 아무리 감언이설을 남발한다 해도 달라질 것은 없다고 믿었다. 내가 본 사람들은 모두 새로운 세상을 꿈꿨고, 더 나은 세상이 오기를, 진보하기를 염원하고 있었다. 그렇게 될 것만 같았다.

"모든 민주주의에서 국민은 자신들의 수준에 맞는 정부를 가진다." 고 토크빌이라는 정치학자가 말했단다. 나와 국민의 48%의 기대는 한 줌의 재처럼 바스라지고, 허망과 절망만 남았다. 박정희라는 독재자의 향수가 진하게 남아 있는 대한민국은 아직 멀었다고, 이 땅의 정의는 없다고, 왜 가난한 이들이 부자를 뽑아주는 것이냐고, 이해할 수 없다고 좌절했다. 알 수 없는 상실감이 나를 지배했다. 2012년 12월 19일.

모든 것을 쏟아부었기에 더 아팠던 날이었다. 더 무력했던 때였다. 하지만 안다. 결국에는 나아갈 것이라는 사실을. 어떻게든 진보하리라는 것을. 모든 일은 자기가 온전히 성취될 때가 있다고 한다. 아무리 그것을 빨리 이루려 발버둥쳐도 그때가 이르지 않으면 결코 이뤄지기 힘들다. 프랑스도 혁명이 일어나고 200여 년이 지나서야 혁명의 의지가 완전히 정착할 수 있었다. 내가 겪은 이 절망도 프랑스의 200여 년 중 하루일 뿐이다. 기대는 무너졌지만 그 잔해에서 발견한 것은 과정이라는 꽃의 아름다움이었다.

『왜 가난한 사람들은 부자를 위해 투표하는가』 : 제18대 대통령 선거가 2012년 12월 19일에 있었다. 이전의 대통령 선거에서도 마찬가지였지만 이번에도 가난한 사람들은 부자들을 위하는 정당의 후보를 대통령으로 뽑았다. 박빙이었다는 것이 다행으로 여겨졌다. 『왜 가난한 사람들은 부자를 위해 투표하는가』의 저자 토마스 프랭크는 미국 캔사스 주의 사례를 들어 이 이유를 설명하고 있다. 왜 상식적으로 이해되지 않는 일이 벌어지는지 이 책을 통해 살펴보자.

김무엽

컨슈머 키드는 컨슈머 어덜트를 낳고…

『컨슈머 키드—소비에 탐닉하는 아이들』, 에드 메이오

마트 장난감 코너는 어린아이들에게는 천국, 부모들에게는 지옥문. 뽀로로는 지옥의 대통령, 로보카 폴리는 지옥의 수문장, 파워레인저는 지옥의 전사들. 마트에 장을 보러 가면 가끔 보인다. '우리 아이가 달라졌어요'를 생방송으로 감상할 수 있다. 늘 느끼는 바지만 어린아이들은 우리의 예상보다 훨씬 똑똑하다. 장난감을 하느님 바라보듯 넋을 놓고 바라보고 선 아이, 뭐가 그리도 서러운지 목 놓아 통곡하는 아이, 단념한 듯 쿨하게 돌아서지만 못내 미련이 남아 다시 뒤돌아보는 아이. 그래 봐야 결과는 매한가지다. 등짝에 엄마의 손자국만 남을 뿐.

어디에나 예외는 존재한다. 마케팅이 전혀 먹히지 않는 아이가 있었다. 엄마의 말씀을 빌리자면 나는 "희망도 없고 꿈도 없는 아이"였다. 뭐, 나는 그랬다. 갖고 싶은 것이 있어도 사달라고 떼쓰지도 않았다. 엄마는 장난감을 매개로 협상을 제안했다. 엄마의 작전은 실패했다. 나는 협상이 통하지 않는 아이였다. 이거 하면 이거 사줄게. 까짓것 없으면 어때. 그냥 안 갖고 말지. 같이 자라온 사촌 형은 안 그랬다. 갖고 싶은 것이 있으면 무슨 일이 있어도 갖고야 말았다. 그래서 사촌 형한테는 없는 게 없었다. 그런 사촌 형이 부럽지는 않았다. 엄마가 먼저 항복을 하고는 그냥 사주셨으니까. 그러니까 최신 장남감을 가지지는 못했어도 구색은 갖추고 있었다는 것이다.

그 어린이가 자랐다. 상황은 반전을 맞는다. 어느덧 커버린 아이는 어릴 때와 달리 갖고 싶은 것이 많아졌다. 몇 시간씩 윈도쇼핑을 해도 지치지 않고 마우스를 딸깍거리며 인터넷 쇼핑을 한다. 대체 무엇이 아이를 바꿔놓은 걸까. 그간 쌓여왔던 마케팅의 잠재력이 이제야 터지나 보다. 늦바람은 태풍보다 무섭다고 했다. 충동구매를 부추기는 지름신의 역습은 생각보다 거세고 효과적이었다. 아니, 정확히 말하면 아이들을 겨냥했던 늦바람의 직격탄을 맞은 20대 중반은 소비에 탐닉한다. 좋아하는 가수의 음반을 모으고 예쁜 모자를 원하며 조금 더 풍부한 사운드의 이어폰을 탐한다.

나는 내가 똑똑한 줄 알았다. 요즘 세상에 멍청한 사람이 어디 있겠느냐마는…. 적어도 나는 얄팍한 마케팅에 휘둘리지 않을 거라 믿었다. 아니, 도리어 그 반대다. 나는 그저 단순한 물고기에 지나지 않았나 보다. 그것도 양식된 후 낚시에 걸려버린 물고기였다.

아이들은 아버지의 구두를 신고 싶어 한다. 엄마의 화장품을 몰래 바르고 싶어 하고 어른처럼 굴고 싶어 한다. 맞다. 어릴 땐 어서 크고 싶었다. 어른의 물건을 탐하고 어른의 생활을 따라 하고 싶었다. 나 역시 맞지도 않는 아버지의 구두를 신어봤었고 맬 줄도 모르는 넥타이를 목에 둘러봤었다. 그리고 나이가 들었다. 어느덧 구두를 사야 할 나이가 됐다. 며칠을 고민하고 몇 바퀴를 돌고 난 후에야 첫 구두를 사고 집에 돌아왔다. 신발장을 보고서 소름이 돋았다. 어린 시절 신었던 아버지의 구두와 묘하게 닮아 있었다. 무섭고도 무서운 잠재의식, 무섭고도 무서운 마케팅의 위력이다.

"애들한테 가장 효과적인 마케팅 수단은 다른 애들이죠." 광고비를 주든 안 주든, 어깨에는 가방을 메고 발에는 신발을 신고 손에는 휴대폰을 든 아이들은 걸어 다니는 광고판이다. – 『컨슈머 키드–소비에 탐닉하는 아이들』 중에서

친구들이 드는 가방이 예뻐서, 친구들이 신은 신발이 예뻐서 비슷한 모델을 사는 나였다. 어린애들한테나 쓰던 마케팅 방법이었다니 아직도 어리게 산다고 좋아 해야 하는 걸까.

> 『컨슈머 키드–소비에 탐닉하는 아이들』　 : 어린아이들을 대상으로 한 여러 가지 마케팅이 있다. 그런데 왜 책을 읽는 내내 왜 내가 뜨끔했던 걸까.
>
> 📕 박 성 훈

최문희　생각 그대로 살기는 어렵다. 하지만 생각한 대로 쓰는 건 아직 해볼
만하니까…!

김서헌　머리칼만 휘날리고 떠난 바람이 당신께 손짓하네요. 스치는 풀들의
속삭임이 좋아요. 들어보실래요?

김향희　사 랑 해 줘.

김희영　쓰고 익히면서 경험하는 사랑으로 이루는 모든 합일을 동경하며. 씩
씩하고 자유롭게, 현명하면서 굳건하게. 더욱 사랑스럽게. 늘 고마운 당신께.

김무엽　책을 좋아한다. 책의 내용뿐만 아니라 책 그 자체도 좋아한다. 책의
모양, 책의 재질, 책의 향기까지도. 언제일지는 알 수 없지만, 나의 책을 출판
하게 될 그날을 기대하고, 고대하는 예비 저술가.

박성훈　재미있는, 읽고 싶은, 기분이 좋은. 덮고 나면 다시금 또 생각이 나
는. 언제쯤 나는 그런 글을 쓸 수 있을까.

김선기　글을 쓰겠단 작은 소망, 여기서부터 시작해보려 합니다.

임하늘　강한 것보다 부드러운 것이 꺾이지 않듯, 하늘 위 구름처럼 유하게 흘러가고 싶다. 그러다 어디선가 소나기로 내려, 마른 너를 적셔주고 싶다.

박지원　머리 위에 반짝, 별이 떴다. 발등에 불이 떨어졌다. 그리고 내 글은 똥. 마감이 닥쳐 다리 달달달 떨면서 똥을 싸재긴다. 그렇게 내 글은, 더불어 나는 달에 가고 싶은 별똥별.

김희연　둥글둥글, 느긋하게 살며 늘 도망치기만 바빴던 나. 이젠 도망치지 않고 제대로 마주하며 살아가기로 했다. 나에게 힘내라고 해주는 사람들을 위해. 무엇보다, 나를 위해.

김영진　어제보다 오늘, 오늘보다 내일 조금 더 나은 사람이 되기를…….

김원희　언제, 어떻게, 어떤 모양으로 완성될지는 알 수 없지만, '나'라는 퍼즐을 맞춰가는 중. 그 와중에 의도된 방황과 헤맴을 되풀이할 예정. 판에 박힌 건 재미없으니까.

심미영　그러거나 말거나, 이러거나 저러거나, 그래서 어쨌거나 명랑하게 한 발짝.